하늘의 눈동자 유년편 1

옮긴이 햇살과나무꾼

동화를 사랑하는 사람들이 모여 만든 곳으로, 세계 곳곳에 묻혀 있는 좋은 작품들을 찾아 우리말로 소개하고 어린이의 정신에 지식의 씨앗을 뿌리는 책을 집필하는 기획실이다. 지금까지 《나는 선생님이 좋아요》《우리 선생님 최고》《검은 여우》 등을 우리말로 옮겼으며, 《우리 문화유산에는 어떤 비밀이 담겨 있을까》《위대한 발명품이 나를 울려요》 등을 썼다.

天の瞳 幼年編 1

Copyright © 1996 Haitani Kenjiro 灰谷健次郎
First published in Japan 1996 under the title "AMANO HITOMI YUNENKEN"
by SINTSYOSYA
Korean Translation Copyright © 2005 by Tin-drum Publishing company
Through Apt Kaema Agency
All rights reserved.

이 책의 한국어판 저작권은 앱트 개마 에이전시와 독점 계약한 (주)양철북출판사에 있습니다.
저작권법에 의해 한국 내에서 보호를 받는 저작물이므로 무단 전재나 복제를 금합니다.

하늘의 눈동자 유년편1

1판 1쇄 발행 2005년 7월 22일 | 1판 3쇄 발행 2016년 12월 8일

지은이 하이타니 겐지로 | 옮긴이 햇살과나무꾼
펴낸이 조재은 | 펴낸곳 (주)양철북출판사 | 등록 제25100-2002-380호(2001년 11월 21일)
편집 이정우 | 디자인 육수정 | 마케팅 조희정 | 관리 정영주
주소 서울시 마포구 양화로8길 17-9 | 전화 02)335-6407 | 팩스 02)335-6408
ISBN 978-89-90220-45-9 03830 | 값 8,500원

카페 cafe.daum.net/tindrum 블로그 blog.naver.com/tin_drum
페이스북 facebook.com/tindrum2001

※ 잘못된 책은 바꾸어 드립니다.

유년편 1

하늘의 눈동자

하이타니 겐지로 지음 | 햇살과나무꾼 옮김

양철북

"린타로가……."

히데미 선생님이 숨넘어갈 듯 달려왔다.

"또 그 녀석이야?"

다쓰로는 지긋지긋하다는 얼굴이다.

"아무리 말해도 나무에서 내려오지 않아요. 좀 도와주세요."

어린이집은 아직 문을 열지 않았지만, 원장으로 취임하기로 되어 있는 소노코 씨가 자신의 집을 개방해서 아이들 여덟 명을 맡고 있었다. 그 중 하나가 린타로다.

그 날 아이들은 소노코 씨 집에서 2백 미터도 채 안 되는 시라사기 산으로 야외 활동을 나갔다. 말이 산이지 기껏해야 언덕 정도의 높이로 꼭대기에 소나무 한 그루가 서 있다. 산비탈에 적당한 높이로 풀이 자라 있는데, 거기가 아이들의 놀이터였다.

비닐 방석을 깔고 앉아 풀빛 비탈을 단숨에 미끄러져 내려온다. 아이들이 좋아하는 놀이다.

돌아갈 시간이 되자 함께 갔던 어린이집 선생님인 시노부 선생님이 말했다.

"자, 그만 돌아가요."

"한 번 더 타."

린타로가 졸랐다.

"안 돼요, 그만. 다들 줄을 서요. 자, 작은 앞으로 나란히."

린타로만 줄을 서지 않았다.

"빨리 줄을 서야지."

시노부 선생님이 나무랐다.

"나 안 가."

린타로가 입을 삐죽였다.

"미끄럼 한 번 더 타고 가."

"그렇게 억지를 부릴 거면 린타로 혼자 여기 있어."

"좋아."

린타로는 눈 하나 깜짝하지 않는다.

"자, 다들 가요. 하여튼 린타로는 선생님 말을 너무너무 안 듣는다니까."

얼마쯤 걸어가 린타로의 시야에서 벗어났다 싶자, 시노부 선생님은 아이들을 쭈그리고 앉게 했다. 그러고는 린타로를 엿보러 갔는데, 승부는 이미 판가름나 있었다. 린타로가 한 수 위였다.

린타로는 일찌감치 소나무 위에 올라가 모두의 움직임을 훤히 내려다보고 있었던 것이다.

"노부노부, 시노부. 바보바보, 시노부."

두리번두리번 린타로를 찾는 시노부 선생님의 머리 위로 린타로의 목소리가 내리꽂혔다.

"어머, 세상에……."

린타로가 시노부 선생님에게 침을 찍 뱉었다.

"린타로! 내려와!"

다쓰로가 다가와 큰 소리로 호통쳤다.

"인마! 어서 안 내려와?"

다쓰로는 소노코 선생님의 남동생으로, 프로 권투선수 생활을 그만두고 어린이집 일을 돕고 있다. 그러다 보니 히데미 선생님이나 시노부 선생님 같은 전문 교육자와 달리 서너 살짜리 어린아이도 꽤 난폭하게 다룬다.

린타로도 그 사실을 훤히 꿰뚫고 있어서 다쓰로를 대하는 태도와 여선생님을 대하는 태도가 사뭇 다르다.

"안 내려갈 거야."

린타로는 나뭇가지에 꼭 매달린 채 밑에 있는 다쓰로에게 밉살맞게 대꾸했다.

자신은 위에서 내려다보고 있고 상대방은 밑에서 올려다보고 있다. 올려다보면서 화를 내니까 하나도 안 무섭네, 뭐. 린타로는 여유만만했다.

다쓰로는 화가 단단히 났다.

"네가 안 내려오면 내가 올라간다!"

"올라와 봐, 올라와 봐."

나무는 하늘까지 뻗어 있다. 얼마든 올라갈 수 있다. 린타로는 그렇게 생각했다.

다쓰로의 인내심이 바닥났다.

가지를 붙잡고 줄기로 훌쩍 뛰어올랐다.

다쓰로의 모습이 단숨에 가까워졌다.

남자 어른은 굉장하구나. 순간 린타로는 움찔했지만 눈 깜짝할 사이에 나뭇가지 두세 개를 밟고 위로 올라갔다.

"아아, 안 돼요! 다쓰로 씨, 그러지 마세요!"

히데미 선생님이 비명을 질렀다. 가는 가지가 부러져 린타로가 곤두박질치는 모습을 상상했던 것이다.

"거봐, 얼른 내려가."

린타로는 자기가 이겼다고 생각했다.

"좋아, 알았어. 내려간다고."

다쓰로가 선선히 말했다.

조금 밋밋한 승부였지만, 린타로는 긴장을 늦추지 않았다.

다쓰로가 나뭇가지를 하나씩 밟고 내려갈 때마다 린타로도 딱 그만큼씩 내려갔다.

'저 녀석한테는 동물적인 감각이 있어.'

다쓰로는 권투선수였던 만큼 린타로의 이런 행동에 혀를 내둘렀다.

다쓰로는 내려가면서 계산했다. 가장 굵은 가지를 발판 삼아 왼발을 굳게 디뎠다. 그리고 몸을 잔뜩 낮추며 아래쪽 가지에 발을 디디는 척하다가 방향을 홱 바꾸었다. 몸을 위로 쭉 뻗어 린타로의 오른발을 단단히 거머쥔 것이다.

"와앗!"

다쓰로는 혹시 린타로가 떨어지더라도 받을 수 있도록 오른팔을 활짝 벌렸다.

린타로는 나뭇가지에 꼭 매달려 자기 몸을 지탱했다. 이대로는 어른의 힘으로도 쉽게 끌어내릴 수 없다는 것을 다쓰로도 대번에 알 수 있었다.

다쓰로는 린타로의 손을 나뭇가지에서 떼어낼 셈으로 린타로에게 다가갔다.

린타로는 다쓰로의 속셈을 알아챘다. 갑자기 웃옷 소매를 나무에 휙 둘러 감더니 그 끝자락을 이로 꽉 물었다. 다쓰로가 자기 손을 나뭇가지에서 떼어내더라도 끝까지 버틸 작정이었다.

린타로는 얼굴이 새빨개져서 다쓰로를 노려보았다.

"너란 녀석은 정말……."

다쓰로는 말문이 막혔다.

"어떻게 생겨 먹은 녀석이냐."

다쓰로는 린타로의 기세에 눌려버렸다. 힘으로 린타로를 나무에서 끌어내리려는 생각을 단념했다.

조금 밑으로 내려가, 다쓰로가 말했다.

"대체 왜 그래?"

린타로는 물고 있던 옷소매를 입에서 떼고 말했다.

"속였잖아. 날 속였잖아."

속이긴 누가……, 하고 중얼거리며 다쓰로는 생각했다. 내려가는 척하다가 린타로의 발을 거머쥔 걸 두고 하는 말인 듯했다.

"이 바보야, 그건 속인 게 아냐. 작전이야, 작전. 너는 내 작전에 말려들었어. 네가 진 거라고."

아직 승부는 끝나지 않았어, 하고 린타로는 어른스레 말했다.

"좋아, 이렇게 되면 버티기 한판이다. 언제까지 그 나무 위에 있나 보자."

다쓰로는 나무에서 내려갔다.

"린타로, 제발 부탁이니까 좀 내려와."

히데미 선생님이 나무 밑에서 통사정했다.

"싫어."

린타로가 쌀쌀맞게 대꾸했다.

다른 아이들은 시노부 선생님을 따라 벌써 산을 내려간 뒤였다.

다쓰로가 말했다.

"네가 내려올 때까지 여기서 기다릴 거다."

"안 내려가."

"좋아, 좋아. 너도 사람이면 오줌도 누고 싶을 거고 배도 고프겠지."

"오줌은 여기서 누면 돼. 오줌, 형아 머리에다 싸버릴 거야."

"마음대로 해."

다쓰로가 나무 옆에 털썩 앉았다.

"린타로, 선생님을 난처하게 하지 말아줘."

히데미 선생님이 쩔쩔매며 가냘픈 목소리로 말했다.

해질 무렵까지도 린타로는 나무에서 내려오지 않았다.

"근성이 있어, 저 녀석은."

다쓰로는 거의 포기한 심정으로 풀밭에 벌렁 드러누워 있었다.

"다쓰로 씨."

"왜요?"

"전 잘 모르겠어요."

"모르겠다니, 뭘?"

"린타로 같은 아이는 어떻게 대해야 하는 거죠?"

"선생은 유아교육과를 나왔잖아. 그거야말로 내가 묻고 싶은 말인데?"

히데미 선생님은 전문대학을 갓 졸업해서 이제 겨우 스무 살이다. 다쓰로보다 두 살 아래다.

"하지만…… 히데미 선생, 좀 전에 아주 좋은 말을 했어."

"좋은 말이라뇨?"

"린타로를 어떻게 대하면 좋겠냐고, 분명히 그렇게 말했지?"

"네."

"그 말투, 마음에 들어. 어쩐지 온기가 느껴지거든."

히데미 선생님이 살짝 미소를 지었다.

"대학 다닐 때, 딱 한 분 마음에 드는 선생님이 계셨어요. 다쓰로 씨처럼 말씨는 거칠었지만……."

"쳇, 그냥 좀 넘어가지."

다쓰로가 투덜댔다.

"성실하고 상냥한 선생님이었죠. 아이들을 가르치겠다거나 길들이겠다는 거만한 생각은 하지 말랬어요. 그저 아이들 곁에 있어 주라고 하셨죠. 아이들이 스무 명 있으면 그 아이들 곁에 있어주는 방법도 스무 가지라고요. 우리가 할 일은 그 방법을 생각하는 거라고 하셨어요."

"흠, 꽤 괜찮은 말인걸."

다쓰로가 감탄스레 말했다.

"선생이란 이름이 붙은 위인들은 죄다 변변치 못한 줄 알았는데 더러 쓸 만한 인간도 있나 보군."

다쓰로다운 표현이었다.

그 때 솔잎이 후드득 떨어졌다. 올려다보니 린타로가 솔잎을 뜯어 두 사람에게 던지고 있었다.

"인마, 질투하냐?"

다쓰로가 말했다.

"바보."

린타로가 쏘아붙였다.

다쓰로가 벌떡 일어섰다.

"야, 린타로."

"바보!"

린타로가 또 한 번 소리쳤다. 다쓰로는 아랑곳하지 않고 말했다.

"깜박하고 너한테 안 물어본 게 있다. 너, 뭐가 불만이야?"

히데미 선생님이 끼어들었다.

"제대로 설명을 못 드려서 죄송해요. 미끄럼을 더 타고 싶댔어요. 한 번 더 타게 해주지 않으면 집에 안 가겠다고 말했던 것 같아요."

다쓰로가 린타로에게 말했다.

"알았어. 알았으니까 내려와."

린타로가 고함쳤다.

"내려가면 잡으려고?"

"그런 비열한 짓은 하지 않아. 기다려줄게, 같이 돌아가자. 하지만 정말로 딱 한 번이다, 알았지?"

이 말을 듣자, 린타로가 능글맞게 씨익 웃었다. 그런 린타로도 나무에서 내려올 때는 영락없는 어린아이다. 겁먹은 듯 주춤주춤 내려온다.

"너는 그야말로 오로지 깡다구 하나 믿고 사는 녀석이구나."

다쓰로가 뼈저리게 느꼈다는 듯이 중얼거렸다.

마지막으로 한 번 더 미끄럼을 타고 나자, 린타로는 대번에 기분이 풀렸다.

"형아는 툭하면 화를 내."

린타로는 콧노래라도 부르듯이 말했다.

"형아는 툭하면 화를 내."

그러면서도 다쓰로의 손을 꼭 잡고 있다.

"나 참, 졌다, 졌어."

히데미 선생님이 옆에서 말했다.

"어쩌면 저렇게 귀여운 얼굴을 할 수 있을까요, 저 애?"

"이 녀석은 분명 하느님한테 뭔가를 받았어."

다쓰로가 말했다.

린타로가 나무에서 내려오자, 이 때를 기다렸다는 듯이 까마귀 한 마리가 소나무 꼭대기에 내려앉았다.

린타로의 하루는 아직 끝나지 않았다.

저수지 옆을 지날 때 린타로가 큰 소리로 외쳤다.

"거북이다!"

"뭐야, 갖고 싶냐?"

"응."

거북은 사람 발소리를 듣고 엉금엉금 깊은 물로 들어가려고 했다.

"에이, 깊은 데로 도망쳐버렸어."

기다려봐, 하고 말하며 다쓰로가 신발을 신은 채 물 속으로 들어가더니 거북 한 마리를 잡아 와 린타로의 손바닥 위에 놓아주었다.

린타로는 거북을 보고 있지 않았다.

"뭐야, 왜 그래?"

린타로가 조그맣게 말했다.

"형아 신발, 다 젖었어."

형아 신발, 다 젖어버렸어, 하고 린타로가 또 한 번 말했다.

어린이집이 문을 열기 전의 일이다.

그 해 4월, 새로운 어린이집이 문을 열었다. 륜예 어린이집이라고 했다. 소노코 씨와 다쓰로의 아버지인 겐타로 씨가 지은 이름이다.

"어린이집 이름이 뭐가 이렇게 어려워? '바람의 아이' 어린이집처럼 좀더 쉬운 이름도 많잖아."

다쓰로가 투덜거렸지만 소노코 씨는 가만히 웃기만 했다.

어린이집은 온통 콘크리트로 이루어져 있을 뿐 그림도 그려져 있지 않고 장식도 전혀 없어서 겉보기에는 어린아이들이 지낼 건물 같지 않았다.

"나는 이런 돌과 흙과 나무의 소박함이 좋아. 전혀 꾸미지 않은 것도 좋아. 이 건물에 그림을 그리는 것도, 방과 복도를 꾸미는 것도 아이들이겠지? 어른들 손길은 필요 없어."

소노코 씨는 이렇게 말한다.

어린이집에는 선생님 7명과 원장인 소노코 씨와 일꾼 겸 운전기사 겸 조수인 다쓰로, 이렇게 모두 9명이 있었다. 3세 이하의 유아는 이듬해부터 받기로 했다.

준공식 겸 입학식에는 직원과 아이들, 아이들의 부모들만 참가해서 의원이나 높으신 분들의 축하 말씀 하나 없이 간결하게 치러졌다. 이 어린이집의 정신이 잘 드러나보이는 입학식이었다.

겐타로 씨가 웃음기 하나 없는 얼굴로 단정히 앉아 있는 것이 인상적이었다. 겐타로 씨는 류예 어린이집을 세운 사람이다. 재산을 자식에게 물려주지 않겠다는 생각을 가진 사람으로, 자신이 일군 땀의 결정체를 자식들 손을 빌어 사회에 되돌려주고자 했다.

흐뭇한 마음이었으련만 시종일관 벌레 씹은 얼굴을 하고 있었던 탓에, 손해 볼 짓을 했다고 후회하고 있는 사람처럼 보이기도 했다.

식이 끝난 뒤에, 다쓰로가 위와 같은 내용의 말로 은근슬쩍 아버지를 놀렸다.

겐타로 씨가 호되게 꾸짖었다.

"멍청한 녀석! 손해는 너희들만으로 충분하다. 변변치 못한 자식을 둔 죄로 세상에 고개 들 면목이 없는 부모 입장을 생각해봐. 이 어린이집은 너희들이 속죄할 장소야."

그 때 린타로가 다가왔다.

행사 때 나온 홍백만두(결혼식이나 입학식 등의 축하행사 때 나오는 붉은색과 흰색의 동그란 과자 – 옮긴이)를 벌써 먹고 있었다.

"나오지로 씨의 손자로구먼."

겐타로 씨가 말했다.

'동쪽에는 나오지로, 서쪽에는 겐타로'라는 말이 있을 만큼 나오지로 씨와 겐타로 씨는 뛰어난 목수였다.

"속죄용 아이 등장이오."

다쓰로가 익살스레 말했다.

첫 직원회의가 열렸다. 소노코 씨가 젊은 선생님들 앞에서 말했다.

"고마워요. 저는 여러분이 우리 어린이집에 와주신 것만으로도 너무 기뻐요. 많은 아이들과 함께 지내다 보면 늘 사이가 좋을 수도, 늘 즐거운 일만 있을 수도 없겠죠. 하지만 저는 천성이 낙천적인 사람이라 많은 사람과 함께 지낼 수 있다는 것만으로도 너무너무 행복하답니다."

젊은 선생님들이 미소를 지었다.

다쓰로가 턱을 괸 채

"한마디로 속이 없는 사람이란 얘기지."

하고 짓궂은 농담을 하는 바람에, 주위의 젊은 선생님들이 웃음을 터뜨렸다.

"저도 많이 부족한 사람이지만, 린타로라는 아이가 '형아'라고 부르는 저 사람도 여러분에게 폐를 끼칠 사람이니, 부디 잘 부탁드리겠어요."

소노코 씨가 보기 좋게 빚을 갚았다.

"먼저 우리 어린이집을 어떻게 꾸려 나갈 것인가 하는 문제인데요, 저는 여러분에게 이렇게 해달라, 저렇게 해달라는 말은 하지 않을 생각이에요. 조금 이해하기 어려운 말일 수도 있겠지만 우리 어린이집에서는 어떤 일을 하든 아무 일도 하지 않든 여러분의 자유입니다."

젊은 선생님들이 서로 얼굴을 마주 보았다. 생각에 잠긴 눈빛이다.

"원래 인간은 그렇게 살아갈 자유를 타고났다고 생각해요. 흔히들 아이들은 자유롭고 느긋하게 살아갈 권리가 있다고 하지요. 당연한 말이지만, 아이들이 그렇게 살기 위해서는 주위 어른들, 그러니까 선생님이나 부모님들이 진정으로 자유로울 수 있어야 한다고 생각해요."

선생님들의 눈빛이 조금 빛났다.

"저, 밝혀두고 싶은 게 있는데……."

소노코 씨는 젊은 선생님들의 빛나는 눈을 보면서 말했다.

"저는 원래 뭔가를 논리 정연하게 말할 수 있는 사람이 아니에요. 그 점은 오해하지 말아주세요. 다만 좀 전에 한 말은 아이들이 우리 어린이집에서 자유롭고 느긋하게 지낼 수 있도록 도와달라고 여러분에게 부탁하기 위해 밤새 고민해서 겨우 생각해낸 거예요.

제 평생 처음으로 이렇게 논리 정연하게 말해봤어요."

선생님들의 얼굴에 미소가 감돌았다.

"정말이지 얼마나 열심히 생각했는지 몰라요."

소노코 씨의 말투에 선생님들이 그만 웃음을 터뜨렸다.

"저……."

다른 선생님들보다 조금 나이가 많은 시노부 선생님이 손을 들었다.

"원장선생님은 이 어린이집에서는 어떤 일을 하든 아무 일도 하지 않든 자유라고 하셨는데, 그 말씀은 남한테 기대지 말라는 뜻인가요?"

"그런 의미도 포함될 수 있겠지요."

소노코 씨가 생긋 웃으며 대답했다.

"저는…… 많은 걸 배우고 공부하고 싶어서 여기에 왔어요. 제 생각이 나쁜 건가요?"

"네."

소노코 씨가 역시 생긋 웃으며 대답했다. 시노부 선생님은 깜짝 놀란 얼굴을 했다.

"나쁘다고요?"

목소리에 잔뜩 힘이 들어가 있었다.

"나쁘다고 딱 잘라 말하는 건 지나칠지 모르지만, 아이들과 함께 생활하는 사람이 뭔가를 배우고 싶다, 공부하고 싶다는 생각을 갖게 되면 나중에는 아이들에게 뭔가 가르치고 싶다, 공부시키고 싶다고 생각하게 되지 않을까요?"

"……."

시노부 선생님은 고개를 갸웃하고 생각에 잠기더니, 얼마 뒤에 말했다.

"그럼, 어떻게 해야 되죠?"

"그 문제를 다 같이 차근차근 생각해보면 어떻겠어요?"

소노코 씨는 여전히 생글생글 웃고 있다.

"내가 아는 것 중에 시노부 선생님이 모르는 것이 있을 테고, 또 시노부 선생님이 아는 것 중에 내가 모르는 것도 있겠죠. 그런 것들을 서로서로 스스럼없이 배우고 가르쳐주도록 해요. 저는 우리 어린이집이 그런 어린이집이었으면 좋겠어요."

몇몇 젊은 선생님이 고개를 끄덕였다.

"그런 의미에서 지금 당장 여러분과 의논할 게 있어요. 아이들의 식사 문제예요."

소노코 씨가 구체적인 이야기를 꺼냈다.

"저는 요리하는 사람을 따로 두고 싶지 않아요. 식사 준비는 어린이집에서 하는 일 중에서 특히 중요한 일이에요. 식사는 아이들의 몸과 마음을 만드니까요. 남한테 맡길 수 있는 일이 아니라고 생각하기 때문에……."

"다 같이 음식을 만들자는 말씀인가요?"

"네. 저는 그렇게 생각하는데, 어때요?"

분위기가 조금 술렁거렸다.

자신 있어? 하고 옆 사람에게 묻는 선생님도 있다.

"요리를 하려면 당연히 경험이 필요하고 경험을 쌓으려면 실제로 해보는 수밖에 없죠."

소노코 씨의 눈에 생기가 넘쳤다.

"처음에는 아무래도 서툴러서 아이들에게 불편을 끼치겠지만, 아이들의 성장에 좋은 음식을 만들 수 있는 지식과 솜씨를 갖추는 것이 결국은 아이들을 위하는 일이에요. 물론 우리 건강을 위해서도 더 좋고요."

"그걸 배울 수 있으면 좋겠지만……."

누군가가 말했다.

"배우는 것이 아니라 다 같이 공부하는 거예요. 길잡이 정도는 제가 할 수도 있고요."

소노코 씨가 말했다.

"원장선생님은 요리 공부를 하셨어요?"

히데미 선생님이 물었다.

"워낙 요리를 좋아하는 데다 어린이집을 시작하기로 마음먹은 뒤로는 요리에 관한 책도 아주 많이 읽었죠."

소노코 씨는 요리를 하는 것도, 요리 이야기를 하는 것도 좋아하는 사람인 모양이다.

"요즘은 건강한 밥상을 차리려면 반드시 공부를 해야 돼요. 그런 세상이 되어버렸어요. 옛날처럼 현미밥이나 보리밥을 먹고 간식으로 고구마나 콩, 찐 멸치를 먹던 시절에는 먹거리에 대해 공부하지 않아도 별 문제가 없었지만, 지금은 제대로 알지 못하면 음식 때문에 건강을 해치거나 죽을 수도 있는 시대예요. 죽는다는 건 좀 지나친 말이지만."

몇몇 젊은 선생님은 그렇게까지 생각해본 적은 없는 듯, 진지한 얼굴로 소노코 씨의 이야기를 듣고 있다.

"아이들이 좋아하는 가공식품은 몸에 해로운 식품 첨가물이 들어 있다는 게 문제예요. 곡물이나 채소는 잔류농약이 문제고, 젊은 사람들이 밖에서 즐겨 사 먹는 음식은 조리법과 영양에 문제가 있고……."

히데미 선생님이 또 손을 들었다.

"조리법과 영양에 어떤 문제가 있는지 좀더 자세히 설명해주세요."

"네, 그러죠. 사람의 입맛은 유아기에 결정된다고 해요. 자극적인 음식만 계속 먹다 보면 그걸 맛있다고 여기게 되죠. 또 필수 영양소를 제거한 곡물이나 기름, 설탕은 칼로리만 비정상적으로 높기 때문에 많이 먹으면 비만으로 이어지고……."

그런 이야기가 한동안 이어졌다.

소노코 씨는 함께 배우자는 생각을 그 날부터 당장 실천하려는 듯했다.

이야기 도중에 몇몇 선생님이 쿡쿡거렸다. 소노코 씨가 살펴보니, 웬일로 얌전히 듣고 있다 싶었던 다쓰로가 책상에 엎드려 세상모르고 자고 있었던 것이다.

어린이집이 문을 열고 선생님들 사이에서 가장 먼저 화젯거리가 된 아이는 린타로다.

"그 애, 대체 어떤 애예요?"

"세상에 둘도 없는 말썽꾸러기예요."
"자기보다 큰 하얀반 애들이랑 싸워서 그 애들을 울릴 정도라니까요."

린타로가 선생님들 입에 오르내리지 않는 날은 하루도 없었다.

린타로는 빨간반으로, 이제 갓 네 살이 된 사내아이다. 가장 어린 아이들 반이 빨간반, 가장 큰 아이들 반이 하얀반이고 그 사이에 초록반이 있다.

어린이집에는 낮잠 시간이 있다. 젊은 선생님들이 골치를 썩는 시간이다.

"린타로, 착하지…… 그냥 누워 있기만 해도 괜찮으니까…… 응?"

세이코 선생님이 말했다.

"나, 착하지 않아."

린타로가 톡 쏘아붙인다.

"일단 자리에 누워!"

에리 선생님이 버럭 소리쳤다.

"일단이 무슨 뜻이야?"

린타로는 에리 선생님을 놀리고 있다.

"어우, 정말……."

어우-, 어우- 하고 린타로가 동물 울음소리를 흉내냈다.

유미코 선생님이 갑자기 린타로를 끌어안고 바닥에 벌렁 누웠다.

"냄새! 푸우, 냄새야!"

린타로가 소리쳤다.

"향기 좋지? 이거 화장품 냄새야. 미인 품에 안겨 있는 걸 고맙게 생각해."

"바보."

린타로가 바동거렸다.

낮잠 시간이면 늘 한바탕 소동이 벌어진다. 그 날도 어김없이 한동안 소동이 벌어졌지만, 뜻밖에도 린타로는 빨리 얌전해졌다.

창으로 따스한 햇살이 비쳐든다. 싱겁게도 아이들은 하나둘씩 잠이 들었다.

젊은 선생님들도 한시름 놓은 표정이었다. 낮잠 시간을 이용해서 아이들 집에 보낼 연락장에 어린이집 소식을 적어야 한다. 선생님들이 조용조용 방을 나갔다.

이 때를 기다렸다는 듯이 린타로가 살며시 눈을 떴다.

아이들은 나란히 줄맞춰 누워 잠이 들어 있다.

선생님이 자란다고 고분고분 잠을 자는 녀석은 줏대 없는 녀석이야.

잠들어 있는 아이는 린타로에게 통나무나 다름없었다.

"하나 둘, 하나 둘……."

구령을 붙이며 통나무를 밟고 지나갔다.

"꺄악!"

"아얏!"

방 안은 금세 아수라장이 되었다.

엉엉 우는 아이도 있고, 배를 감싸안고 흐느껴 우는 아이도 있다.

세이코 선생님과 에리 선생님이 달려왔다.

"어떻게 된 거야? 무슨 일이니?"

두 사람의 표정이 잔뜩 굳어 있다.

"린타로가 배를 밟아서……."

한 아이가 울면서 말했다.

"그게 무슨 말이니? 왜 배를 밟아?"

"자고 있는데 린타로가 배를 밟고 지나갔어."

이렇게 말한 아이도 울고 있었다.

"린타로!"

세이코 선생님의 목소리가 엄해졌다.

"이리 와봐!"

세이코 선생님이 린타로의 팔을 꽉 움켜쥐었다.

린타로를 다룰 수 있는 사람은 다쓰로뿐이다. 세이코 선생님이 린타로를 다쓰로에게 끌고 갔다.

자초지종을 듣고 다쓰로가 말했다.

"할 말 있으면 해봐."

린타로는 기어들어가는 목소리로 낮잠 자기 싫다고 대꾸했다.

"낮잠 자기 싫으면 남의 배를 밟아도 되냐?"

린타로도 할 말은 있었다. 줏대가 없는 녀석들이라서 배를 밟아줬다고. 하지만 그 말이 통하지 않으리라는 것을 린타로는 알고 있다. 그래서 잠자코 있었다.

"각오는 돼 있겠지?"

다쓰로가 무시무시한 목소리로 말했다.

"또 매달려고?"

알면 됐어. 다쓰로는 인정사정 봐주지 않는다.

린타로는 광 앞으로 끌려갔다.

다쓰로는 단체놀이 때 쓰는 기다란 천으로 린타로의 몸을 둘둘 감았다. 그리고 천 한쪽 끝자락을 버드나무 가지에 걸었다. 그러고는 린타로의 발끝이 땅에 닿을락 말락 할 때까지 천을 쭉쭉 잡아당겼다.

다쓰로가 말했다.

"낮잠 시간 끝날 때까지 그러고 있어."

이윽고 한 시간 반가량이 흘렀다. 낮잠을 자고 일어난 아이들이 린타로 주위에 몰려들었다. 자기를 보고 있는 아이들에게 버드나무 가지를 흔들어 보이며 린타로가 말했다.

"이거, 도롱이벌레 놀이야. 너희들은 못 하지? 메롱."

린타로의 장난은 끝이 없다.

모래밭에 굴 파기 놀이가 인기를 끌었다. 린타로는 굴을 두세 개씩이나 파고도 만족하는 법이 없었다.

커다란 산을 만들어 굴을 파고 조그만 산을 만들어 굴을 파고 그 둘을 잇는 또다른 굴을 파는 식이었는데, 어린아이치고는 선생님들도 감탄할 만큼 솜씨가 훌륭했다. 린타로는 모래밭을 온통 그런 귀여운 작품들로 채웠다. 무슨 일이든 끝장을 봐야 직성이 풀리는 성격인 듯했다.

규모가 큰 굴은 혼자 만들 수 없다. 린타로는 벌써 그 무렵부터 사람을 다룰 줄 알아서, 누구에게는 여기에 굴을 파게 하고 또 누구에게는 저기에 굴을 파게 하며 골고루 일을 나누었다. 따라서 완성된 굴은 다 함께 만든 작품인 셈이다. 하지만 린타로에게는 그런 인식이 없다.

그 때문에 갈등이 생긴다.

린타로는 만드는 즐거움과 만든 것을 파괴하는 즐거움을 모두 맛보고 싶어했다.

"얍!"

다리에 잔뜩 힘을 주고 두 팔을 활짝 벌려 기합을 넣는다.

"간다!"

린타로가 소리친다. 몸이 붕 떠오른다. 모래산에 온몸을 부딪어 팔다리를 마구 휘두르고 데굴데굴 굴렀다.

"아아!"

아이들이 한숨을 내뱉는다.

"겨우 다 만들었는데……."

소리내어 이런 말을 하는 아이도 있다.

얼마 지나자 린타로를 따라 하는 아이도 생겼다.

애써 만든 굴을 린타로가 무너뜨렸다고 원망하던 아이 하나가 이 일을 료코 선생님에게 일렀다.

"린타로, 원장선생님한테 좀 가봐."

료코 선생님이 쌀쌀맞게 말했다.

"왜?"

"너, 다 같이 만든 굴을 무너뜨렸다며?"

무너뜨리는 게 뭐가 나쁜지 린타로는 이해할 수 없었다. 무너뜨렸다가 다시 만들고 무너뜨렸다가 또다시 만들면 되는데……. 하지만 린타로는 이런 생각을 말로 표현할 줄 몰랐다.

"나, 원장선생님한테 안 갈래."

린타로는 다쓰로한테 끌려가는 것보다 원장선생님한테 불려가는 게 더 싫었다.

야단을 치면 대들거나 사납게 굴 수 있다. 하지만 원장선생님은 야단을 치지 않는다. 그래서 린타로는 이러지도 저러지도 못한다.

결국 린타로는 소노코 씨 앞에 끌려갔다. 자초지종을 듣고 소노코 씨는 생글생글 웃으며 말했다.

"린타로. 선생님이랑 이야기 좀 할까?"

싫어, 하고 린타로가 대꾸했다.

"선생님은 린타로랑 얘기하고 싶은데."

소노코 씨가 린타로의 어깨에 손을 얹었다.

소노코 씨는 아이들과 얘기할 때면 바닥보다 한 칸 높은 나무판에 아이를 앉히고 자신은 쪼그리고 앉아 아이와 눈높이를 맞춘다.

린타로는 그것도 싫었다. 이 때도 린타로는 나무판에 앉아 주뼛거리고 있었다.

"그렇게 주뼛거리면 이야기하기 어렵잖니."

"일어서서 얘기하면 주뼛거리지 않아."

"앉아서 이야기하는 게 더 편하지 않니?"

"아니, 안 편해."

린타로는 고개를 가로저었다.

"그럼, 오늘은 특별히 린타로 옆에 앉을게. 괜찮지?"

린타로가 끄덕, 고갯짓을 했다.

'저렇게 고갯짓을 할 때, 린타로는 너무너무 귀여워.'

소노코 씨는 마음속으로 이렇게 말했다.

"린타로는 굴 파기 놀이를 좋아하지?"

린타로는 또 한 번 끄덕 고갯짓을 했다.

"엄마가 조금 늦게 마중 오셨던 날, 린타로는 혼자서 굴을 아주 아주 많이 팠지?"

린타로가 고개를 끄덕거린다.

"그 때도 마지막에는 굴을 죄다 무너뜨리더구나. 선생님, 다 보고 있었어. 그 때 린타로는 아주 즐거워 보였어. 린타로는 굴을 파는 것도, 굴을 무너뜨리는 것도 좋아해, 그렇지?"

린타로는 턱을 잔뜩 당기고는 으스대듯 고개를 끄덕거렸다.

"린타로가 혼자서 굴을 파고 그 굴을 무너뜨렸을 때는 아무도 뭐라고 하지 않았는데, 다 같이 만든 굴을 무너뜨리니까 사람들이 자꾸 뭐라고 해. 그렇지, 린타로?"

린타로는 잠깐 생각하고는 고개를 끄덕였다.

소노코 씨는 더 이상 그 얘기를 꺼내지 않았다.

"린타로는 앞으로 굴을 백 개 팔까, 천 개 팔까, 만 개 팔까? 굴을 백 개 무너뜨릴까, 천 개 무너뜨릴까……."

소노코 씨가 즐겁게 말했다.

기운을 되찾은 린타로가 눈빛을 반짝이며 말했다.

"으응, 나, 만 개 30번."

이 이야기는 여기서 끝이 아니다.

린타로는 같은 반 아이인 도시하루에게 굴 파기 놀이를 하자고 했다.

커다란 모래산을 쌓았다.

"이렇게 커다란 산에 굴을 팔 수 있어?"

"팔 수 있어."

린타로가 자신 있게 말했다.

"그래도 너무 커."

도시하루는 못 믿겠다는 눈치였다.

"린타로, 팔 좀 뻗어봐."

린타로와 도시하루가 각각 모래산 양쪽 끝으로 가서 바닥에 넙죽 엎드렸다. 팔을 쭉 뻗었지만 두 아이의 손끝과 손끝 사이의 거리가 20센티미터쯤 되었다.

"이것 봐."

도시하루가 말했다.

"할 수 있어."

린타로가 이렇게 말하고는 도시하루 쪽으로 갔다. 엄청난 빠르기로 모래산 가장자리에서 세로 굴을 파 내려갔다. 그러고는 조심조심, 산 중심을 향해 가로로 굴을 파 들어갔다.

"여기에 머리도 들어간다."

"응."

"도시하루, 넌 여기서부터 파. 나는 저기서부터 팔게."

도시하루는 털끝만큼도 린타로를 의심하지 않았다.

린타로는 속셈이 있었다.

둘은 꽤 경사가 가파른 굴을 팠다. 도중에 린타로는 도시하루 몰래 미키마우스 그림이 찍힌 플라스틱 양동이 두 개에 물을 가득 부어 놓았다.

굴이 뚫리자 린타로가 말했다.

"도시하루, 굴 안을 들여다 봐."

물론 도시하루는 린타로의 말대로 했다.

그 틈에 린타로는 양동이를 자기 옆에 가져다 놓았다. 그리고 양동이의 물을 굴 위에 확 쏟아 부었다. 하지만 어느새 상황은 바뀌어 있었다.

린타로가 물을 쏟아 붓자마자 예상대로 울음소리가 터져 나왔다. 하지만 그것은 린타로가 굴을 무너뜨렸다고 선생님한테 일러바친 도시하루의 울음소리가 아니라 빨간반에서 가장 얌전한 가요코의 울음소리였다.

가요코는 머리와 가슴이 모래범벅이 된 채 엉엉 울었다.

"너, 이게 무슨 짓이야!"

린타로의 머리 위로 시노부 선생님의 불벼락이 떨어졌다.

린타로는 다쓰로에게 세 대를 맞고 나서 이번에도 버드나무 가지에 대롱대롱 매달렸다.

그 날 저녁 도시하루의 엄마가 린타로네 집에 찾아왔다.

"가만히 있는 우리 아이를 댁의 아이가 도랑에 떠밀었어요! 대체 무슨 짓이에요?"

대체 무슨 짓이냐고 따진들, 린타로가 그 이유를 설명할 수 있을 리가 없었다.

아이들의 결점을 드러내 말하거나 고치려 하기보다 장점을 살려주자는 원장 소노코 씨의 생각에는 선생님들도 거의 찬성하는 듯했지만, 유독 린타로의 장점을 인정해주려는 생각은 뒷전으로 밀려나는 경향이 있었다. 경험이 적은 선생님들이 대부분인 이 어린이집에서는 무리도 아니었다.

그림을 그릴 때, 린타로와 에리 선생님 사이에 이런 대화가 오갔다.

"왜 엄마 얼굴을 그려야 돼?"

"좀 있으면 어머니날이잖아. 엄마 그림을 그려서 선물하면 틀림없이 엄마가 기뻐하실 거야."

"그럼, 아빠 그림도 그려야 되겠네?"

"어머니날이 먼저야. 아버지날은 아직 멀었잖아. 아버지날이 가까워지면 그 때 아빠 그림을 그려서 선물하면 되잖아."

"싫어."

린타로가 말했다. 둘 다 그려야 직성이 풀리는 모양이었다.

뭐, 나쁠 건 없지, 하고 에리 선생님은 생각했다.

"좋아, 린타로는 종이를 둘로 나눠서 왼쪽에는 아빠를, 오른쪽에는 엄마를 그리는 거야. 그럼, 됐지?"

응, 하고 대답하고 린타로는 크레파스를 쥐었다.

에리 선생님은 마음을 놓고 다른 아이에게 갔다. 얼마 뒤에 와보니, 린타로는 도화지를 온통 새까맣게 칠하고 있었다.

"뭐야? 이게 뭐니?"

한가운데에 선이 그어져 있는 걸로 보아 아빠와 엄마를 따로따로 그린 것 같기는 한데, 사람의 윤곽도 없을뿐더러 다른 색깔도 전혀 없다.

"린타로네 엄마는 눈도 코도 입도 없는 새까만 사람이니?"

에리 선생님의 목소리가 저도 모르게 날카로워졌다.

"이건 엄마, 이건 아빠."

린타로는 천연덕스레 대꾸했다.

린타로는 엄마를 머리카락부터 그리기 시작했다. 그런데 생각대로 그려지지 않아 자꾸만 덧칠을 하다 보니 종이의 하얀 부분이 죄다 사라져버렸다. 린타로도 이것이 실패작이라는 사실을 알았다. 한쪽을 새까맣게 만들어버렸으니 다른 한쪽도 새까맣게 칠하자. 그것이 린타로의 생각이었다.

화가 치민 에리 선생님이 책상 위의 꽃을 가리키며 린타로에게 물었다.

"린타로, 이거 뭐로 보여?"

"똥."

오기가 생긴 에리 선생님이 정색을 하고 물었다.

"이 오르간은?"

"귀신."

"이 책상은?"

"메뚜기."

에리 선생님은 울먹거리며 린타로와 이런 말을 주고받았다.

어린이집에서는 수요일 저녁마다 직원회의가 열린다. 어린이집을 꾸려 가려면 의논해야 할 것들이 많지만 특히 힘을 쏟고 있는 것은 아이들의 식사 문제와 아이들 하나하나를 이해하기 위한 토론이었다.

"자, 준비됐죠? 다음 달 식단을 발표하겠어요. 아직 정해진 건 아니니까 자유롭게 의견을 말해주세요. 월요일은 비빔초밥이에요. 비빔초밥이니까 고명으로 생선, 당근, 우엉, 연근, 두부, 버섯, 달걀, 강낭콩이 필요합니다······."

다음 달의 식사 당번인 게이코 선생님이 말했다.

"화요일은 당근밥. 수요일은 롤빵이니까 별것 없고요. 목요일은 생선밥이에요. 그리고 금요일은 알밥, 토요일은 우동입니다. 반찬과 간식 메뉴를 보면서 영양이 모자라지는 않은지 살펴봐 주시기 바랍니다."

시노부 선생님이 말했다.

"해조류가 좀 부족하지 않나요? 목요일에 미역국이 있긴 하지만."

"아, 죄송해요. 깜박 잊고 안 썼는데, 비빔초밥에 고명으로 김을 얹을 거예요."

녹미채밥은 어떨까요? 하고 유미코 선생님이 의견을 말했다. 그러자 그거, 맛있어요? 하고 히데미 선생님이 관심을 보였다.

어린이집 선생님들은 좋은 식사란 무엇인지 생각해보는 시간을 여러 차례 가졌다. 소노코 씨가 권해준 책도 거의 다 읽었다.

그리고 다들 좋은 식사의 모범은 할아버지 할머니들이 오래 전부터 해오던 식사라고 생각하게 되었다.

정제하지 않은 곡류, 생선과 해조류, 고구마와 콩, 섬유질이 풍부한 뿌리채소, 요즘 아이들은 이런 것들을 거의 입에 대지 않거나 아주 조금밖에 먹지 않는다.

칼슘이 부족하면 아이들은 정서가 불안정해진다. 식사가 아이들의 몸과 마음을 만든다는 소노코 씨의 말을 이제는 아무도 과장이라고 생각하지 않는다.

몇 가지 고쳐지기는 했지만 식단은 거의 원안대로 통과되었다.

"도시락 반찬에 뭔가 변화가 보이나요?"

소노코 씨가 물었다.

한 달에 두 번, 도시락을 싸 오는 날이 있다. 식습관을 바꾸기 위해서는 반드시 가정의 도움이 필요하다. 어린이집에서는 안내문을 돌려 협조를 구하고 있었다.

시노부 선생님이 가공식품과 반(半)가공식품이 줄어들고 있다고 말했고, 많은 선생님들이 고개를 끄덕였다. 각 가정에서도 식사에 대한 생각이 조금씩 달라지고 있는 듯했다.

식사 이야기가 끝나고 아이들에 대해 이야기하는 시간이 되었다. 직원회의의 마지막 순서는 늘 이것이다.

한 아이를 두고 모든 선생님이 함께 생각한다. 젊은 선생님들은 자신의 경험이 부족하다는 생각에 불안감을 느낀다. 따라서 이런 시간이 반드시 필요하다.

그 날은 대소변을 지리는 아이, 친구들과 어울리지 못하는 아이를 두고 이야기를 나누었다.

그리고 마지막에는 어김없이 린타로가 화제에 올랐다. 린타로는 이 시간에 거의 빠지지 않는 단골손님이다.

린타로가 어떤 사고를 쳤는지 모든 선생님이 속속들이 알고 있었다.

"그 아이가 무슨 일만 저질렀다 하면 무조건 원장선생님이나 다쓰로 씨한테 데려가는 것이 과연 바람직한지……."

시노부 선생님이 말했다.

젊은 선생님들이 눈길을 떨어뜨렸다.

"린타로는 우리가 감당할 수 없는 아이라고 생각하는 건 그 아이한테도 너무 미안한 일이에요."

시노부 선생님은 분명 옳은 말을 하고 있다.

"야단쳐야 할 때는 야단을 쳐야죠. 타일러야 할 때는 타일러야 하고요. 그 일을 다른 사람에게 미루는 것은 무책임하다고 생각합니다."

시노부 선생님은 린타로에게 어정쩡한 태도를 보이는 젊은 선생님들이 답답한 모양이다.

소노코 씨가 생긋 웃고는 말했다.

"그렇게 생각하면 됐어요."

세이코 선생님이 머뭇머뭇하며 손을 들었다.

"저……."

"네, 말씀하세요."

소노코 씨가 말했다.

"물론 저희들이 자신감이 부족해서 린타로를 어떻게 대하면 좋을지 몰라 허둥거리는 건 사실이지만, 원장선생님이 자상하게 타이르거나 다쓰로 씨가 엄하게 벌을 주는 것도 린타로한테는 도움이 된다고 저는 생각하는데요."

"아뇨. 저는 그렇게 생각하지 않아요."

소노코 씨는 여전히 웃음 띤 얼굴로 말했다.

"린타로뿐 아니라 어떤 아이든 마찬가지지만, 어떤 한 방법이 그 아이에게 가장 적당하다고 생각해버리면 더 이상 그 아이를 이해하려 하지 않게 된다고 봐요. 저는 결코 린타로를 어떻게 하겠다거나 어떻게 대해야겠다고 생각하지 않아요. 다만 린타로와 만나고 싶다고 생각할 뿐이에요. 린타로와 더 많이 만나고 싶다, 더 많이 만나고 싶다, 그런 생각으로 린타로와 이야기를 나눌 뿐이죠."

세이코 선생님은 곰곰이 생각에 잠겨 있다.

"나는 요즘 내가 사람 욕심이 굉장히 많다는 걸 절실히 느껴요. 아이들과 함께 지내면서부터 그 욕심이 더욱 강해졌죠. 린타로의 다양한 모습과 만나지 못하는 건 손해예요."

세이코 선생님이 말문을 열었다.

"다쓰로 씨도 마찬가지인가요?"

"나 말야?"

다쓰로는 귀찮다는 듯 머리를 긁적이며 일어섰다.

"아이들을 어떻게 하겠다는 생각이 없는 건 누나와 비슷하지만, 나는 워낙 단순한 인간이라 무슨 말로 어떻게 설명해야 좋을지 잘 모르겠군. 나는 중고등학교 때 꽤나 말썽꾼이었는데, 그건 선생들에 대한 반발 때문이었어. 뭘 가르치려 들거나 이래라 저래라 명령하는 인간치고 변변한 인간이 없다는 신념이랄까, 나한테는 그런 게 있어. 남한테 뭔가를 명령하는 인간은 글러먹은 인간이야. 나는 선생들을 반면교사(극히 나쁜 면만을 가르쳐주는 선생이란 뜻으로, '어떤 경우에도 저렇게 살아서는 안 된다'는 역설적인 깨우침을 주는 대상 – 옮긴이)로 삼으며 살아왔어."

　선생님들은 적잖이 놀란 얼굴로 다쓰로의 이야기를 듣고 있었다. 누구한테나 퉁명스럽고, 뭔가를 말로 설명하는 일이 거의 없는 다쓰로의 성격을 잘 알고 있기 때문이다.

　"나는 린타로 녀석을 친구라고 생각해. 녀석은 나하고 닮은 구석도 있고, 뭐랄까 야생동물처럼 정직하게 자기를 드러내지. 그 점이 나하고 잘 맞아. 얼마 전에 시노부 선생이 나한테 체벌은 바람직하지 않다고 설교했지만, 나는 아이들에게 벌을 준다고 생각하지 않아. 그 녀석을 흠씬 패줄 때는 '너 이 자식, 대체 무슨 짓이야? 그런 짓을 해도 좋다고 생각하는 거야?' 하고 진심으로 생각할 때야. 어찌 되든 상관없는 녀석이었다면 그렇게 정색을 하지도 않아."

　히데미 선생님이 고개를 끄덕였다.

　"진심이면 아이들을 패도 되냐고 되묻는 사람도 있겠지만, 이래 봬도 나는 사람을 가려 가면서 팬다구. 나한테 맞고 기가 죽을 녀석 같으면 애당초 패지도 않아. 린타로는 얻어터진다고 주눅들 아이가 아냐."

　다쓰로는 힘주어 말했다.

　"쓸데없는 참견인지 몰라도 나는 어린이집에서 일하는 인간들은 얼간이라고 생각해. 월급은 짜지, 일은 힘들지, 뭐 하러 이런 일을 하나 싶어. 하지만 자기가 얼간이라는 걸 인정한다면 여기서 즐겁게 일하지 못하는 건 너무 손해 아냐? 나는 그런 생각으로 여기서 얼간이로 지내고 있어. 린타로와 선의의 경쟁을 하면서 말이지. 그 녀석은 누구보다 어린이집 생활을 즐기고 있거든."

에리 선생님이 손을 들었다.

"한 사람의 얼간이로서 다쓰로 씨한테 한 가지 질문해도 될까요?"

다쓰로가 머리를 벅벅 긁었다.

"다쓰로 씨가 솔직하게 말씀하셨으니까 저도 솔직하게 말할게요. 전 린타로를 이해할 수가 없어요. 너무너무 사랑스러운 표정을 짓는가 싶으면 무지무지 얄미운 말이나 행동을 해요. 한없이 어린애답다가도 어른 뺨칠 만큼 계산에 밝거나 교활해지기도 하고요. 전번에도 간식 시간에 자기 몫의 푸딩을 다 먹고 또 받으러 왔기에, '넌 벌써 받아 갔잖아.' 했더니 자긴 안 받았다고 우기는 거예요. 그 땐 정말 얼마나 얄미웠는지 몰라요."

정색을 하고 말하는 에리 선생님은 굉장히 귀여웠다.

"이봐, 너……."

하고 말을 꺼냈다가 다쓰로가 얼른 아, 미안 하고 사과했다.

"아이들은 원래 그런 건가요?"

"그거, 나한테 묻는 말이야?"

"다쓰로 씨의 의견을 듣고 싶어요."

"나는 의견 같은 거 없어. 어린애도 똑같은 인간이야. 약은 짓을 하거나 잇속을 차린다고 해서 왜 욕을 먹어야 하지? 에리 선생도 때로는 교활해지기도 하고 잇속을 차리기도 하잖아. 어른한테는 어른답게 굴라고 하지 않으면서 왜 아이들한테는 아이답게 굴라는 거야? 나는 오히려 그게 이해가 안 가는군."

"……."

"린타로를 이해할 수 없다고 하는데, 아이들이란 이해할 수 없기 때문에 재미있는 거 아닌가? 나는 그렇게 생각하는데."

에리 선생님은 말없이 생각에 잠겨 있었다.

"내가 할 수 있는 말은 이 정도인데, 대답이 됐나?"

"다쓰로 씨의 말, 좀더 생각해보겠어요."

에리 선생님이 대답했다. 천성이 온순한 사람인 듯했다.

"린타로의 행동에 종종 당황하는 것이 꼭 나쁜 일일까요?"

소노코 씨가 말했다.

"누군가 린타로를 태풍 같은 아이라고 하던데, 아주 적절한 말 같아요. 태풍에는 눈이 있고, 눈이 크고 선명할수록 그 태풍은 강한 에너지를 품고 있죠. 모든 아이들에게는 그런 하늘의 눈이 있고, 그 눈은 생명의 성장을 암시한다고 생각해요. 저는 아이들과 함께 지내면서 아이들은 신비로움을 가득 지닌 인간의 원형이라는 것을 절실히 느꼈어요. 나는 그것을 소중히 여기고 싶어요."

독신이며 아이도 없는 소노코 씨가 그렇게 말했다.

모든 선생님이 자신을 두고 갖가지 생각과 의견을 나누고 있음을 아는지 모르는지, 린타로는 변함없이 천진난만하게 하루하루를 보내고 있었다.

린타로가 매실 장아찌 놀이를 시작했다.

턱에 힘을 잔뜩 주고 끌어당긴다. 이 때 턱에 주름이 생기는데, 그것이 매실 장아찌인 것이다.

"너, 매실 장아찌(매실 장아찌 표면을 보면 주름이 많은데, 린타로는 턱의 주름을 여기에 비유한 것-옮긴이) 만들 줄 알아?"

린타로가 먼저 시범을 보인다. 그것을 본 아이가 흉내를 내보지만 좀처럼 쉽지 않다.

표정만 이상해질 뿐 매실 장아찌가 생기지 않는 아이도 있다.

"못 만들면 넌 멋쟁이 아냐."

린타로는 그렇게 말하고 다른 아이한테 간다.

"너, 매실 장아찌 만들 줄 알아?"

린타로가 매실 장아찌를 만든다. 얼굴 어디에다 힘을 줘야 할지 모르는 아이는 그저 온갖 표정을 지어볼 뿐이다.

"넌 안 되겠다."

린타로는 또 다른 아이에게 간다.

"가요코, 매실 장아찌 만들 줄 알아?"

가요코는 매실 장아찌를 만들 수 있었다.

의미도 없는 놀이지만 아이들에게 매실 장아찌를 만들 수 있느냐 없느냐는 더없이 중요한 문제였다.

여기저기서 아이들이 얼굴을 실룩거린다.

"아이들이 대체 왜 저러는 겁니까?"

음식 재료를 날라 온 젊은이가 세이코 선생님에게 물었다.

"설명하기 어려워요."

세이코 선생님이 웃으며 말했다.

사정이 달라진 것은 이튿날이었다.

린타로가 어린이집으로 들어서자마자, 린타로가 오기만을 이제나저제나 기다렸다는 듯이 세이코 선생님과 에리 선생님이 당장에 캐물었다.

"린타로, 어제 가즈미치랑 히데키랑 앗짱한테 뭐 했어?"

린타로는 잠깐 생각했다.

"아무것도 안 했는데?"

"거짓말하면 못써. 자, 똑바로 말해."

"아무것도 안 했어."

"선생님들은 벌써 죄다 알고 있어. 자, 린타로, 야단치지 않을 테니까 어서 말해봐."

린타로는 아무것도 안 했다는 말을 되풀이했다.

"자꾸 이럴 거야? 좀 있으면 가즈미치랑 히데키랑 앗짱이 올 거야. 그러면 죄다 알게 될 일이라고."

이윽고 세 아이가 어린이집에 도착했다. 세 아이가 린타로 앞에 나란히 섰다.

세이코 선생님과 에리 선생님이 세 아이의 턱을 뚫어지게 보았다.

역시…… 하고 두 선생님은 얼굴을 마주 보았다.

전날 저녁에 어린이집으로 전화가 걸려왔다.

"아이 턱에 상처가 있는데, 무슨 일이죠? 애한테 물었더니 린타로라는 아이가 그랬다던데……."

같은 내용의 전화 세 통이 걸려왔다.

또 린타로가 무슨 짓을 저지른 거야. 전화를 받은 에리 선생님은 순간적으로 이렇게 생각했다.

세 아이의 턱에는 베인 상처가 짤막짤막하게 나 있었다.

"세상에, 어쩌다 이런 일이."

세이코 선생님은 안쓰러운 듯 아이들의 상처를 바라보았다.

에리 선생님이 린타로의 두 팔을 꽉 잡고 엄한 목소리로 물었다.

"린타로, 대체 뭘 어떡한 거야?"

"멋쟁이가 되려면 매실 장아찌를 만들 줄 알아야 돼."

린타로가 대답했다.

"그래서?"

"가즈미치도 히데키도 앗짱도 매실 장아찌 못 만들어."

"그래서 어떻게 했냐고."

"매실 장아찌를 못 만들기에 찰흙놀이 할 때 쓰는 나무칼로 싹싹 그어줬어."

린타로 딴에는 좋은 일을 한 셈이다.

"아, 정말 못 말리겠네."

세이코 선생님도 에리 선생님도 한숨을 내쉬었다.

"너, 전혀 나쁜 짓을 한 얼굴이 아니구나? 잘 들어, 린타로. 어떤 경우에도 남의 몸에 상처를 입혀서는 안 돼."

린타로는 잘 이해할 수 없다.

"표정이 왜 그래?"

매실 장아찌 만들어준 건데…… 하고 린타로가 중얼거렸다.

"어휴…… 너, 똑똑히 들어."

에리 선생님이 벌컥 화를 냈다.

"린타로, 매실 장아찌가 뭔지는 잘 모르겠지만, 남의 얼굴에 상처를 내는 건……."

에리 선생님은 두 손으로 린타로의 얼굴을 잡고 마구 비볐다.

"네가 깡패니, 깡패야? 아 참, 너 깡패가 뭔지 아니?"

에리 선생님은 야단을 쳐도 도통 위엄이 없다.

"너희들도 그래. 얼굴에 상처를 내는데도 가만 있었어? 너희 같은 애들을 보고 멍청이라고 하는 거야."

에리 선생님은 세 아이한테까지 화풀이를 했다.

린타로가 화를 냈다.

"에리 선생님은 멋쟁이에 안 끼워줘."

에리 선생님이 야단을 쳐도 린타로는 전혀 아랑곳하지 않는다. 질리지도 않고 매실 장아찌 놀이를 계속한다.

다쓰로가 싱글거리며 린타로에게 다가왔다.

"린타로, 멋쟁이는 멋진 매실 장아찌를 만들 줄 알아야 되지 않겠냐?"

"응."

린타로는 턱 근육에 힘을 주어 매실 장아찌를 만들어 보였다.

"이야, 아주 멋진데? 그래, 매실 장아찌는 무슨 색이지?"

"빨간색."

"맞아, 빨간색이지. 네 매실 장아찌에 빨간색을 칠할까, 어때?"

다쓰로가 주머니에서 매직을 꺼냈다.

"응."

린타로가 턱을 삐쭉 내밀었다. 뒤로 뺄 줄 알았는데 신이 나서

덤비자, 다쓰로는 김이 샜다. 하는 수 없이 린타로의 매실 장아찌를 빨갛게 칠해주었다.

"에이, 재미없다."

다쓰로가 이렇게 중얼거리자, 린타로는 재미있다고 했다.

"내 말은 그게 아닌데."

다쓰로는 오기가 생겼다.

"매실 장아찌는 이런 색이 아냐. 진짜 매실 장아찌 색깔은 주홍색이라고. 린타로, 잠깐 있어봐."

다쓰로가 검은색과 주홍색 물감을 들고 왔다. 린타로의 눈앞에서 보란 듯이 붓에다 주홍색 물감을 흠뻑 묻혔지만 린타로는 태연하다.

"이거, 칠하자."

"응."

린타로가 얼굴을 내밀었다.

'요놈이 정말……'

다쓰로는 이제 와서 물러설 수도 없어서 린타로의 이마며 뺨에 온통 주홍색을 칠했다. 게다가 마구잡이로 검은색 테두리까지 둘러치는 바람에, 린타로의 얼굴은 경극 배우처럼 되어버렸다.

"됐다."

다쓰로가 말했다.

빙 둘러서서 구경하던 아이 하나가 말했다.

"난 몰라, 난 몰라."

"뭘 몰라?"

"형아, 린타로 엄마한테 막 야단맞을 거야."
다쓰로는 싱글싱글 웃었다.
"나는 멋쟁이다!"
린타로가 두 팔을 번쩍 들고 으쓱거렸다.
"린타로는 바보구나."
세이코 선생님이 웃었다.
부모들이 아이들을 데리러 올 시간이 다가왔다.
"린타로, 얼굴이 왜 그러니?"
린타로를 아는 사람은 이렇게 물었고, 모르는 사람은 어머나, 하고 웃으며 지나쳐 갔다.
린타로는 그 때마다
"나는 멋쟁이다!"
하고 외치며 잔뜩 으스댔다.

메이가 어린이집에 도착했다. 스물여섯 살인 린타로의 엄마는 나이보다 젊어 보인다. 도저히 네 살짜리 아이를 둔 주부로 보이지 않았다.

보통 부모라면 엉망이 된 아이의 얼굴을 보고 "어떻게 된 거니? 그 얼굴……." 하고 묻게 마련이다.

메이는 린타로 얼굴을 보고 빙긋 웃었을 뿐이다.
다쓰로가 뻔뻔스레 말했다.
"린타로는 화장에 익숙한 것 같아요. 안 그래요?"
메이는 뭔가 착각했는지
"크면 미남 되겠죠? 장난도 잘 치고……."

하고 엉뚱한 말을 했다.

"애 많이 먹이죠, 우리 애? 언제 한번 한턱 낼 테니까 좀 참아 줘요."

메이는 그렇게 말하며 두 손을 모았다.

"기대하고 있죠. 그 때 남편은 데리고 오기 없기예요."

다쓰로가 넙죽 말을 받았다.

메이는 돌아가는 길에 린타로에게 말했다.

"너, 바보구나. 얼굴은 왜 그랬어?"

조금만 주의 깊게 보면 어린애가 한 짓인지 아닌지 알 수 있으련만, 메이는 매사에 느긋한 성격이었다. 설사 다쓰로가 그랬다는 것을 알았더라도 어머, 그래요? 한마디로 끝났으리라.

"그 빨간색이랑 검은색, 빨리 지워."

집에 돌아오자마자 메이는 린타로에게 이렇게 말하고 텔레비전 앞에 앉았다. 의상 디자인을 공부하고 있는 메이는 가요 프로그램은 빼먹지 않고 챙겨 본다. 노래를 듣는 것이 아니라 가수들의 옷차림을 눈여겨본다.

"지웠니?"

얼마 뒤에 린타로가 얼굴을 보여주러 왔다.

"응, 다 지워졌네."

메이가 말했다. 린타로의 얼굴은 쳐다보지도 않는다. 린타로는 목욕탕 거울에 자기 얼굴을 비춰 보았다.

"아직 다 안 지워졌는데……."

린타로가 혼잣말을 하고는 어설픈 손놀림으로 자기 얼굴을 닦았다.

두 번째로 린타로가 메이에게 얼굴을 보여주러 왔을 때 마침 프로그램이 끝났다.

"여기, 아직 안 지워졌잖아. 여기도."

매직이 쉽게 지워질 리가 없다.

"이걸로 씻어볼래?"

메이가 린타로에게 준 것은 식기 세척용 세제였다.

"얼굴에 충분히 묻혀서 지워봐."

린타로는 시키는 대로 했다.

세제가 코로 들어갔는지 콧속이 불에 덴 듯 따가웠다.

"악!"

린타로가 고함을 질렀다.

"아야!"

린타로가 바닥을 뒹굴었다.

"에그그."

메이가 얼빠진 소리를 냈다.

그러고는 한바탕 소동이 벌어졌다.

메이가 맨발로 뛰어나가 옆집 아키 형에게 짤막하게 사정을 설명하고 차를 얻어 탔다.

아야야! 울부짖는 린타로를 안고 병원으로 달려갔다.

콧속을 씻어내자 코피가 왈칵 쏟아졌다. 린타로의 옷이 벌겋게 물들었다.

치료를 끝낸 의사는 몹시도 못마땅한 얼굴을 하고 있다.

"몇 살이지?"

"네 살."

"먹을 만큼 먹었구나. 그쪽은요?"

"스물여섯 살이에요……."

"아니, 스물여섯이나 된 사람이 아이 얼굴에 세제를 떡칠해서 때를 벗겨내려 했단 말입니까? 나 참, 몰상식한 것도 정도가 있지."

신경질적인 의사는 끝도 없이 핀잔을 놓았다.

병원을 나와 메이가 린타로에게 말했다.

"너, 오늘 영 운이 나쁘구나. 얼굴도 새빨갛고 옷도 새빨갛고. 엄마가 할 말이 없네. 집에 가자."

한 가지 이야기가 더 남아 있다.

그 날 저녁, 가즈미치네 엄마가 따지러 왔다.

"자기 애가 얼굴에 상처를 입고도 선생님한테 야단을 맞고 왔다는 걸 어떤 부모가 이해하겠어요, 안 그래요?"

"그건 어린이집 선생님을 찾아가 따질 문제가 아닐까요?"

현관에서 린타로의 아빠가 되물었다.

"그쪽이 먼저예요, 사과하세요."

가즈미치네 엄마가 말했다.

"뭐, 아이들 일에 부모들이 나서는 건 좀 뭣하지만……."

"그걸 알면 됐습니다. 그만 돌아가시죠."

"아니, 뭐라고요?"

현관이 워낙 시끌시끌해서 그 소리가 훤히 들리는데도 메이는 텔레비전 화면에 비치는 미소라 히바리(일본의 유명한 여가수 – 옮긴이)

49

의 옷을 보느라 정신이 없다.

"린타로, 저것 좀 봐. 미소라 히바리야. 옷, 정말 예쁘지?"

물론 린타로는 그런 것에 흥미가 없다.

웬일로 린타로가 열이 났다. 얼굴이 새빨간데도 어린이집에 가겠다고 했다.

"정말 갈 거야?"

메이는 담담하게 말하고 어린이집에 데려다 줄 채비를 했다. 마침 옆에 있던 할머니가 허겁지겁 말렸다.

"애야, 아서라. 열이 38도까지나 오른 아이를 밖에 내보내겠다니. 린타로, 안 돼요, 안 돼. 누워 있으란다고 얌전히 누워 있지는 않겠지만, 오늘은 집에서 얌전히 지내야 돼. 자, 할머니랑 놀자."

"할머니랑 안 놀아."

린타로는 부루퉁히 대꾸했다.

"그렇게 냉정하게 말하는 거 아니야. 할미는 늙은이라 죽을 날이 멀지 않았으니 지금 우리 린타로랑 많이많이 놀아 둬야……."

말이 채 끝나기도 전에 린타로가 쏘아붙였다.

"할머니가 죽으면 내가 오줌을 뿌려줄 거야."

그러면 할미야 고맙지, 하고 할머니가 말했다.

"우리 린타로의 오줌이라면 얼마든지 좋지. 린타로의 오줌 온천에서 성불할까?"

어머니도 참, 무슨 말씀이세요, 하고 메이가 나무라듯 말했다.

집 밖으로 나가기 힘들겠다 싶자, 린타로는 할아버지 집에 가겠다고 했다. 린타로는 할아버지와 마음이 잘 통한다.

"할아버지는 점심때까지 모임이 있으시단다. 그래, 이렇게 하자꾸나. 할아버지한테 전화를 거는 거야. 돌아오는 길에 들르시라고."

그제야 린타로도 군말이 없다.

점심때 못미처 다쓰로가 찾아왔다.

"쯧쯧, 이런 불행한 일이 있나."

불행의 씨앗은 자신이 뿌려놓고도 다쓰로는 뻔뻔스레 말한다.

"게다가 하필이면 돌팔이 의사한테 갈 건 뭐야. 코피가 펑펑 났다며? 혹시 길에서 그 돌팔이 의사를 만나면 내가 다리를 걸어서 확 고꾸라뜨릴 테니까, 너는 오줌을 싸버려, 알았지?"

아무튼 다쓰로는 시답잖은 얘기만 한다.

다쓰로는 한동안 린타로와 놀아주었다. 할머니가 내온 홍차와 케이크도 싹 먹어치웠다.

"할머니, 케이크 더 없습니까?"

넉살도 좋다.

린타로와 둘이서 케이크 한 조각을 나눠 먹었다.

"이제 그만 갈란다. 린타로, 내일 보자."

다쓰로가 말했다.

"내일도 열이 안 내리면 모레 와. 모레도 열이 안 내리면 그 다음날 오고. 기다리고 있으마."

잘 있어라, 하고 말하고 다쓰로는 쌩하니 가버렸다.

린타로는 한시도 가만히 있지 않는 아이다. 그런데 참 신기한 것이 있다. 할아버지의 이야기는 가만히 듣고 있다.

할아버지의 이야기는 꽤 어렵다. 옆에서 듣고 있으면 어린애가 이해할 수 있을까 싶은 말도 곧잘 한다. 그럴 때도 린타로는 가만히 듣고 있다.

참 이상한 애야, 하고 메이는 말한다.

아버지 이야기에는 묘한 매력이 있어, 어리지만 린타로도 그걸 아는 거야, 하고 린타로의 아빠 소지로는 말한다.

"소나무는 밑에서 위로 쓸어 올리면 절대로 가시에 찔리지 않는 법이지. 하지만 위에서 밑으로 쓸어 내리면 어김없이 가시에 찔린단다. 그러니까 대패질은 반드시 아래쪽에서 위쪽으로 해야 한다. 잘 기억해 둬라, 린타로."

린타로는 끄덕 고갯짓을 한다.

"나무가 말을 하니?"

"아니."

린타로가 대답한다.

"그렇지 않아. 나무도 말을 한단다. 다음에 한번 자세히 들어보렴."

"응."

"나무는 누구한테 말을 할까? 바로 해님이란다. 해님은 어디에 있지?"

"하늘에. 저 위에."

"오냐. 나무는 저 위 높은 곳에 있는 해님에게 말을 하기 때문에 위로 쑥쑥 자라는 게다."

그런 이야기를 듣고 있을 때 린타로의 눈은 초롱초롱 빛난다.

"네가 젖먹이 때는 아주 조그마했단다. 지금보다 훨씬 조그마할 때는 커다란 할아비와 이야기를 하려고 무진 애를 썼지. 그렇게 애를 써서 네가 이렇게 자란 거야. 그런데 말이다……."

할아버지는 잠시 한숨을 돌렸다.

"할아비는 이제 여기 가만히 멈춰 있단다. 그러니까 네가 지금보다 더 크게 자라려면 나무들처럼 해님에게 말을 걸어야 돼. 소리 내어 말하기도 하고 소리내지 않고 말하기도 하는 거다. 알겠니, 린타로?"

"응."

린타로가 할아버지에게 물었다.

"무슨 말이든 괜찮아?"

"무슨 말이든 괜찮단다."

"많이많이 말하면 많이많이 커?"

"아무렴. 많이많이 말하면 많이많이 크지."

"할아버지보다 더?"

"아무렴."

"아빠보다 더?"

"그래, 아빠보다 더."

"흐음."

린타로는 만족스레 고개를 끄덕였다.

점심때가 지나 할아버지가 린타로네 집에 도착했다.

"열이 있다고? 음, 얼굴이 조금 빨갛구나."

할아버지가 린타로의 얼굴에 손을 대보았다.

"인간의 아이니까 열도 나지."

린타로가 쿡쿡쿡 웃었다. 린타로는 인간의 아이라는 말이 어쩐지 우스웠다. 다쓰로 형아도 인간의 아이라는 말을 했는데, 하고 린타로는 생각했다.

"할아버지."

"응?"

"콩콩 하고 싶어."

"콩콩 하면 너무 힘들지 않겠니?"

"힘 안 들어."

"오냐, 오냐. 그럼, 콩콩 하자꾸나."

콩콩은 못박기를 말한다.

린타로는 할아버지가 나무 다루는 모습을 본 뒤로 못박기를 시작했다.

명인이라는 소리를 듣는 사람인만큼 린타로의 할아버지 나오지로 씨가 못을 박는 모습은 마치 신기한 마술처럼 보인다.

망가진 부분에 나무판을 대고 탕, 탕탕 못을 박는다. 단 한 번의 망치질로 못을 나무 속에 쑥 집어넣는다. 나머지 두 번은 못대가리를 어루만지듯 가볍게 두드린다. 말로 설명하면 이뿐이지만, 빠르고 경쾌한 곡이라도 연주하는 듯한 그 번개 같은 솜씨는 보는 이를 사로잡아 버린다.

린타로가 거기에 자극을 받아 자기도 해보겠다고 나섰다.

"네 몸에 조금 더 힘이 붙을 때까지 이건 할아비가 맡아 놓으마. 자, 조그만 못으로 해보면 어떻겠니?"

할아버지는 짤막한 못을 그야말로 가볍게 콩콩 나무에 박았다.

린타로의 눈에는 못이 저절로 나무 속으로 들어가는 듯 보였다.

해볼래, 하고 린타로가 말했다.

해보기는 하지만 할아버지처럼 잘하지 못한다.

"오냐, 아주 잘했다, 아주 잘했어."

할아버지가 말했다.

"안 잘했어. 할아버지처럼 콩콩 하고 싶어."

린타로는 분했다.

"그러냐? 그럼 콩콩 하고 말하면서 해보렴."

물론 그렇게 해보았지만 입으로 내는 소리와 망치질 소리가 쉽게 맞아떨어질 리가 없다.

할아버지가 말했다.

"린타로. 망치도 못도, 나무도, 네 손도 모두 친구라고 생각해보렴."

할아버지가 말을 이었다.

"못은 두 나무를 이어주는 일을 한단다. 못은 서로 다른 나무를 친구로 만들어주는 셈이지. 또 망치는 단단한 못과 부드러운 나무를 서로 이어주는 일을 한단다. 망치는 두드리는 부분은 쇠지만 손잡이는 나무잖니? 그래서 쇠와 나무는 전혀 다른 것처럼 보여도 궁합이 잘 맞는 게야."

"궁합이 뭐야?"

린타로가 물었다.

"내가 누군가를 좋아하고, 그 누군가도 나를 좋아하는 마음이 서로 딱 맞을 때 궁합이 맞다고 하지."

"쇠랑 나무가 그렇단 말야?"

"그렇고말고. 그러니까 손도 망치와 친구가 되어야만 못을 탕탕탕 박아 넣을 수도 있고, 콩콩 박아 넣을 수도 있단다."

"나무랑 쇠랑 손이랑 망치가 모두 친구야?"

"오냐, 모두 친구란다. 망치가 이 나무와 이 나무를 자기가 이어주었다고 말하면, 못이 자기도 같이 이어주었다고 말하지. 그러면서 다들 친구가 된단다."

린타로의 눈빛이 깊은 물빛을 띠고 있다.

"생명이 없는 것처럼 보이는 나무와 쇠도 서로 친구가 될 수 있으니까 사람은 훨씬 더 많은 친구를 만들 수 있겠지."

린타로는 수긍하는 눈빛이다.

"나무랑 나무도 친구야? 나무랑 쇠도 친구야?"

"아무렴. 나무는 쇠한테, '너는 단단하니까 나랑 달라.' 따위의 말은 결코 하지 않는단다. 자연에서 난 것들은 모두 마음이 넓으니까. 린타로도 그렇게 친구를 사귀어야 해."

"응."

린타로는 고개를 끄덕이고는 문득 생각난 듯 물었다.

"다쓰로 형아도 친구야?"

"오냐, 다쓰로도 린타로의 친구일 수 있지. 린타로는 다쓰로와도 친구가 되었으니까 나무나 쇠한테 뒤지지 않는구나."

물론 할아버지의 이야기를 듣고 당장에 못을 잘 박을 수 있게 된 것은 아니지만, 못을 박을 때의 마음가짐이 달라지자 린타로의 몸에 생기가 돌았다.

할아버지가 앞질러 말해주었다.

"단번에 친구가 되지 않아도 괜찮다. 천천히 친구가 될 때 즐거움이 더욱 큰 법이지."

린타로는 열 때문에 이틀이나 어린이집을 쉬었는데, 그 이틀 동안 각목에 박아 넣은 못의 수는 거의 3백 개에 이르렀다.

도저히 네 살짜리 아이가 한 일로 여겨지지 않았다.

* * *

유치원에는 아무나 들어갈 수 있지만 어린이집에는 아무나 들어갈 수 없다.

관청의 말을 빌리면, 어린이집은 부모의 보살핌을 받지 못하는 아이가 다니는 곳이다. 쉽게 말해서 어린이집은 맞벌이 부부를 대신해서 아이들을 맡아주는 곳인 셈이다.

맞벌이 부부의 자녀 외에도 어린이집에서 받아주는 아이가 있다. 사회가 복잡해지면 단순히 맞벌이 부부의 아이를 어린이집에서 맡아주는 것만으로는 부족하다. 몸져누운 노인이 있는 가정의 아이나 부모가 집에서 가게를 운영하는 가정의 아이도 어린이집에서 받아준다.

이것은 의외로 잘 알려지지 않은 사실인데, 유치원의 관할 관청은 문부성(우리나라의 교육부에 해당하는 기관-옮긴이)이고 어린이집의 관할 관청은 후생성(우리나라의 보건복지부에 해당하는 기관-옮긴이)이다. 유치원에는 유치원의 커리큘럼, 즉 교과과정이 있다. 하지만 어린이집에는 그런 것이 없다. 대신에 보육지침이라는 것이 있다.

린타로를 어린이집에 보낸 것은 부모의 뜻이었다. 린타로의 엄마 메이는 의상 디자이너를 양성하는 전문학교를 졸업한 뒤 그 학교의 이사장이자 유명 디자이너인 미도리 사와코의 조수로 일하고 있는 셈이다.

일하고 있는 셈이라고 한 이유는 메이의 직업이 자유직에 가깝기 때문이다.

미도리 사와코는 한 달 중 대부분을 도쿄에서 보내고 이 곳 고베로 와서 일하는 시간은 겨우 며칠뿐이다. 그래서 자신이 도쿄에 있는 동안 고베에서 처리해야 할 일들을 메이에게 맡겼다. 미도리 사와코는 밝고 낙천적인 메이의 성격이 마음에 들었던 것이다.

일단은 직업이 있으므로 아이를 어린이집에 보낼 자격은 된다. 지식을 가르치려는 경향이 강한 유치원보다 놀이 시간이 훨씬 많고 그 속에서 뭔가를 깨치게 하려는 어린이집이 린타로에게 더 잘 맞지 않을까. 메이도 소지로도 이렇게 생각했다.

그리고 린타로의 할아버지에게 의견을 묻자, 린타로의 할아버지는

"하나에서 열까지 부모의 보살핌을 받는 아이는 행복할 것 같지만 실제로는 불행할지도 몰라. 어린이집에서 가장 중요하게 여기는 것이 아이들에게 자립심을 길러주는 것인 만큼 린타로에게는 어린이집이 더 좋을 것 같구나."
하고 말했다.

할아버지는 그 때 벌써 학교를 보통 사람들보다 훨씬 넓은 세계, 넓은 의미로 받아들이고 있었던 듯하다.

린타로의 경우, 어린이집에서 돌아오면 대개 엄마가 집에 있었다. 맞벌이 가정이 갖는 단점은 거의 없는 셈이었다. 그런데 린타로가 다섯 살이 되어 초록반에 올라갔을 때 변화가 조금 생겼다.

그 변화는 메이가 불러왔다. 미도리 사와코가 도쿄에 와서 자신의 조수로 일해줄 수 없겠느냐고 제안했던 것이다. 아이가 있으니까 비행기로 집과 도쿄를 오가도 좋다는 조건까지 내놓았다.

메이는 소지로에게 이 이야기를 꺼냈다.

"당신, 그 이야기 언제 들었어?"

"보름 전에."

"그런데 왜 여태껏 나한테 말 안 했지?"

"그 동안 나도 나름대로 많이 고민했어."

메이가 말했다.

"그래서 결론이 뭐야?"

"해보고 싶어."

메이가 조그맣게 말했다.

소지로는 대꾸가 없다. 한동안 기다렸다가 메이가 물었다.

"자기, 반대야?"

"……."

"말해봐."

"반대할 마음은 전혀 없어. 뭣보다 자기 아내건 누구건 남한테 이래라저래라 참견하는 건 내 가치관에 어긋나는 일이니까."

"말은 멋있는데, 그거 진심이야?"

"당신 앞에서 멋 부려서 뭐 하게?"

"자기, 쓸쓸하지 않겠어?"

"지금 어리광부리는 거야?"

"왜 그렇게 생각해?"

"부부관계란 어차피 바람에 흔들리는 갈대처럼 미덥지 못한 감정의 끈으로 맺어진 관계야. 하지만 바람도 불지 않는데 왜 쓸쓸하겠어? 당신 바보야?"

"그러니까 약간 김빠진다."

"나야 뭐 당신 없는 사이에 젊고 예쁜 여자랑 연애할 수 있으니까, 당신이 도쿄로 돈 벌러 간다면 대찬성이지. 인생도 주머니도 한꺼번에 풍요로워지는 일 아니겠어?"

"흥, 그래? 그럼 나도 도쿄에서 자기처럼 즐겁게 지낼게. 그쪽엔 멋진 남자도 많을 테니까."

"음, 좋아, 좋아. 부부라는 종잡을 수 없는 관계에 얽매여 하고 싶은 일도 못 하고 살 이유가 어딨어? 조금만 생각을 바꾸면 즐거워진다구."

소지로는 위험천만한 말을 한다. 메이가 소지로에게 살짝 눈을 흘겼다.

옆에서 린타로가 퍼즐 맞추기를 하고 있다. 아무 생각 없이 놀고 있는 듯 보여도 부모의 이야기를 귀담아 듣고 있다.

"우리 얘긴 이쯤에서 끝내. 그런데 좀 전에 자기, 생각에 잠겨 있는 것 같던데? 대답도 곧장 하지 않고."

"음, 이것저것 좀 생각하느라."

메이도 잠깐 생각하고는 린타로 문제야? 하고 물었다. 자기 이름이 나왔는데도 린타로는 짐짓 시침뗀 얼굴이다. 메이도 소지로도 그 사실을 알고 있다.

"그래, 첫 번째는 린타로 문제야."

"첫 번째? 그럼, 두 번째도 있어?"

"응."

"뭔데?"

"여자는 원래 그렇게 단칼에 결정을 내릴 수 있나 싶어서 조금 심정이 복잡하더군."

"무슨 말이야?"

"나는 남자한테 기대어 사는 여자는 싫어. 그 반대는 더더욱 싫고. 내가 당신과 함께 살기로 한 이유는 그런 면에서 당신은 나약한 사람이 아니라고 느꼈기 때문이야. 내가 다른 여자하고 연애를 한다면, 아마 당신은 비록 달갑지는 않겠지만 '하는 수 없지 뭐. 나도 다른 남자를 찾아봐야지.' 하고 아무렇지 않게…… 아니, 꼭 그렇다기보다 어쨌거나 그런 느낌으로 살아가겠지."

"순 자기 멋대로 생각하고 있어."

메이가 불만스레 말했다.

"순전히 내 생각인지 몰라도 당신한테는 그런 담백함이 있어. 그런 성격이 한편으로는 남자를 홀가분하게 해주지만 또 한편으로는 섭섭하게 만들기도 하지. 뭐, 그게 당신 매력이지만. 남자한테 매달리는 여자는 못써. 결국 자립하지 못한 인간이라는 뜻이니까."

"여자한테 매달리는 남자도?"

"물론이지."

"자기, 날 칭찬하는 척하면서 사실은 자기 자랑 하는 거 아냐?"

소지로가 어라? 하더니

"당신 꽤 날카로운데?"

하고 짐짓 능청을 떨었다.

"자기가 그렇게 살고 싶은 거겠지."

"응? 아, 뭐······."

소지로는 난처한 듯 뒷말을 흐렸다.

"솔직히 얌체 같다는 생각도 들지만 나도 자기 말에 대체로 찬성이야. 나, 남자든 여자든 미지근한 태도는 딱 질색이거든. 인간도, 인생도 마음먹은 대로 안 되니까 고민도 하는 거겠지만, 그렇다고 일반적인 상식을 좇으며 살고 싶진 않아."

메이는 강한 여자다.

"그런데 여자는 단칼에 결정을 내릴 수 있냐는 건 무슨 얘기야?"

"아, 그거? 자기 일은 단칼에 결정을 내릴 수 있지만 자식 일은 그게 잘 안 되거든. 적어도 나는 말야."

"그건 누구나 마찬가지 아냐?"

"당신은 당신 스스로 결단을 내렸잖아."

"보름이나 고민했는걸."

아, 그런가? 하고 소지로가 말했다.

"하긴 나는 이제 막 들었으니까."

소지로는 쓴웃음을 지었다.
"있잖아, 나 아버님이 하신 말씀을 곰곰이 생각해봤어. 린타로를 유치원에 보낼까 어린이집에 보낼까로 고민할 때 하나에서 열까지 부모가 보살펴주는 아이가 과연 행복하겠냐고 하셨던 말씀 말야."
"음, 나도 기억나."
"부모라면 누구나 자식을 돌보는 걸 당연하게 생각하고, 그게 안 될 때 고민하잖아."
"뭐, 그렇지."
"아버님은 그런 상식의 수면에 돌 하나를 던지신 셈이야."
"음, 그렇게 말할 수 있겠지."
"오리에 씨라고, 자기도 알지? 이혼하고 두 아이를 기르면서도 우는소리도 한 번 하지 않고 시민운동에 힘쓰고 있는……."
"누가 봐도 엄청난 에너지를 가진 사람이라고 생각할 것 같더군, 그 사람."
"오리에 씨는 맹목적으로 시민운동을 하는 게 아니라, 아토피성 피부염으로 고통받는 아이에게 뭔가 해주고자 이리저리 뛰어다니고 공부하는 사이에 개인의 질병도 사회 문제와 깊은 관련이 있다는 사실을 깨닫고 지금의 삶을 선택한 사람이야. 그렇기 때문에 난 오리에 씨를 이해할 수 있어. 늘 하는 말이지만."
"음."
"하지만 그건 오리에 씨의 겉모습일지 몰라."
"뭐야, 그럼, 겉 다르고 속 다르다는 거야?"

"아니, 꼭 그렇다기보다 평소 오리에 씨의 모습에서는 상상하기 힘든 면도 함께 갖고 있다는 거야. 고민하거나 좌절할 때도 있고 푸념도 하니까."

"그건 너무 당연한 얘기 아닌가? 여자도 살아 있는 인간이니까."

"응. 그런데 자긴 자기 일은 단칼에 결정을 내릴 수 있지만 자식 문제는 그렇게 되지 않는다고 했지? 뭐, 대단하다면 대단하달 수 있는 오리에 씨도 그런 점에서는 우리하고 똑같아."

린타로가 지금 몇 시야? 하고 물었다.

"벌써 아홉 시야. 그만 잘래? 그만 자."

"자라고 하면 안 자."

린타로가 퉁기듯이 말했다.

"좋을 대로."

"난 좋을 대로란 말이 좋아."

"아유, 어련하겠니."

메이가 말했다.

"아홉 시 되면 귀신 나온다."

소지로가 짐짓 겁을 주었다.

"안 나와."

"열 시 되면 귀신 나올걸?"

"안 나와."

린타로의 목소리가 조금 작아졌다.

린타로는 귀신에 관심이 많다. 귀신을 분명히 느끼고 있다.

자신의 의식으로 파악할 수 없는 것, 꿈속에 나타나는 현실의 단

편에서 린타로는 귀신을 보고 있는 듯했다.

　린타로에게도 귀신은 무서운 존재다.

　"이불 깔아줘."

　"그래, 알았어. 잠옷 갈아입을래?"

　"응."

　린타로의 잠은 이미 코앞까지 와 있는 듯하다.

　"차 한 잔 마실래?"

　린타로의 옷을 갈아입히며, 메이가 소지로에게 물었다.

　"나도."

　린타로가 끼어들었다.

　"너, 잔다며?"

　"난 다시마차."

　"좋을 대로 해. 하지만 귀신은 벌써 이 근처에 와 있을걸?"

　소지로가 놀렸다.

　"오리에 씨 말야."

　메이는 더 이상 린타로에게 아랑곳하지 않고 말을 이었다.

　"아이들 문제로 한참 고민하다가 내린 결론이란 게, 아이를 낳지 말았어야 했다는······."

　"메이."

　소지로가 메이의 말을 잘랐다. 린타로를 한 번 보고 메이한테 눈치를 주었다.

　"아, 미안."

　메이가 말했다.

"린타로, 자야지? 그림책 읽어줄게."

"〈말괄량이 기관차 치치〉 읽어줄 거야?"

린타로는 그 책을 좋아한다.

메이는 그림책을 읽어주며 한동안 린타로 옆에 누워 있었다.

두 사람이 오리에 씨의 이야기를 다시 시작한 것은 그로부터 한 시간쯤 지나서였다.

"아까는 내가 잘못했어."

메이가 먼저 말을 꺼냈다.

"애들은 민감해. 아이의 마음으로 판단할 수 없는 이야기는 안 듣는 게 좋아."

메이가 고개를 끄덕였다.

"아무튼 그래서?"

소지로가 이야기를 재촉했다.

"고민 끝에 내린 결론이 아이를 낳지 말았어야 했다는, 그야말로 가장 형편없는 생각이었대. 그런 자신에게 절망했고, 그런 생각을 갖는 것 자체가 아이들에 대한 배신이라며 그 꿋꿋한 오리에 씨가 침울해하는 거야."

"……."

"자식은 하늘이 내려주는 거라고 입버릇처럼 말하던 사람이었는데."

"잘 이해할 수가 없군."

소지로가 불쑥 말했다.

"……."

"아이들한테 너희들을 낳은 게 잘못이었다고 대놓고 말하는 건 너무 지나치지만, 아무리 고민해도 출구가 보이지 않을 때 그 현실에 한순간 눈을 감는 것이 왜 아이들을 배신하는 일이지? 사람은 누구나 될 대로 되라는 식으로 배짱을 부릴 때도 있고, 골치 아픈 일은 잠깐 제쳐두고 신나게 놀 때도 있잖아. 안 그러면 어떻게 살아? 못 살아."

"으응……."

"그런 자유를 부여받았기 때문에 인간은 다시 정신을 가다듬고 앞으로 나아갈 수 있는 거 아닌가?"

그래, 맞아. 메이가 나직이 중얼거렸다.

"당신처럼 말을 잘할 수는 없지만, 그 때 나도 오리에 씨가 그렇게 침울해할 필요는 없다고 생각했어."

소지로도 고개를 끄덕였다.

"그 때 나 깊이 생각하고 한 말은 아니었지만, 어떤 사람도 늘 행복하거나 늘 불행할 수는 없다고 했어. 그러니까 자식이 지금 고통을 받고 있다면 '아, 이번엔 불행할 차례구나.' 생각하고, 부모 자식이 함께 공부하는 마음으로 꿋꿋이 헤쳐 나가라고 했어."

"말 잘했네, 뭐."

"응. 거기까지는 그런 대로 진지했는데, 오리에 씨가 자꾸 하필이면 왜 자기 같은 엄마를 만났냐는 등 다른 집에 태어나는 게 나았다는 등 말하기에, 부모 자식의 만남은 제비뽑기 같은 것 아니겠냐고 말해버렸지 뭐야."

"그게 무슨 말이야?"

"부모는 자식을, 자식은 부모를 고를 수 없으니까, 따지고 보면 어느 쪽도 책임은 없는 거잖아."

하고 메이가 말했다.

"묘한 논리로군."

소지로가 어이없다는 듯이 말했다.

"어떻게든 오리에 씨를 위로할 생각으로 한 말이었는데, 오리에 씨가 웃음을 터뜨리면서 나하고 얘기하다 보면 마음이 가벼워진다는 거야."

"이상한 논리지만 독특하긴 하네. 어쨌거나 난 당신 머릿속이 참 궁금해."

"우리가 제비뽑기로 린타로를 뽑았다고 생각해봐."

"그걸 말이라고 해?"

"마음이 가벼워지지 않아?"

"가벼워지긴 뭐가 가벼워져?"

"그래? 난 나름대로 괜찮은 생각 같은데. 오로지 자기 아이만 위하는 건 무서운 일 같아. 옆집 아주머니가 그러는데, 무슨 기념식 때 비가 와서 한 엄마가 자기 아이한테 우산을 씌워줬대. 그런데 빗방울이 옆 아이한테 떨어지는데도 모르는 척하더라는 거야. 무서운 얘기 아냐?"

"그런 부모가 늘고 있나?"

"그런 것 같아."

"그렇다면 무서운 얘기군."

"무서워, 난."

메이는 진지한 목소리로 말했다.

"제비뽑기가 너무 무책임한 말 같다면 이 말은 어때? 내 속으로 낳아서 기른 아이니까 내 아이를 위해서라면 뭘 해도 좋다, 무슨 일이든 할 수 있다는 생각에서 조금이나마 벗어날 수 있다면, 당신 말처럼 부모의 책임을 잠깐 제쳐 두는 건 너그럽게 봐줄 수 있지 않을까?"

"음, 그건 무슨 말인지 알겠어."

소지로가 말했다.

"부모가 자식의 인생을 가로채선 안 되니까, 부모와 자식이 누가 더 알차게 인생을 보내는지 경쟁하듯 살아야 한다는 거지."

"이제야 당신 생각을 좀 알겠군."

소지로는 이해가 간다는 얼굴로 말했다.

"그러니까 당신 생각은 부모와 자식은 나란히 평행선을 이루는 게 좋다는 거지?"

"응, 그런 셈이야."

"그 말엔 나도 찬성이야. 아이를 객관적으로 본다는 건 자기 자신에게도 그만큼 엄격해진다는 뜻이니까. 좋았어, 나도 당신 생각에 한 표."

"응, 고마워."

"린타로한테 말한다고 해서 린타로가 판단할 수 있는 일은 아니지만, 엄마와 함께 있는 시간이 줄어들 거라는 말은 미리 해두는 게 좋겠어."

응, 그럴게, 하고 메이가 말했다.

일주일에 한두 번씩 메이가 일 때문에 집을 비우게 되었지만, 린타로에게도, 린타로의 일상에도 별다른 변화가 보이지 않는 평범한 날들이 이어졌다.

달라진 것이 있다면 밖에서 노는 시간이 조금 더 많아졌다는 것 정도일까.

저녁이 되면 부모가 어린이집으로 아이를 데리러 온다. 아이들을 부모에게 넘겨주고 난 뒤에야 어린이집의 그 날 업무와 책임은 끝이 난다.

린타로는 일주일에 한두 번 어린이집에서 혼자 집으로 돌아갔다. 메이가 도쿄에 가고 없는 날이 그런 날이다.

할머니가 데리러 가겠다고 했지만, 메이는 사정을 설명하고 그 도움을 거절했다.

도쿄로 일하러 가기 전까지, 메이는 위험한 찻길과 저수지 길을 몇 번씩이나 린타로와 같이 다녔다. 안전을 위해 해야 할 일과 하지 말아야 할 일도 가르쳤다.

메이는 그 이유를 원장인 소노코 씨에게 자세히 설명했다.

"린타로, 대단하네. 오늘도 혼자 돌아가?"
"응, 혼자 돌아가."
"조심해서 가."
"응."

에리 선생님은 걱정스러웠지만, 린타로는 이 날을 손꼽아 기다렸다.

"머리빗, 머리빗,

머리빗 속에

고양이 대신

개구리 차를

살짝 숨겨서

갖고 돌아와라,

가위바위보."

초록반 아이들은 엄마를 기다리며 통통 튀는 목소리로 한창 가위바위보 놀이를 하고 있었다.

"린타로는 같이 안 놀아?"

에리 선생님이 물었다.

"안 놀아."

"이 노래만 부르면 린타로는 이상하게 부끄러워하더라?"

에리 선생님은 린타로를 정확히 보고 있다. 린타로 자신도 잘 알 수 없지만 이 노래는 왠지 쑥스러워서 부를 수가 없다.

'반짝반짝' 노래는 큰 소리로 부를 수 있는데…….

"반짝반짝 빛나는

아름다운 똥

네 똥 냄새

내 똥 냄새……."

하지만 이 노래를 부르면 에리 선생님과 세이코 선생님은 "아이, 그 노래는 부르지 마." 하고 부끄러워한다.

한 엄마가 어린이집으로 들어오는 것을 보자마자 린타로가 말했다.

"나 이제 집에 가도 되지?"

"조심해서 가."

에리 선생님은 늘 똑같은 말을 한다.

"딴 길로 새지 말고."

"딴 길로 샐 거야."

린타로가 잔뜩 뻐기며 큰 소리로 대꾸한다.

"할머니 걱정하시잖아."

"할머니 걱정 안 해."

린타로는 에리 선생님의 말에 일일이 토를 단다.

메이가 없는 날에는 할머니가 린타로네 집에서 묵는다.

"그럼, 내일 보자. 자, 작별의 악수."

"얍!"

린타로가 에리 선생님의 배에 주먹을 한 방 먹였다.

"야!"

에리 선생님이 고함을 친다. 눈이 웃고 있다.

이것이 린타로의 작별 인사라는 것을 이제는 에리 선생님도 잘 안다.

린타로가 어린이집을 나서서 맨 먼저 들르는 곳은 '무례한 가게'다.

무례한 가게는 요즘은 거의 보기 드문 막과자 가게다. 꼬치에 꿴 마른 오징어나 콩과자 등을 팔았다.

가게 주인은 오후미 할머니다. 할아버지도 있지만, 할아버지는 웬만해서는 가게에 나오지 않는다. 하지만 린타로와 아이들이 억지를 부리거나 오후미 할머니를 쭈그렁바가지라고 놀리면

"이 무례한 놈들!"

하고 불벼락을 내리거나

"버릇없는 놈!"

하고 소리치며 불쑥 나타난다.

그러면 오후미 할머니가

"에그그, 어린애들 하는 말에 그렇게 도끼눈을 할 게 뭐예요."

하면서 할아버지를 말렸기 때문에, 당연한 일이지만 오후미 할머니는 아이들한테 인기가 좋다.

"린타로, 이제 집에 가니?"

오후미 할머니는 늘 사근사근하다.

"빨리빨리."

린타로가 당장에 채근한다.

"오냐, 오냐."

오후미 할머니는 쌀과자 두 개를 꺼내 그 중 한쪽에 물엿을 쪼르르 따라주었다.

"조금만 더."

린타로가 졸랐다.

"너무 많이 따르면 흘러서 옷 버리잖니."

이렇게 말하면서도 오후미 할머니는 어김없이 덤을 얹어주었다.

린타로는 물엿이 발린 쌀과자를 맛나게 먹었다. 오후미 할머니는 그런 린타로를 보며 빙그레 웃고 있었다.

메이와 오후미 할머니는 린타로가 혼자 집에 돌아가는 날이면 상으로 쌀과자를 주자고 미리 약속해 두었다.

"슈짱 있어?"

린타로가 쌀과자를 먹으며 물었다.

"있지."

슈짱은 늘 옆집 자전거 가게에 있다. 아이들은 슈짱, 슈짱 하고 부르지만, 슈짱은 서른이 조금 넘은 어른이다.

"슈짱 오늘 튜브 고쳐?"

"슈짱한테 물어보렴."

흐음, 하며 린타로가 옆 가게로 갔다.

"슈짱, 오늘 튜브 고쳐?"

린타로가 쌀과자를 와삭거리며 물었다.

슈짱이 느릿느릿 말했다.

"린타로는 튜브 고치는 걸 좋아하는구나."

"응."

린타로는 슈짱이 자전거 수리하는 것을 구경하기 좋아한다.

"고칠 자전거가 하나 있지. 튜브 구멍, 때울까?"

이번에도 슈짱은 느릿느릿 말했다.

"응."

린타로는 오른손에 쌀과자를 들고 쪼그리고 앉았다.

슈짱이 쇠주걱을 타이어 틈새에 끼워 넣고 스윽 돌렸다. 틈새로 손을 집어넣고 잠깐 더듬더니 쉭쉭거리며 움직이는 튜브를 찾아내 기막힌 솜씨로 휙 던졌다.

'할아버지가 못 박는 거랑 똑같아.'

린타로는 이렇게 생각했다.

때때로 개구쟁이 꼬마들이 슈짱을 보고

"바보, 바보. 슈짱 바보."

하고 놀린다. 그러면 슈짱은 화내지 않고

"바보라고 말한 사람이 바보."

하고 여느 때와 다름없는 느릿느릿한 말투로 되받는다.

아무한테나 바보라는 말을 하는 린타로도 슈짱한테는 그 말을 하지 않았다. 슈짱한테 바보라고 말하는 것은 할아버지한테 바보라고 하는 것과 똑같기 때문이다.

슈짱이 공기 주입기로 튜브에 공기를 쉭쉭 넣었다. 튜브가 살아 있는 생물처럼 몸을 떨며 눈 깜짝할 사이에 커다래졌다.

이번에는 튜브를 물 속에 넣고 조금씩 돌렸다. 조그만 물거품이 뽀그르르 올라왔다.

"거기! 구멍 났어, 거기!"

린타로는 자기가 구멍을 찾아내기라도 한 것처럼 외쳤다.

"여기에 구멍이 났구나."

"응, 거기에 구멍이 났어."

린타로는 으스대듯 말했다.

슈짱은 튜브 구멍 주위를 마른 천으로 꼼꼼히 닦고 사포로 쓱쓱 문질렀다. 그리고 집게손가락으로 고무풀을 듬뿍 발랐다. 휘발유 냄새가 코를 찔렀다.

이어서 슈짱은 가위를 비스듬히 눕혀 튜브 구멍에 붙일 고무를 잘랐다. 린타로는 그렇게 세세한 것까지 유심히 보고 있었다. 그 고무조각에도 마찬가지로 풀칠을 한 다음에 풀이 마를 때까지 기다렸다.

처음에 린타로는 풀이 마른 뒤에 붙이는 것을 이해하지 못해서 왜 그러냐고 슈짱에게 묻곤 했다.

"린타로, 물엿 떨어져."

린타로가 허겁지겁 쌀과자를 입으로 가져갔다.

슈짱은 고무조각을 붙이고 난 뒤에 일단 튜브의 공기를 뺐다. 그리고 다시 튜브에 공기를 넣은 다음 타이어를 힘껏 끼워 넣었다. 훌륭한 솜씨였다.

슈짱의 매력은 자전거 수리 솜씨뿐만 아니었다.

'무례한' 할아버지의 불벼락을 맞고 개구쟁이들이 죄다 달아난 뒤, 슈짱이 린타로에게 이런 얘기를 한 적이 있다.

"저 할아버지는 무서운 사람 아냐."

"왜?"

린타로는 그 할아버지가 무서웠다.

"저 할아버지는 아주 착한 사람이야."

"왜?"

"우리 엄마를 구해줬거든."

우리 엄마란 오후미 할머니를 말한다.

"어디서 구해줬는데?"

"무시무시한 곳에서."

"귀신 나오는 집에서?"

"귀신은 아니지만 무서운 사람이 있는 집."

"어떤 무서운 사람?"

"엄마랑 나를 마구 때리는 사람."

"흐음. 몇 대나 때렸어?"

"몇 대나, 몇 대나 때렸어. 피가 날 때도 있었어."

"후우."

린타로는 오스스 몸을 떨었다.

"밥을 안 줄 때도 있었어."

"왜?"

"몰라. 자기 자식을 패서 어쩌자는 거냐고 엄마가 말렸는데도 마구 패고 밥도 안 줬어."

"슈짱, 울었어?"

"안 울었어. 울면 또 때리니까 울 수가 없었어."

"흐음."

린타로가 고개를 푹 숙였다. 얼마 뒤에 린타로가 말했다.

"슈짱도 어린이집에 다니면 좋았을걸."

이번에는 슈짱이 왜? 하고 물었다.

"푸딩도 있고 젤리도 있는데. 밥이랑 반찬도 있고. 에리 선생님이 줘."

린타로는 에리 선생님이 늘 식사 시중을 들어준다는 말을 하고 있는 것이다.

"푸딩이랑 젤리랑 밥이랑 반찬도 있으면 참 좋겠다."

슈짱이 말했다.

"참 좋겠다."

슈짱이 또 한 번 말했다. 자기 어린 시절을 떠올리고 있는 듯했다.

"다음에 푸딩 갖다 줄게."

린타로가 말했다.

"린타로는 참 친절하구나."

린타로는 끄덕 고갯짓을 했다. 슈짱을 도와주는 사람이 된 듯한 기분이다.

" '무례한' 할아버지가 나쁜 사람을 혼내줬어?"

린타로가 또 한 번 물었다.

"혼내줬어?"

"저 할아버지가 엄마를 전철에 태웠어. 그리고 멀리멀리 데려갔어."

"슈짱도 같이?"

"응. 나도 같이."

"슈짱, 다행이야."

"응, 다행이야."

린타로는 고개를 끄덕거렸다.

린타로가 알고 있는 오후미 할머니는 늘 싹싹하고 조용조용한 사람이다.

그런 오후미 할머니가 린타로로서는 짐작도 할 수 없는 머나먼 세계에서 엄청난 모험을 겪은 사람이었다. 굉장한 사람이구나, 하고 린타로는 생각했다.

'무례한' 할아버지도 무섭기만 한 사람이 아니라 오후미 할머니와 똑같이 굉장한 사람이라고 생각했을 때, 린타로의 마음속에 처음으로 사람을 존경하는 감정이 생겨났다.
"다 됐다."
슈짱이 자전거 타이어에 공기를 넣었다. 쉭쉭쉭 경쾌한 소리가 나고, 자전거는 눈 깜짝할 사이에 생기를 되찾았다.

린타로는 강물에 발을 담그고 참방참방 걸어다녔다. 하루에 꼭 한 번씩 이렇게 강물 속을 걸어다녀야 직성이 풀린다. 강에 들어가 평소 자기가 다니는 길을 바라보면 전혀 모르는 낯선 곳 같아 느낌이 아주 새로웠다.
"야, 인마! 또 그런 데서 철벅거리고 있냐?"
차를 세우고 소리친 사람은 옆집 아키 형이었다. 아직은 견습 요리사다. 배달 나갔다가 돌아오는 길인 듯했다.
"너네 엄마한테 다 일러준다!"
"바보!"
린타로도 지지 않고 맞받아 소리쳤다.
하지만 메이도 벌써 린타로의 이런 버릇을 알고 있는 터라, 신발 세 켤레를 번갈아 말려 신기고 있다.
'아키 형은 아무것도 모르면서, 바보.'
린타로는 일부러 물보라를 잔뜩 일으키며 걸었다.
"확 자빠져 버려라."
"안 자빠져."
그렇게 말한 순간, 린타로가 휘청거렸다. 아키 형의 웃는 얼굴이 바로 눈앞에 보였다.

"아하하하. 물에 젖은 생쥐 꼴이구나. 오늘은 날씨가 좋아서 다행인 줄 알아."

린타로는 강바닥에 있는 돌을 두 손으로 불끈 쥐었다.

"바보! 아키, 바보. 아키, 중대가리!"

힘껏 돌을 던졌다.

"아하하하…… 괜히 잘난 척하니까 그런 꼴을 당하는 거야."

아키 형은 얄밉게 깔깔거리며 차를 몰고 가버렸다.

린타로는 풀밭에서 옷을 비틀어 짰다. 몸이 무겁다.

문득 아오퐁 생각이 났다. 아오퐁은 아오노 병원 원장선생님의 손자로 같은 초록반이다.

"아오퐁, 놀자."

린타로는 아오퐁을 강가에 데려가

"하나, 둘, 셋!"

하고 구령을 붙이며 아오퐁의 어깨를 떠민다.

"아앗!"

아오퐁은 고함을 치며 강물에 빠진다.

이상하게도 아오퐁은 늘 강물에 빠지고 싶어서 안달이다.

"너는 만날 물에 빠지고도 뭐가 그렇게 좋니?"

아오퐁의 엄마는 굉장히 무서운 아줌마인데, 언제나 분한 듯이 이렇게 말하곤 했다.

린타로는 아오퐁 생각을 하자 기분이 좀 나아졌다. 겉옷을 벗어 허리에 두르고는 다리 밑까지 가서 강둑을 기어올랐다.

'다리로 강을 건너는 건 하나도 재미없어.'

린타로는 두리번거렸다. 다리 밑으로 수도관이 지나간다. 린타로는 수도관을 유심히 살폈다. 오른손으로 수도관을 붙잡고 흔들어보았다. 꿈쩍도 하지 않는다.

'이걸 타고 다리를 건너면 재미있을 거야.'

린타로는 두 손으로 수도관을 꽉 붙잡은 다음 에잇! 하고 매달렸다. 건너편을 보았다. 꽤 멀다. 팔 힘만으로 버티며 건너가는 건 무리다.

린타로는 두세 번 몸을 흔들다가 다리를 번쩍 쳐들어 수도관에 다리를 감았다. 두 손 두 발로 몸무게를 지탱했다.

'꼭 나무늘보 같다.'

린타로는 언젠가 텔레비전에서 본 나무늘보를 떠올렸다. 린타로가 나무늘보와 다른 것은 움직임이 빠르다는 점이었다.

린타로 나름대로는 꽤 애쓰고 있었지만, 언뜻 보기에는 힘 하나 안 들이고 술술 나아가고 있는 것 같았다.

그런데 생각지도 못한 일이 벌어졌다. 개 한 마리가 저쪽에서 달려온 것이다. 처음부터 린타로를 보고 달려온 것 같았다. 린타로 바로 밑에서 린타로를 올려다보며 짖었다.

"바보야, 저리 가!"

린타로가 소리쳤다.

목줄을 하고 있다. 주인 없는 개는 아니다.

개에 대해 조금이라도 아는 사람이라면 그 개가 자신을 공격하려는 게 아니라 위험을 알리려 한다는 사실을 알았겠지만, 개를 길러본 적이 없는 린타로는 알 턱이 없었다.
 다행히 린타로는 눈치가 빠른 아이여서 그 때 그 개가 당장에 자기를 덮치지는 않을 거라고 생각했다.
 "저리 가라니까."
 "왈왈."
 "이 바보야."
 "왈왈왈왈."
 린타로와 개의 대화는 어딘지 우스꽝스러워 보였다.
 개가 자꾸만 졸졸 따라오며 시끄럽게 짖어대자, 린타로는 속이 부글부글 끓었다.
 별안간 린타로가 개 위로 휙 떨어졌다. 린타로가 뭘 어떻게 했는지, 개가
 "깨앵! 깨앵!"
하고 비명을 지르며 뛰어가버렸다.
 그 다음날 밤, 린타로가 메이에게 그 이야기를 했다.
 "그래서 너, 개한테 무슨 짓을 한 거니?"
 "물었어."
 "어디를?"
 "귀."
 메이는 기가 막혔다.
 "개한테 물려서 우는 아이는 많아도 개를 물어서 울린 아이는 아마 너밖에 없을 거야."
 메이는 린타로를 빤히 보며 말했다.

"그 개, 혹시 너한테 위험을 알리려고 그런 거 아닐까? 만약 그랬다면 개한테 너무 미안한데."

린타로는 고개를 갸우뚱하며 생각에 잠겼다.

* * *

어린이집 직원회의 때 아이들의 낙서 문제로 토론을 했다. 벽장문에 흰색 페인트칠이 되어 있다. 거기에 아이들이 마구 낙서를 한 것이다.

전에도 아이들이 낙서를 한 적은 있지만, 이번에 문제가 된 것은 아이들이 공공연히 낙서를 했다는 점이었다.

아이들에게 낙서를 허락했던 게이코 선생님이 말했다.

"어린이집은 아이들의 것이고 아이들의 세계잖아요. 그러니까 낙서를 해도 된다고 생각해요. 아이들의 낙서가 있는 방, 근사하지 않아요?"

시노부 선생님이 말했다.

"그림으로 방을 꾸미는 것과 벽이나 문에 낙서를 하는 것은 전혀 다른 일이에요. 선생님은 지금 아이들에게 남을 배려할 줄 모르는 마음을 심어주고 있는 꼴이라구요."

시노부 선생님은 화가 단단히 난 모양이었다. 소노코 씨는 여느 때와 다름없이 생글생글 웃고 있다.

"새하얀 여백을 보면 뭔가 그리고 싶어지는 마음은 이해하지만, 너무 지나치면 어디에 뭘 그리든 상관없다고 생각하게 될 수 있으니까 저도 그건 좀…….”

히데미 선생님이 한창 이런 말을 하고 있을 때, 다쓰로가 거친 말투로 물었다.

"그래서, 하고 싶은 말이 뭐야?"

다쓰로의 말에, 소노코 씨가 전에 없이 엄한 표정을 지었다.

"다쓰로 씨."

"아이쿠, 미안, 미안."

다쓰로가 익살스레 말했다. 주위 사람들이 쿡쿡 웃었다.

어쩌면 다쓰로는 윤활유 역할을 하고 있는지도 모른다.

직원회의는 아무래도 분위기가 딱딱해지기 쉽다. 사람들의 생각까지 굳어버리는 경우가 있다. 다쓰로는 그런 일이 없도록 분위기를 풀어주거나 부드럽게 만든다.

"생각해봤는데, 문이나 벽에 흰 종이를 붙여 거기에 낙서를 하게 하면 어떨까요? 종이는 갈면 되니까……."

시노부 선생님이 짜증스레 말했다.

"낙서가 어린이집이나 학교에서 하는 일인가요? 히데미 선생님은 낙서가 아름답다고 생각하세요?"

"낙서 자체에는 별 의미가 없다고 생각하지만, 아이들의 마음이 자유로워지지 않을까요?"

"별 의미도 없는 일을 해서 마음이 자유로워지면 뭐 해요?"

오늘 시노부 선생님의 말에는 가시가 박혀 있다.

"왜 옆길로 새는 거야? 하던 얘기로 돌아가자구."

다쓰로가 이야기의 방향을 바로잡았다.

늘 농담만 하는 것 같지만 중요한 지점을 제대로 꿰뚫고 있다.

"아이들이 자유롭고 느긋하게 지내는 것과 멋대로 행동하는 것은 다르다는 사실을 알아주셨으면 좋겠어요."

시노부 선생님이 말했다. 젊은 선생님들에게 하는 말임을 누구라도 알 수 있었다.

"낙서가 교육인가요?"

조용하다.

"선생님이 하는 일이 대체 뭐죠? 선생님이 아무 일도 하지 않으면서 아이들을 자유롭고 구김살 없이 자라게 하겠다면, 누가 믿겠어요?"

젊은 선생님들은 아픈 곳을 찔린 기분이었다.

"요즘 들어 우리 어린이집에서는 무슨 일을 하든 자유라고 했던 원장선생님의 말씀을 자기 편한 대로 받아들이는 경향이 있는 것 같아요."

"그게 무슨 말씀이시죠?"

게이코 선생님이 정색을 하고 물었다.

시노부 선생님이 자리에서 일어나 말을 이었다.

"물론 저는 우리 어린이집 선생님 중에 아무것도 하지 않는 사람은 없다고 생각해요. 하지만 자기 일에 수동적인 사람과 스스로 생각하고 실천하는 사람 사이에는 하늘과 땅만큼 큰 차이가 있죠. 수동적인 사람은 일이 즐겁지 않아요. 또 능동적인 경우에는 자기 일에 엄격함이 따르게 마련이죠. 원장선생님의 말씀을 자기 편한 대로 받아들인다는 말은 원장선생님의 말씀을 끌어다 붙여 수월한 일만 하려 한다는 뜻이에요. 그건 용서할 수 없는 일이라고 생각합니다."

선생님들이 술렁였다.

"누가 원장선생님의 말씀을 끌어다 붙인다는 거죠?"

료코 선생님이 화난 목소리로 물었다.

"료코 선생님, 오해하지 마세요. 나는 지금 누가 그랬다고 말하는 게 아니에요. 자기 일에 엄격해지지 않으면 결국 그렇게 된다는 말을 하고 싶은 거예요."

"저도 저희들이 시노부 선생님만큼 일처리가 야무지지 못하다는 것 알아요. 하지만 저희가 게으름을 부리고 있는 건 아니잖아요? 저희도 잘하고 싶어요. 거짓말이 아니에요. 어서 시노부 선생님 같은 선생님이 되기 위해 노력하고 있다고요."

게이코 선생님이 말했다.

누군가가 박수를 쳤다. 젊은 선생님 대부분의 기분이 그러했으리라.

"제 생각도 마찬가지예요."
하고 시노부 선생님이 말했다.

"우리 어린이집 선생님들 모두가 게이코 선생님 같은 마음으로 일하고 있다고 생각해요. 하지만 마음만으로는 아무것도 이룰 수 없어요. 이건 내 자신에게 하는 말이지만, 아이들과 함께 하는 일을 직업으로 가진 사람이 노력하고 있다거나 열심히 하고 있다고 말하는 것 자체가 마음이 해이해 있다는 증거예요."

게이코 선생님은 이를 악물고 감정을 억누르고 있다. 얼굴이 새빨갰다.

"저는 내 자신이 아이들과 함께 무엇을 했느냐를 늘 엄격하게 되짚어본 뒤에 뭔가 말을 하자는 생각을 나름대로 실천해 왔습니다. 제 마음의 어떤 부분이 해이해 있다는 건지 가르쳐주세요."

게이코 선생님이 몹시 떨리는 목소리로 말했다.

"게이코 선생님은 낙서가 있는 방이 근사하다고 했는데, 정말로 그렇게 생각하세요?"

"……."

게이코 선생님의 눈에 눈물이 고였다. 너무 분해서 눈물이 나는 건지도 모른다.

"저는 낙서와 작품은 근본적으로 다르다고 생각해요. 아무리 낙서를 많이 해도 아이들은 변하지 않지만, 하나의 그림을 완성하기 위해 몰두할 때 아이들은 성장하죠. 교사가 할 일은 아이들이 성장할 수 있는 놀이를 발견하고 그것을 하게 하는 거라고 늘 생각해온 저로서는 어린이집에서 낙서를 하는 일을 도저히 인정할 수 없습니다."

이제 게이코 선생님의 생각을 듣고 싶군요, 하고 말하고 시노부 선생님은 자리에 앉았다.

게이코 선생님이 손수건을 꺼내 눈물을 닦으며

"죄송합니다……."

하고 말문을 열었다.

"죄송해요…… 감정이 좀…… 지금 당장…… 제 생각을 말씀드릴 수는 없지만……."

"게이코 선생님의 감정을 상하게 하는 표현을 써서 미안합니다."

시노부 선생님도 사과했다.

"마음이 좀 가라앉으면 곰곰이 생각해보고 제 생각을 말씀드릴게요."

게이코 선생님이 말했다.

소노코 씨가 고마워요, 하고 조그맣게 말했다.

"잠깐."

다쓰로가 손을 들었다.

"시노부 선생한테 뭐 하나 묻고 싶은데."

네, 말씀하세요, 하고 시노부 선생님이 말했다.

"낙서가 작품으로 변한다고 해야 하나? 처음에는 낙서로 시작했지만 언제부턴가 진지해져서 정성껏 그리게 되고, 그러다가 작품이 탄생하는 경우도 있지 않나?"

"있을 수도 있겠죠."

잠깐 생각한 뒤에 시노부 선생님이 대답했다.

"그렇다면 낙서가 필요한 경우도 있지 않나?"

"그것은 낙서를 낙서로 끝내지 않겠다는 선생의 의지랄까 지도가 있었을 때에 가능한 일이라고 봅니다."

"흠, 그렇군. 네, 질문의 답이 됐습니다."

다쓰로는 질문도 간결하지만 이해도 빠르다.

"시노부 선생은 방금 아이들이 성장할 수 있는 놀이를 발견하는 것이 교사의 일이라고 했지만, 내가 볼 때는 아이들이야말로 놀이 만들기의 천재거든. 뭐든지 놀이로 바꿔버릴 뿐 아니라 놀이를 만들어내는 능력도 엄청나단 말이지. 시노부 선생은 이 점을 어떻게 생각하시는지?"

"다쓰로 씨가 무슨 말을 하려는지 잘 알아요."

시노부 선생님이 말했다.

"아이들은 자신이 만들어낸 놀이를 통해 성장합니다. 다쓰로 씨가 생각하듯이 말이죠. 린타로를 보면 그걸 잘 알 수 있지요. 하지만 제가 말하는 건 놀이의 또 다른 부분이에요. 어린아이들에게 놀이와 공부는 차이가 없으니까 뭉뚱그려 놀이라고 하죠. 예를 들어 우리 어린이집에서는 쌓기놀이도 놀이고 요리나 수영도 놀이고 채소가꾸기도 놀이예요. 이 중에는 어른이 도와주거나 가르쳐주지 않으면 할 수 없는 것도 있죠. 이처럼 아이들은 어른의 도움을 받으면서 많은 것을 발견하고 스스로 배워나가는 거예요. 저는 어른의 도움이 필요한 놀이와 아이들끼리 할 수 있는 놀이, 양쪽 모두가 어린이집에서 할 수 있는 놀이라고 생각했어요. 소노코 선생님, 제 생각이 맞나요?"

중요한 문제이기에, 시노부 선생님은 소노코 씨에게 확인을 받고자 했다.

"네, 맞아요."

소노코 씨는 미소를 지으며 고개를 끄덕였다. 그러고는 말했다.

"아이들은 놀이를 하면서 다양한 것에 관심을 갖게 되지요. 그런 마음의 움직임을 언제나 소중히 지켜봐 주세요."

이어서 소노코 씨가 다쓰로에게 물었다.

"시노부 선생님의 말씀, 이해하겠니?"

다쓰로가 대답했다.

"그런 말이라면 당연히 이해하지. 그런데 시노부 선생한테 부탁이 있는데, 가끔은 좀 적당히 넘어가시죠?"

젊은 선생님들 사이에서 쿡쿡거리는 소리가 들렸다.

"제가 한마디 해도 될까요?"

소노코 씨가 말했다.

"여러분, 혹시 기억나세요? 첫 직원회의 때 제가 말했죠, 아이들과 늘 사이좋게 지낼 수만은 없다고요."

몇몇 선생님이 고개를 끄덕였다.

"아이들에 대해 진지하게 이야기하다 보면 서로 의견이 부딪치게 마련이지요. 시노부 선생님과 게이코 선생님의 이야기를 들으면서, 저는 두 분이 얼마나 고마웠는지 몰라요. 자신의 생각을 터놓고 이야기하는 여러분 모두에게 고맙다는 말을 하고 싶어요."

소노코 씨가 가볍게 고개를 숙였다.

"자신보다 타인을 먼저 진지하게 생각하는 사람은 정말 아름다운 사람이에요."

게이코 선생님의 눈이 소노코 씨의 눈에 못박여 있다.

"우리 어린이집 아이들도 정말 행복한 아이들 같아요. 낙서는 하면 안 된다고 그냥 결론지어 버릴 수 있는데도 이렇게 토론을 거치는 걸 보면서, 아이들에 대해 좀더 깊이 생각해보는 것이 얼마나 중요한지 오늘 여러분에게 배웠어요. 정말 고마워요."

시노부 선생님이 눈길을 떨어뜨렸다.

"낙서 문제는 앞으로 좀더 의논해보도록 하죠. 다른 일도 모두 이렇게 해주셨으면 좋겠어요. 누군가 말하기를 교사는 아이들 앞에서 허둥거릴 수 있는 능력도 필요하다고 했는데, 참 의미심장한 말 같아요."

게이코 선생님의 눈빛이 차분해졌다.

"낙서 문제에 참고가 될지는 모르겠지만, 제가 초록반 아이들과 함께 그림을 그리면서 겪은 이야기를 들려드리겠습니다."

소노코 씨가 그림 하나를 모두에게 보여주었다.

탁구공만 한 새까만 종이뭉치가 하얀 도화지 위에 투명 테이프로 붙여져 있다.

"저는 아이들에게 지금껏 한 번도 본 적이 없는 그림, 아무도 흉내낼 수 없는 세상에서 단 하나뿐인 그림을 그려보라고 했어요. 그러고는 갖가지 색깔의 물감을 풀어놓은 물과 화선지, 풀과 가위와 붓을 나눠주었죠. 그 결과 만들어진 것이 이 작품이에요."

소노코 씨는 모두가 볼 수 있도록 그림을 머리 위로 높이 들어올렸다.

"누구 작품일 것 같아요?"

소노코 씨는 아주 즐거워 보였다.

"흠, 보나마나 뻔해."

다쓰로가 말했다.

"맞아요, 린타로의 작품이에요."

소노코 씨가 생글생글 웃으며 말했다.

"어떤 사람은 이 그림을 보고 '이게 뭐야?' 또는 '이것도 그림이야?' 하고 되물을지 모르지만, 저는 굉장한 그림이라고 생각해요."

히데미 선생님과 에리 선생님이 일어나 린타로의 작품을 들여다보았다.

"전에도 초록반 아이들은 아무도 본 적 없는 아름다운 꽃이나 세상에서 가장 이상하게 생긴 동물을 그려본 적이 있기 때문에, 다들 자연스레 붓이나 가위를 들었어요. 린타로는……."

소노코 씨는 들고 있던 그림을 자석으로 게시판에 고정했다.

"화선지를 여러 번 접어 물감 풀어놓은 물에 담그더군요. 전에 한 번 해본 기억이 있었던 거죠. 이어서 화선지를 건져서 펼쳐보았지만, 무늬가 별로 마음에 들지 않았나 봐요. 붓을 들더니 무늬 하나하나에 독창적인 그림을 그리기 시작했어요. 구부러진 선을 그리거나 원을 그려 그 둘을 잇는 등 어느 하나 똑같은 게 없었죠. 갖가지 색깔을 썼기 때문에 매우 아름다웠어요. 나는 욕심이 많은 사람이라, 저대로도 훌륭한 식탁보 무늬가 되겠다고 생각했죠. 하마터면 그거, 선생님 주면 안 될까? 하고 말할 뻔했답니다."

세이코 선생님이 빙그레 웃었다.

"린타로는 거기에 만족하지 않았어요. 종이를 다시 펼쳐보았어요. 그 때까지는 네모난 종이였죠. 린타로는 이따금 다른 아이들의 그림과 자기 그림을 비교하듯 번갈아 보았는데, 그건 아무도 흉내 낼 수 없는 그림을 그리려는 생각이 머릿속에 단단히 박혀 있었기 때문인 것 같아요. 자기 그림은 친구들 것과 다르지만 종이 모양은 똑같다고 생각했을까요? 아니면 사각형은 너무 평범하다고 생각했을까요? 린타로는 가위를 집어 들더니 애써 그린 그림의 모서리를 둥글게 자르기도 하고 접기도 하더군요. 정말이지 그 일에 푹 빠져 있었죠."

소노코 씨도 이야기에 열중했는지 콧등에 땀이 송골송골 맺혀 있었다.

"그러다 보니 당연히 그림 면적이 줄어들었죠. 이번에는 또 그게 못마땅했던가 봐요. 붓에 물감을 듬뿍 묻혀 뚝뚝 떨어뜨리거나 툭툭 두드리듯 색칠을 해서, 그림이 작아진 만큼 강렬하게 표현하려고 애썼죠. 저는 아이들은 정말 대단하다고 생각했어요. 이건 린타로의 작품이니까 린타로가 대단하다고 할 수 있지만, 아이들은 누구나 그런 면을 갖고 있거든요."

그 점을 꿰뚫어 본 소노코 씨도 대단하다면 대단한 사람이다.

에리 선생님이 물었다.

"마지막에 이런 그림이 된 건가요?"

"그래요. 좀더 아름다운 것, 좀더 힘찬 것, 아무도 흉내낼 수 없는 것. 이런 '좀더, 좀더'라는 생각이 이 그림을 낳은 거죠. 린타로는 마침내 자기 그림을 지름 5센티미터 정도의 둥근 공으로 만들었어요. 이것은 린타로가 도달한, 세상에 단 하나뿐인 린타로만의 세계이기 때문에 아름다운 거예요. 이 그림의 가치는 아이들의 에너지와 창조력 그 자체에 있죠. 아이들과 함께 있으면 그걸 잘 알 수 있답니다."

소노코 씨는 손수건을 꺼내 이마의 땀을 살며시 닦았다.

"방금 저는 무심코 '아이들과 함께 있으면'이라는 말을 했는데, 저는 요즘 이 말의 의미를 곰곰이 생각해요. 아시다시피 저는 전문적인 교육자가 아니에요. 그래서 과연 이 일을 잘할 수 있을지 굉장히 불안했고 고민스러웠죠. 물론 그건 지금도 마찬가지고요. 하지만 전문가가 아니기 때문에 아이들과 함께 있을 수 있다는 생각도 해요. 예를 들어 베테랑 선생님이 린타로의 그림을 보고 과연 훌륭하다고 말할 수 있을까요? 아이들에게는 지식이라는 틀 속에다 담을 수 없는 뭔가 엄청난 능력이 있어요. 하지만 전문가는 전문 지식을 갖춘 만큼 어린이의 그런 뛰어난 부분을 간과하기 쉽지 않을까요? 아이들과 함께 있어도 아이들을 가르치려 한다면, 가르치려는 생각이 앞선다면, 과연 진정으로 아이들과 함께 있다고 할 수 있을까요?"

젊은 선생님들은 진지한 얼굴을 하고 있다.

"나는 백지처럼 새하얀 마음으로 아이들을 대했기 때문에, 린타로의 그림에 담겨 있는 린타로의 마음을 이해할 수 있었다고 믿어요. 전문가라면 아마 어떤 그림을 그렸느냐를 문제 삼겠죠. 하지만 나는 어떤 그림을 그렸느냐에는 별 관심이 없어요. 린타로가, 즉 어린이가 그 일에 얼마나 열중했는가에 관심이 있죠. 저는 아이들을 보면서 '열중'이라는 말 속에는 재미와 긴장감이 공존한다는 것을 깨달았어요. 린타로는 애써 그린 그림을 차례차례 파괴하며 새로운 세계로 나아갔어요. 그 과정에는 엄청난 긴장감이 있었다고 생각해요. 또 한번 시작한 일은 한눈팔지 않고 끝까지 밀어붙였어요. 그건 분명 그 일이 재미있었기 때문이겠죠. 아이들의 행동, 아이들의 표현은 그런 긴장감과 재미의 반복이란 걸 저는 린타로한테 배웠답니다."

소노코 씨는 낙서 이야기는 직접 꺼내지 않으면서도 젊은 선생님들이 낙서에 대해 생각해볼 수 있도록 이끌어주었다.

"아, 이야기가 너무 딱딱해져서 미안해요."

소노코 씨가 말했다.

"이 그림에 얽힌 재미있는 이야기도 있어요. 그렇죠, 유미코 선생님?"

유미코 선생님이 웃으며 고개를 끄덕였다.

"다른 분들한테도 들려주시겠어요?"

소노코 씨가 이렇게 말하자, 유미코 선생님이 일어섰다.

"그 시간에 저도 초록반에 있었는데, 린타로가 이 그림을 들고 왔을 때, '뭐야, 이거?'라고……."

"물었다고요?"

옆에 있던 히데미 선생님이 무심코 말했다.

"네. 물어버렸어요."

유미코 선생님은 부끄러워하며 대답했다.

"그러니까 뭐래요, 린타로가?"

"코딱지라고요."

다쓰로가 책상을 치며 큰 소리로 껄껄껄 웃었다.

"나 참, 훌륭한 코딱지라고 할 수도 없고……."

다들 웃음을 터뜨렸다.

"그래요, 쉬운 일이 아니에요."

소노코 씨가 말했다.

"유미코 선생님과도 얘기했지만, 린타로가 어떤 과정을 거쳐서 그림을 완성했는지 알지 못한다면 이 애가 또 장난치는구나 생각했을 거예요."

"그런 경우에는 어떡하면 좋죠?"

세이코 선생님이 진지한 얼굴로 물었다.

"제가 좀 전에 그림을 그릴 때 얼마나 집중했느냐가 문제이지, 어떤 그림을 그렸느냐는 별로 문제가 되지 않는다고 했죠? 그건 제 마음이기도 하지만 아이들의 마음이기도 하다고 생각해요. 중요한 것은 재미있었다는 사실일 뿐, 완성된 그림은 아이들에겐 껍데기에 지나지 않을지 몰라요."

선생님들은 곰곰이 생각에 잠겼다.

"코르네이 추코프스키라는 사람은 〈두 살에서 다섯 살까지〉라는 책에서 아이들의 언어 발달을 이야기하며 흥미로운 말을 했어요. 아이들은 훌륭한 언어를 구사한다, 재미있을 뿐 아니라 학문적 가치도 있다, 그러나 그것을 특별한 것인 양 칭찬하거나 추어올려서는 안 된다고요. 린타로가 자기 작품을 코딱지라고 말한 건 농담이겠지만, 어느 정도 진심도 담겨 있다고 봐요. 아이들은 끊임없이 앞으로 나아간다는 의미에서, 아이들에게 자신의 작품은 활활 타오른 뒤에 남은 잿더미라도 상관이 없으니까요."

선생님들은 새삼 린타로의 '코딱지'를 뚫어지게 바라보았다.

소노코 씨는 아이들을 잘 모르기 때문에 오히려 아이들을 더 잘 볼 수 있다고 했는데, 그 말은 선생님들의 마음을 가볍게 해주었다.

선생님들은 어깨 힘을 빼고 아이들을 대하자고 생각했다. 그것이 아이들에게도 행복한 일일 수 있다. 린타로 같은 아이는 어떤 틀 속에 가두려 하면 거기에 반발하기 위해 자신의 에너지 대부분을 써버리기 십상이다.

어린이집이 새로 문을 열어 경험이 없는 젊은 선생님들이 많다는 것이 꼭 나쁘지는 않았다. 젊은 선생님들 중에는 스스로에게 정직한 사람이 많았다.

에리 선생님이 소노코 씨에게 쓴 편지가 있다.

저 자신이 게으르다는 것을 절실히 느끼고 있습니다. 소노코 선생님이 어떤 일을 하든 아무 일도 하지 않든 괜찮다고 하신 말씀은 결코 게으름을 피워도 좋다는 말이 아니겠지요.

그것은 더없이 엄격한 말인데도 저는 그 말을 진지하게 받아들이지 않았습니다. 오히려 자꾸 외면하려고만 하는 자신을 깨닫고 지독한 자기혐오에 빠졌습니다.

그러자 피곤해졌습니다. 지금 저는 분명 꼴 보기 싫은 사람이 되어 있을 거예요. 아이들에게도 그렇게 비칠지 모른다고 생각하면 견딜 수가 없습니다.

아이들이 자유로워지기 위해서는 주위 어른들이 자유로워져야 한다고, 소노코 선생님은 말씀하셨습니다. 그 말씀을 우리 어린이집에서 하는 일에 적용한다면 아이들이 하고 싶어하는 일과 나 자신이 하고 싶은 일을 하나로 잇는 것이겠지요. 그래서 저는 음악으로 그 일을 실천해보려고 했습니다.

하지만 내가 하고 싶은 일, 아이들이 하고 싶어하는 일을 시간을 두고 꼼꼼히 생각해서 실천하지는 못했습니다.

마치 하루살이처럼 시간에 쫓기며 그날 그날을 아이들과 보내고 있습니다. 성과도 없이 발걸음만 급합니다. 그런 자신에게 절망하고 있습니다. 저는 천성이 밝은 사람이라고 생각했는데, 때때로 침울해져 있는 저 자신을 발견하고 소스라치게 놀랍니다.

소노코 선생님. 저는 이렇게 생각했습니다. 제 일이 저를 이끌어내 주리라고요. 제가 하고 있는 일이 제가 모르는 저의 단점과 장점까지 이끌어내 줄 거라고요.

그렇게 생각하자 저 자신을 조금은 객관적으로 바라볼 수 있었습니다.

소노코 선생님, 좀더 시간을 주세요. 노력해 보겠습니다.

소노코 씨가 에리 선생님에게 보낸 답장이다.

지금의 에리 선생님으로 좋아요. 에리 선생님의 지금 모습 그대로가 좋아요. 조금씩 천천히 노력하는 것으로 충분해요. 저는 그렇게 생각합니다.

에리 선생님이 아이들의 삶과 자신의 삶을 떼어놓고 생각하지 않는다는 사실이 저는 기쁩니다. 에리 선생님은 정말로 아이들 곁에 있구나, 아이들과 함께 생활하고 있구나, 하는 것을 느꼈습니다.

말로 표현하지는 않지만 아이들은 그런 선생님을 원하고 있습니다.

설사 선생님으로서 부족한 점이 있다 해도 아이들은 자기들과 함께 웃고 울며 함께 성장해 나가는 동료를, 친구를 원하고 있을 거예요.

아이들은 결코 훌륭한 선생님, 대단한 사람이나 권위자를 바라지 않습니다.

함께 있다는 것은 얼마나 멋진 일인지요. 요즘은 몸은 함께 있지만 마음은 멀리 있는 관계가 얼마나 많습니까? 몸과 마음이 온전히 함께 있는 관계는 매우 드물지요.

부모와 자식, 남편과 아내, 선생님과 학생, 선배와 후배, 그리고 친구들. 다들 너무나 힘든 시대를 살아가고 있어요.

에리 선생님의 고민은 아마 우리 어린이집 선생님들 대부분의 고민일 테고, 그런 고민을 하는 것은 사람과 사람을 잇기 위해 더없이 중요하고 지혜로운 일이지요. 에리 선생님, 고마워요.

어떤 일을 하든 아무 일도 하지 않든 자유라는 소노코 씨의 말은 물론 아이들의 일상생활에도 적용되었는데, 그것은 린타로가 좋아하는 말인 '좋을 대로'와 썩 잘 어울렸다.

어린이집에서는 텃밭에 몇 가지 채소를 기르고 있었지만 밭일을 거들든 말든 아이들의 자유였다.

재미있는 것은 뿌린 씨에서 싹이 돋고 모내기한 모가 자라자, 누가 뭐라고 한 것도 아닌데 아이들이 밭에 들어와 채소를 돌보기 시작했다는 점이다. 아무리 좋은 일도 강요하지 않겠다는 선생님들의 생각이 결실을 맺은 좋은 예라고 할 수 있다.

늘 만족스럽지는 않았지만, 륜예 어린이집 선생님들은 아이들을 변화시키기 위한 방법으로 명령보다 시행착오를 택했다.

교육자에게는 저마다 나름대로의 생각과 교육법, 실천법이 있는데, 소노코 씨가 운영하는 류예 어린이집과 린타로의 만남은 둘도 없이 소중한 것으로서 환하게 빛났다고 할 수 있으리라.

린타로는 가장 큰 아이들 반인 하얀반이 되고도 여전히 장난을 일삼았지만, 같은 장난이라도 심리적인 장난이 많아져서 하나의 작은 드라마가 연출되고는 했다.

예방주사를 맞는 날에 있었던 일이다. 아이들은 주사를 무서워한다. 이 날은 어린이집 전체가 혼란 상태에 빠진다.

주사를 맞기 전부터 우는 아이가 있다. 주사를 맞고 난 아이 대부분이 운다. 아이들의 울음소리로 어린이집이 떠나갈 듯하다.

달아나는 아이를 붙잡아 그 아이와 함께 줄을 서 있는 선생님도 있다.

"넌 남자잖아. 용기를 내봐."

유미코 선생님이 말했다.

그럼, 여자는? 하고 생각하게 되지만, 유미코 선생님은 여자아이에게는 아무 말도 하지 않았다.

주사를 놓고 있는 아오노 다로 선생님은 아오노 병원의 원장선생님으로 소아과 전문의였다. 술을 좋아해서 대낮부터 취해 있을 때도 있다. 이 애주가 선생님은 린타로가 곧잘 물에 빠뜨리는 아오풍의 할아버지인데, 린타로는 어릴 때부터 이 선생님에게 이것저것 신세를 지고 있었다.

"아오노 할아버지, 사탕 줘."

린타로는 아오노 선생님을 보면 대뜸 이렇게 말한다. 일종의 인사말이다.

　아오노 선생님은 아이들을 상대하기 때문에 사탕 정도는 늘 준비하고 있다. 기분이 좋을 때는 서너 개씩 선심을 쓰지만 그렇지 않을 때는 콩 하고 알밤만 준다.

　하얀반은 맨 마지막에 주사를 맞는다. 가장 나이가 많은 반인 만큼 우는 아이가 적다. 또 그런 만큼 다들 표정이 불안하다.

　린타로 앞에 가요코가, 그 앞에 아오퐁이 줄을 섰다.

　아직은 줄이 한참 길어, 린타로 근처 아이들은 여유가 있었다.

"아오퐁은 주사 좋아하지?"

린타로가 말했다.

"싫어해."

아오퐁이 딱 잘라 말했다.

"아오퐁은 주사가 밥 아냐?"

"바보. 아냐."

주위 아이들이 죄다 웃었다.

"아오퐁, 너는 주사 맞을 때 안 울지?"

"……"

"안 울지?"

린타로가 다그치듯 물었다.

아오퐁은 울상을 지으며 아이들을 둘러보았다.

"그치, 아오퐁?"

아오퐁은 하는 수 없이 히죽 웃었다.

"왼팔을 걷어야지. 그건 오른팔이잖아."

간호사가 아이들의 팔에 소독약을 발랐다. 차갑다. 쿵쿵, 심장 소리가 커진다.

아오퐁의 다리가 가늘게 떨렸다.

"이리 온."

아오노 선생님이 뒷걸음치는 아오퐁을 불렀다. 아오퐁은 고개를 짤래짤래 흔들었다.

"의사 손자가 주사를 겁내면 어떡하겠다는 게냐."

아오노 선생님은 한심하다는 얼굴로 말했다.

"그거, 찍 나오는 거 싫어."

아오퐁이 말했다.

바늘 끝으로 주사액이 쪼금 나온다. 이걸 두고 하는 말이다.

"이 녀석, 무슨 말을 하는 거야."

그래도 자기 손자는 사랑스러운 듯 보였다. 이어서 아오노 선생님이 주사기를 똑바로 세우고 노란 액체를 쭈욱 밀어올렸다.

"그 '쭈욱'도 싫어."

아오퐁이 떨리는 목소리로 말했다.

"못난 녀석."

아오노 선생님이 아오퐁의 팔을 거머쥐고 바늘을 꾹 찔러 넣었다.

"아야야!"

아오퐁이 비명을 지르고, 이어서 으아앙 하고 울음을 터뜨렸다.

"앗, 아오퐁이 운다."

린타로가 말했다. 다들 낯빛이 파리하다.

가요코는 입을 한 일 자로 꾹 다문 채 팔을 내밀었다. 새하얀 얼굴로 아오노 선생님을 노려보았다.

"부모의 원수라도 갚겠다는 표정이구나."

그렇게 말하면서도 아오노 선생님은 가요코한테 주사를 놓았다. 가요코는 울지 않았다.

린타로 차례가 되었다.

"할아버지, 사탕 줘."

린타로가 오른팔을 내밀었다.

아오노 선생님은 웃으며 린타로의 머리를 꽁 쥐어박았다.

"네 성격을 우리 손자한테 반만 나눠줬으면 좋겠구나."

아오노 선생님은 그렇게 말하면서 린타로한테도 주사를 놓았다. 물론 린타로는 울지 않는다.

"오늘은 목욕하면 안 돼요."

간호사가 말했다.

"목욕하면 죽어? 물에 들어가면 안 돼?"

린타로는 옷소매를 내리면서 아오노 선생님한테 물었다.

린타로가 다케와 미쓰오와 가즈미치를 꾀었다.

"아오풍, 있을까?"

"있을 거야."

린타로는 자신 있게 말했다.

예방주사를 맞고, 린타로는 두 가지 사실을 확인해 두었다.

우선 에리 선생님한테 물었다.

"목욕하면 정말로 죽어?"

"죽긴 왜 죽어. 그냥 주사 맞은 자리에 더러운 물이 닿지 않도록 조심하라고 그러는 거야."

"아오노 할아버지는 물에 들어가면 안 된다던데?"

"린타로, 아오노 할아버지가 뭐니? 아오노 선생님 말씀은 주사 맞은 자리를 깨끗이 하라는 뜻이야."

"흐음."

아오퐁네 집 앞 강물은 더럽지 않다. 물은 깨끗했다. 린타로는 마음이 놓였다.

다음에는 아오퐁에게 물었다.

"아오퐁, 오늘 목욕할 거야?"

아오퐁은 깜짝 놀라며 고개를 저었다.

"아오퐁, 오늘 너네 집에 놀러 갈게."

하고 린타로가 말했다.

린타로와 다케와 미쓰오와 가즈미치는 아오퐁네 집 앞에 닿았다.

현관문 옆에 바깥으로 튀어나온 창문이 있는데 그 안이 진찰실이다.

린타로는 살그머니 창 안을 들여다보았다. 오후 진찰 시간이 아직 끝나지 않았는지, 아오노 선생님과 간호사가 보였다.

린타로가 낌새를 엿보고 돌아왔다.

"아오노 할아버지, 아직 있어."

네 아이는 저마다 강둑에 자리를 잡고 앉았다.

"어쩐지 가렵다."

다케가 말하자, 다들 소매를 걷고 주사 맞은 자리를 살폈다.

"좀 빨개진 것 같아."

가즈미치가 말했다.

주사 맞은 자리가 살짝 부어오른 것을 보자, 가즈미치는 걱정이 되는 모양이었다.

"아오퐁이 울면 어떡하지?"

하고 가즈미치가 말했다.

"배짱을 키워야 된단 말야."

린타로가 힘주어 말했다.

"아오퐁의 엄마는 무서운데."

다케가 말했다.

"배짱을 키워야 된다니까. 배짱이 없으면 강해지지 못해."

린타로가 말하자 다들 고개를 끄덕였다.

"가요코도 안 울었잖아."

린타로는 덧붙였다.

늘 같이 어울리는 아오퐁이 겁쟁이여서는 곤란하다.

"할아버지, 아직 있어."

두 번째로 낌새를 살피고 온 린타로가 말했다.

"뒤로 돌아 가자."

린타로가 앞장섰다.

아오노 선생님의 집 마당에는 장미나무가 심겨 있다. 장미나무가 산울타리를 이루고 있어서 문을 지나야만 안으로 들어갈 수 있다.

"아오퐁."

아오퐁네 가족은 별채에 살고 있다. 별채 쪽을 보고 아오퐁을 불렀다.

대답이 없다.

"어떡하지? 아오퐁한테 안 들리나 봐."

조금 김이 빠졌다.

"좀 더 큰 소리로 불러보자."

다케가 말했다.

안 돼. 린타로가 말렸다.

"그러면 아오퐁 엄마한테 들킨단 말야."

아오퐁의 엄마는 아오퐁이 린타로와 어울리는 걸 싫어한다. 린타로를 난폭한 아이라고 생각한다.

"좋은 수가 있어."

린타로가 또 앞장서서 걸었다.

아오퐁네 집과 옆집 사이에 좁은 틈이 있다.

"저기가 아오퐁 방이야."

린타로가 돌멩이를 주워들었다. 몸을 옆으로 돌려 좁은 틈새로 걸어 들어갔다. 다케와 다른 아이들이 허둥지둥 린타로를 따랐다.

아오퐁의 방 밑에 닿았다.

"아오퐁."

"아오포옹."

나직이 아오퐁을 불렀다.

린타로가 방 창문을 겨냥해 돌멩이를 던졌다. 쨍 하는 소리가 났다.

얼마 지나 창문이 열리고 아오퐁이 얼굴을 내밀더니 주위를 두리번거렸다.

"여기야, 여기."

"아오퐁, 여기야."

창 밑에 있는 친구들을 보고, 아오퐁은 깜짝 놀랐다.

"왜 거기 있어? 거기서 뭐 해?"

아오퐁은 순하디순한 얼굴로 느릿느릿 물었다.

"바보, 널 데리러 왔잖아."

"어, 그래?"

"아오퐁. 너네 엄마, 어디 있어?"

린타로는 빈틈이 없다.

"약국에. 봉지에 약 넣고 있어."

린타로는 흠, 하고 말하고는 아오퐁을 재촉했다.

"아오퐁, 밖에서 기다릴게. 빨리 나와."

린타로와 세 아이는 아오퐁의 집에서 조금 떨어진 강가에서 아오퐁을 기다렸다.

아오퐁이 나타나자

"여기야, 아오퐁!"

하고 이번에는 큰 소리로 불렀다.

이제나저제나 아오퐁이 오기를 기다렸다는 듯이 당장에 린타로가 말했다.

"아오퐁, 하나둘셋 하자."

아오퐁은 눈이 휘둥그레졌다.

아이들은 늘 하나둘셋! 하는 구령 소리에 맞춰 아오퐁을 물에 빠뜨렸기 때문에, 이 말은 강물에 빠뜨리는 놀이를 뜻한다.

"서, 서, 설마……."

아오퐁의 표정이 굳어졌다.

"아오퐁."

린타로는 용기를 북돋우는 목소리로 아오퐁의 이름을 불렀다.

"우와와왓!"

아오퐁이 기겁을 하며 괴상한 비명을 질렀다.

"아오퐁, 빨리!"

아오퐁이 돌아서서 달아나려고 했다.

"하나, 둘, 셋!"

다 같이 구령을 붙인 다음, 린타로와 다케가 비틀거리며 달아나는 아오퐁의 어깨를 퍽 밀었다.

"살려줘!"

아오퐁이 소리쳤다.

"아아!"

아오퐁은 요란한 소리를 내지르며 강물에 빠졌다.

평소에는 느긋한 목소리로 어어, 하며 발부터 강에 빠졌지만, 이번에는 둑을 데구르 굴러 머리부터 물 속에 처박혔다.

아오퐁은 꼬르륵꼬르륵 물을 먹고 허우적댔다.

물은 기껏해야 아이들 무릎 깊이였지만 아오퐁은 깊은 바다에라도 빠진 기분이었으리라.

아이들이 얼른 달려갔다. 아오퐁을 구하려고 첨벙첨벙 물 속에 뛰어들었다.

일으켜 세워주자, 아오풍은

"히엑!"

하고 이상한 소리를 냈다. 그러고는 꿀럭꿀럭 물을 토해내고 연거푸 기침을 하고는 울음을 터뜨렸다.

"아오풍, 울지 마, 응? 응?"

다케가 말했다.

"아오풍, 안 죽어. 응? 응? 그거 거짓말이야, 순 거짓말."

린타로도 말했다.

아오풍은 콧물을 줄줄 흘리며 점점 더 목청을 높여 울었다.

"주사 맞고 물에 들어가면 죽는다는 말은 거짓말이라니까. 울지 마, 아오풍."

아오풍은 울음을 그치지 않았다. 아이들은 어쩔 줄 몰라 하며 서로 얼굴을 마주 보았다.

"아오풍, 이거 봐."

린타로가 소매를 걷었다. 주사 맞은 자리가 발그레 부어오른 팔에 찰싹찰싹 물을 끼얹었다.

"봐, 괜찮지?"

린타로가 아오풍에게 말했다. 아오풍은 원망스러운 눈초리로 린타로를 올려다보며 훌쩍, 훌쩍 울었다.

"다케랑 가즈미치랑 미쓰오도 빨리 해."

린타로가 말했다.

하는 수 없이 세 아이도 주사 맞은 자리에 물을 끼얹었다.

"봤지?"

린타로가 아오퐁을 보며 한 번 더 말했다.

아이들은 우는 아오퐁을 데리고 아오노 병원으로 갔다. 가는 길에 가즈미치가 말했다.

"아오퐁 엄마는 무서운데."

린타로는 못 들은 척했다.

"아오퐁 엄마한테 야단맞을 거야."

린타로는 이번에도 못 들은 척했다.

"아오퐁 엄마, 무서운데……."

가즈미치는 울먹거리고 있었다.

현관문에 손을 대기도 전에 아오퐁의 엄마가 나타났다.

"이번엔 또 무슨 일이야!"

귀청이 찢어질 듯한 목소리였다.

"또……."

아오퐁의 엄마는 다짜고짜 가즈미치의 뺨을 꽉 꼬집었다.

히이잉! 가즈미치가 단박에 울음을 터뜨렸다.

"무슨 짓을 한 거야! 어서 말해!"

이번에는 다케를 꼬집었다. 꼬집은 채로 두어 번 흔들었다.

휙 당겨져 올라간 다케의 눈에서 눈물이 뚝뚝 떨어졌다.

"또 너희들이니!"

아오퐁의 엄마가 두 손으로 린타로의 볼을 꽉 쥐고 마구 흔들어 댔다. 린타로는 너무 아파서 눈물이 찔끔 났다.

"배짱을 키워야 한단 말야."

눈물을 꾹 참으며 린타로가 말했다.

아오노 선생님이 나왔다.

"또냐?"

아오노 선생님이 싱긋 웃었다.

"이리 오너라."

아오노 선생님은 아이들을 나무라지 않았다. 진찰실로 데려가 사탕을 주었다.

다케는 울면서 사탕을 먹었고, 가즈미치와 미쓰오는 사탕을 손에 꼭 쥔 채 훌쩍거렸다.

"녀석, 우리 며느리한테 꼬집힌 데가 퍼렇구나. 여자는 조심해야 한다."

아오노 선생님이 린타로에게 말했다. 그리고 아이들의 주사 맞은 자리를 차례차례 소독하고는 뒤통수를 두세 번 쓰다듬어 주었다.

* * *

린타로는 장난을 치고도 사과하는 일이 거의 없다. 그 때문에 남들 눈에는 고집 센 아이로 비친다.

린타로의 행동에는 대개 린타로 나름의 이유가 있다. 유심히 살펴보면, 린타로는 장난을 쳤을 때 자기가 잘못한 게 있으면 의외로 순순히 사과한다. 하지만 그런 경우가 좀처럼 없기 때문에 린타로의 이미지는 별반 달라지지 않는다.

에리 선생님은 그것을 잘 알게 되었다.

가을바람이 불어 덥지도 춥지도 않은 상쾌한 날, 다 같이 둥글게 모여 앉아 이야기를 나누고 있었다.
"아야짱은 커서 뭐가 되고 싶어?"
"스튜어디스."
"그렇구나."
에리 선생님이 말했다.
"응, 근사하잖아."
아야짱은 입술을 동그랗게 모으고 말했다.
"후짱은?"
"나? 난…… 에리 선생님."
"응? 내가 되고 싶다고?"
"에리 선생님처럼 어린이집 선생님이 될 거야."
"으응, 그런 말이었어?"
선생님도 기뻐, 하고 에리 선생님이 말했다.
"나도! 나한테도 물어봐 줘."
겐지가 숨넘어갈 듯이 허겁지겁 말했다.
"그래, 그래. 겐지는 뭐가 되고 싶어?"
세이코 선생님이 물었다.
"있잖아, 있잖아, 난 야구선수."
"겐지는 야구선수가 되고 싶어?"
"홈런, 백 개 칠 거야."
겐지가 가슴을 쫙 폈다.
와, 멋있다, 하고 세이코 선생님이 말했다.
"유카는?"

"신부."

유카가 부끄러워하며 대답했다.

"그렇구나……."

에리 선생님과 세이코 선생님이 얼굴을 마주 보고 미소 지었다.

"누구 신부?"

"아직 몰라."

아야짱이 끼어들었다.

"나도 신부가 될 거야."

"아야짱은 스튜어디스가 되고 싶댔잖아?"

"스튜어디스도 되고 신부도 될 수 있어."

아야짱이 고개를 싹 돌리며 힘주어 말했다.

"그건 그렇지."

에리 선생님이 린타로를 돌아보았다.

린타로는 무릎을 그러안고 까닥까닥 앞뒤로 몸을 흔들고 있다.

"린타로는 커서 뭐가 되고 싶어?"

린타로는 대답이 없다. 여전히 몸을 까딱거리고 있다.

"응? 말해봐."

린타로가 에리 선생님을 보고 말했다.

"잠자리."

"린타로는 크면 잠자리가 될 거야?"

다들 깔깔 웃었다.

"정말 잠자리가 되고 싶어?"

린타로가 대답했다.

"하늘."

"하늘이 되고 싶다고?"

흐음, 하늘이라…… 하고 에리 선생님이 중얼거리듯이 말했다.

"왜 하늘이 되고 싶은데?"

"안 가르쳐줘."

다른 아이가 손을 들어서, 린타로와 에리 선생님의 대화는 거기서 끝났다.

에리 선생님이 말했다.

"그래, 리에는 뭐가 되고 싶어?"

"나, 신부."

"리에도 신부가 될 거야?"

리에가 응, 하고 고개를 끄덕였다.

세이코 선생님이 말했다.

"리에 신랑은 지금쯤 뭘 하고 있을까?"

그러자 리에가 야무진 목소리로 말했다.

"난 린타로짱의 신부가 되고 싶어."

에리 선생님과 세이코 선생님이 무심결에 얼굴을 마주 보았다. 린타로는 모르는 척 몸을 앞뒤로 까딱거리고 있다.

"그렇지만, 그렇지만……."

어른스러운 말투로, 리에가 말했다.

"린타로짱은 싫다고 할지 몰라."

요코라는 아이가 손을 들었다.

"나도 리에랑 똑같아."

에리 선생님이 "어머나!" 하고 소리치고는 뒤돌아보았다.
"린타로, 인기 좋구나!"
에리 선생님은 발을 콩콩 구르며 좋아했다.
짓궂은 장난을 많이 치는데도 린타로는 인기가 좋다. 물론 린타로는 그런 것에 눈곱만큼도 관심이 없어 보이지만.
여자아이 대부분이 커서 신부가 되고 싶다고 하고, 그 때마다 에리 선생님과 세이코 선생님이 그렇구나, 그렇구나 하며 장단을 맞춰주고 있는데, 갑자기 다쓰로의 목소리가 들렸다.
"그것도 꿈이냐? 너희들, 그러고도 요즘 아이들 맞아?"
뭔가 볼일이 있어서 왔다가 아이들과 선생님이 나누는 이야기를 들은 모양이었다.
"에리 선생도 세이코 선생도 그런 말에 뭐 하러 일일이 장단을 맞춰줘? 결혼이 인생의 전부야? 무엇보다 그건 편견이라구. 여자건 남자건 혼자서 당당하게 살고 있는 사람이 얼마나 많은데. 이 꼴을 보면 원장선생이 화낼걸?"
에리 선생님이 어머나, 하고 놀란 듯이 말했다.
"야, 린타로. 너는 뭐가 되고 싶다고 했냐?"
"린타로는 하늘이 될 거랬어요."
요코가 대신 대답했다.
"하늘?"
흠, 좋아, 하고 다쓰로가 큰 소리로 말했다.
"사람은 모름지기 꿈이 있어야 돼. 너희들도 린타로처럼 하늘이 되겠다거나 해가 되겠다거나 하는 거창한 꿈을 가져봐."

성질이 괄괄한 아야짱이 입을 삐죽이며 말했다.

"신부가 되고 싶은 게 뭐가 나빠?"

"나쁘다는 게 아냐. 하지만 누구든 언젠가는 신부가 되게 마련이잖아? 꿈이란 아무나 될 수 있는 걸 말하는 게 아냐. 아무나 될 수 있는 게 뭐가 재미있겠냐구."

"그런 말 하면 다쓰로 아저씨는 신부 못 얻어. 죽을 때까지 못 얻어."

아야짱이 쏘아붙였다.

"꼬맹이의 말꼬리를 물고 늘어지는 건 좀 뭣하지만, 신부는 얻는 게 아니야. 일단 그건 바로잡자구. 그리고 나한테는 꿈이 있으니까 신부 따위는 되지 않아."

어? 하고 아야짱이 소리쳤다.

"다쓰로 아저씨는 남잔걸? 신부는 될 수가 없어."

아야짱은 도깨비 뿔이라도 꺾은 양 으스댔다.

"다쓰로 아저씨, 바보."

"아, 말이 헛나왔다."

다쓰로는 난처해하며 말했다.

"아야짱, 너 비겁하다. 사나이답지 못해."

"나? 난 여잔걸?"

다쓰로 체면이 점점 더 구겨졌다.

여자아이들이 고소해했다.

나, 다쓰로 아저씨가 신부를 얻으면 바늘 1000개 삼켜도 좋아, 하고 아야짱이 말했다. 다른 여자아이들도 나도, 나도 하고 입을 모았다.

그리고 그 날 저녁, 한 가지 사건이 벌어졌다.

어린이집 선생님들은 평소에 거의 화장을 하지 않는다. 어린이집을 나서기 직전에 콤팩트나 손거울을 꺼내 립스틱을 바르거나 옅은 화장을 하는 사람은 있다.

그 때 세이코 선생님은 조합 모임에 나가기 위해 하얀반 한 구석에서 서둘러 립스틱을 바르고 있었다.

"린타로, 그렇게 빤히 보지 마. 부끄럽잖니."

린타로는 여전히 지켜보고 있다.

"왜 그렇게 빤히 봐?"

"텔레비전이랑 달라."

"뭐가?"

"텔레비전에서는 립스틱을 바를 때 크레파스를 칠할 때처럼 꾸욱 누르던데."

"아아."

그제야 세이코 선생님도 린타로의 말뜻을 알아차렸다.

세이코 선생님은 립스틱이 거의 바닥난 탓에 화장 붓에 묻혀서 입술을 칠하고 있었던 것이다.

"잘 봐, 린타로. 립스틱이 거의 없지? 그러니까 직접 입술에 대고 바를 수가 없는 거야. 끝까지 다 써야 하거든. 월급이 적으니까."

세이코 선생님은 린타로하고 관계없는 말까지 늘어놓았다. 전화가 울렸다. 에리 선생님의 목소리가 날아왔다.

"출장비 받으러 오래. 지금 바로."

화장 중인데…… 하고 중얼거리고, 세이코 선생님은 윗입술과 아랫입술을 오물오물 맞비벼서 립스틱을 고루 묻혔다.

린타로도 흉내내어 입술을 움직였다. 세이코 선생님은 종종걸음으로 방을 나갔다. 책상 위에 립스틱이 놓여 있다. 린타로는 그것을 손에 들었다. 바닥이 거의 드러나보였다.

린타로는 잠깐 생각했다. 그리고 곧바로 실행에 옮겼다. 크레파스 통을 홱 뒤집어 빨간색 크레파스를 집었다. 그러고는 립스틱 몸체에 크레파스를 끼워 넣고 뚜껑을 덮은 다음 적당한 크기의 집짓기 장난감 하나를 들고 와 콩콩 내리쳤다. 크레파스 가장자리가 몸체의 둥근 테두리에 깎이며 깊이 박혔다.

린타로는 책상 위에 흩어진 크레파스 찌꺼기를 치웠다.

"뭐 해, 린타로?"

가요코가 다가와서 물었다.

"아무것도 안 해."

"흐음."

가요코는 린타로의 손을 빤히 보았다.

린타로는 조금 당황했다. 창가로 가서 손에 묻은 크레파스 찌꺼기를 탈탈 털고 왔다.

그 때 세이코 선생님이 돌아왔다.

"아유, 시간이 없네."

세이코 선생님이 시계를 흘낏 보며 말하고는 급히 거울을 보았다.

"이 꼴로는 안 되겠어."

세이코 선생님은 립스틱을 다시 바르기로 했다. 립스틱 뚜껑을 벗기는 순간 얼굴이 굳어졌다.

"다시 칠해?"

린타로가 천연덕스레 물었다.

"린타로……."

세이코 선생님은 가까스로 감정을 억누르고 물었다.

"이거 손댔지?"

"손 안 댔어."

린타로는 거짓말을 했다.

세이코 선생님은 립스틱에 끼워진 크레파스를 빼내려고 했다. 그게 쉽지 않다는 것을 알았을 때 억눌렀던 감정이 폭발했다.

세이코 선생님이 립스틱을 바닥에 힘껏 내동댕이쳤다.

아이들이 깜짝 놀라 세이코 선생님을 쳐다보았다.

세이코 선생님은 울음을 터뜨리며 방을 휙 나가버렸다.

아이들은 조용해졌다. 여느 때 같으면 문제를 일으킨 아이를 둘러싸고 이러쿵저러쿵 요란하게 떠들었겠지만, 이번만은 그럴 분위기가 아니라는 것을 느낌으로 알았다.

얼마 뒤에 에리 선생님이 창백한 얼굴로 방에 들어왔다.

"어떻게 된 거니? 무슨 일 있었어? 세이코 선생님이 울면서 뛰어나가던데."

가요코가 바닥에 떨어져 있는 세이코 선생님의 립스틱을 주워 들었다. 그리고 주춤주춤 에리 선생님에게 건넸다.

에리 선생님은 한동안 그것을 내려다보고 있었다. 모든 상황을 짐작한 듯했다. 에리 선생님은 누가 그랬냐고 묻지 않았다. 대신에 눈으로 린타로를 찾았다.

린타로는 다른 아이들과 동떨어져 방 한 구석에 등을 보이고 서 있었다. 에리 선생님이 린타로에게 다가갔다.

린타로가 쭈그리고 앉았다. 옷자락을 조몰락거리고 있다.

"린타로."

에리 선생님이 말을 걸었다. 린타로는 고개를 푹 숙였다.

에리 선생님이 린타로 옆에 나란히 앉았다.

"린타로는 여자가 시집가는 날이 어떤 날인지 알아?"

"……."

"결혼식, 본 적 있어?"

린타로가 보일락 말락 고개를 끄덕였다.

"결혼식 날, 신부는 아주아주 예쁘기 때문에 곧잘 꽃에 비유된단다."

린타로는 가만히 듣고 있다.

"여자는 화장을 하면 훨씬 더 예뻐져. 그래서 여자한테 화장은 굉장히 중요한 거야."

린타로는 고개를 끄덕였다. 한쪽 입술밖에 칠하지 않았던 세이코 선생님의 입술을 생각했다. 아야짱도, 리에도, 요코도…… 대부분의 여자아이들이 신부가 되고 싶다고 했다.

세이코 선생님도, 에리 선생님도 틀림없이 화장은 중요한 거라고 생각하고 있을 것이다. 화장을 절반밖에 하지 않은 신부는 없다.

린타로는 한층 더 어깨를 떨어뜨리며 움츠러들었다.

에리 선생님이 린타로의 어깨를 살며시 감싸안았다.

"내일, 세이코 선생님한테 잘못했다고 말할 수 있어, 린타로?"
에리 선생님은 왠지 가슴이 메어와 울먹거리며 말했다.
"린타로는 용기가 있으니까…… 틀림없이…… 말할 수 있을 거야."
린타로는 끄덕 고갯짓을 했다.
이튿날, 세이코 선생님은 어린이집을 쉬었다.
같은 독신자 주택에 사는 히데미 선생님이 소노코 씨에게 세이코 선생님의 편지를 전해주었다.

부끄러워서 어린이집에 나갈 수가 없습니다. 소노코 선생님, 죄송해요. 린타로와 아이들에게도 미안합니다.
사소한 감정조차 제어하지 못하는 제가 너무나 한심해서…….
죄송합니다. 죄송합니다. 죄송합니다.

기모토 세이코

편지를 읽은 소노코 씨가 세이코 선생님을 만나고 오겠다고 했다. 다쓰로는 그럴 필요 없다고 했다.
"나는 린타로 편이야. 녀석이 장난을 쳤는지, 얼마 안 남은 립스틱을 보충해주려고 그랬는지 확인한 뒤에 화를 내도 늦지 않잖아?"
소노코 씨가 말했다.
"남자는 여자가 화장하는 마음을 잘 이해하지 못해. 그 마음을 모르면 너도 여자한테 인기 없을 거야."
"화장하고 애들이 무슨 상관이야? 그것도 구별할 줄 모르는 여자한테는 인기 있고 싶지도 않아."

다쓰로는 가차 없이 내뱉었다.

일주일쯤 지나, 이 일은 소노코 씨에게서 메이에게로, 메이에게서 린타로의 할아버지에게로 전해졌다.

할아버지가 린타로에게 물었다.

"그랬니? 그래서 린타로는 세이코 선생님에게 잘못했다고 말했니?"

"말했어."

할아버지는 고개를 끄덕였다.

"미안하다고 했니?"

"미안하다고 했어."

"오냐, 그랬구나. 세이코 선생님은 뭐라시던?"

"미안하대."

"미안하다는 말은 린타로가 했다면서?"

"세이코 선생님도 미안하대."

할아버지는 잠깐 생각에 잠겼다.

"린타로."

"응?"

"세이코 선생님이 왜 미안하다고 했는지, 너는 아니?"

이번에는 린타로가 생각에 잠겼다.

"몰라."

린타로가 대답했다.

"몰라?"

할아버지는 숨을 크게 한 번 쉬었다.

"린타로, 사람에게는 마음이란 게 있단다. 마음이 있기 때문에 사람은 이런저런 생각을 하거나 이렇게 하자거나 저렇게 하자고 결정을 내릴 수가 있지."

린타로는 고개를 끄덕인다.

"그런데 마음은 밋밋하지가 않아. 마음에는 눈이 있단다. 눈이 달려 있어."

린타로는 할아버지의 얼굴을 빤히 바라본다.

"린타로, 눈을 감아보거라."

린타로가 눈을 감았다.

"할아비가 보이냐?"

"안 보여."

"음, 안 보이겠지. 그럼, 이번에는 마음의 눈으로 할아비를 보거라. 마음의 눈으로 할아비를 찾아봐."

"……"

"할아비 얼굴을 보고 있니? 할아비 수염을 보고 있니? 마음으로 보고 있니?"

"응, 보고 있어."

"마음으로 보고 있지?"

"응, 마음으로."

"이제 할아비 얼굴이 보이냐? 할아비 수염이 보이냐?"

린타로가 소리치듯이 말했다.

"응, 이제 보여!"

"음, 보인단 말이지? 그럼, 할아비 옆에는 누가 있냐?"

"할머니."

린타로는 눈을 감은 채 대답했다.

"이제 그만 눈을 뜨고 할아비 얘기를 들어도 좋다."

린타로가 눈을 떴다.

"보통 사람은 눈을 뜨고 있을 때만 자기 앞에 사람이 있다는 걸 알지. 감이 좋은 사람은 눈을 감고도 자기 앞에 사람이나 차가 지나가거나 개가 뛰어가는 것을 알 수 있는데, 그런 사람은 늘 마음의 눈을 뜨고 있는 거란다. 네가 방금 눈을 감고도 할미 모습을 볼 수 있었던 것은 마음의 눈을 뜨고 있었기 때문이지. 눈을 감고도 어떻게 볼 수 있었을까? 그것은 네가 온 힘을 다해 마음을 한데 모았기 때문이야. 마음이 여기저기 흩어져 있을 때는 결코 마음의 눈으로 볼 수 없어."

린타로는 눈 한 번 깜박이지 않는다.

"하지만 마음의 눈은 사물을 보기 위해 있는 게 아냐."

"그럼, 뭘 보기 위해 있어?"

"마음의 눈은 사람의 마음을 보기 위해 있단다."

"……."

"마음의 눈은 누군가가 겉으로는 웃고 있지만 실은 아주 괴롭고 슬픈 일이 있어서 울고 싶어한다는 것을 꿰뚫어 본단다. 또 화난 척하지만 사실은 매우 기뻐하고 있다는 것도 꿰뚫어 볼 수 있지."

린타로의 눈이 한결 빛났다.

"마음의 눈을 뜨고 있지 않으면 다른 사람의 진짜 마음을 알 수 없기 때문에 다른 사람과 어울리기도, 친구가 되기도 어렵지."

린타로의 눈빛이 뭔가를 찾고 있는 듯하다.

"사람이 하는 말이나 하는 일은 모두 마음이 시키는 거니까 사람의 마음을 읽을 줄 알아야 된단다."

"……."

"너는 방금 할아비한테 어떻게 하면 마음의 눈으로 볼 수 있냐고 마음으로 물었지?"

린타로가 고개를 끄덕였다.

"네가 눈을 감고 할아비를 보려고 애쓸 때 혹시 다른 생각을 했니?"

"아니."

"오로지 할아비를 보려고 애썼지?"

"응."

"다른 사람을 대할 때도 그렇게 하면 돼. 누군가와 이야기할 때도, 잠깐 몇 마디 주고받을 때도 온 힘을 다해, 온 마음을 다해 마음의 눈으로 그 사람을 보려고 해야 돼. 아주 잠깐 볼 때는 마음의 눈도 조금만 뜨면 된다고 생각해서는 안 돼."

그러면 세이코 선생님의 마음도 잘 이해할 수 있을 게다, 하고 할아버지는 말했다.

* * *

린타로의 어린이집 시절도 서서히 막바지에 접어들고 있었다.

초등학교 입학식 날이 가까워져도 린타로는 새로 다닐 학교에는 도통 관심이 없어 보였다.

그만큼 어린이집 생활이 만족스럽다는 말이겠지만, 아이들은 대개 입학 날짜가 다가오면 미지의 세계에 동경과 불안을 품게 마련이다. 아이들보다 부모가 더 심한 경우도 있다.

초등학교 입학을 앞둔 아이가 있는 가정은 대개 부모와 자식 모두가 예민해지는 법이다.

린타로가 지나치게 관심이 없자, 메이는 슬슬 걱정이 되었다.

"린타로, 이제 곧 초등학생이야. 어린이집을 졸업하고 초등학교에 다니게 될 거야."

린타로는 바닥에 엎드려 뭔가를 그리고 있다. 대답도 없다.

"소노코 선생님이랑 다쓰로 형아랑 에리 선생님이 보고 싶어질 거야."

"왜?"

린타로가 물었다.

"왜라니, 초등학교에 다녀야 하니까. 초등학교에 다쓰로 형아 있어? 에리 선생님 있어?"

그제야 린타로가 고개를 들었다.

"그럼 나, 초등학교에 안 갈래."

"그렇게는 안 돼."

"왜?"

린타로는 '좋을 대로'와 더불어 '왜'라는 말을 즐겨 하는데, 이런 질문에는 아무래도 대답할 말이 궁하다. 메이는 다른 말로 설득해보기로 했다.

"초등학교에 가면 공부할 게 많거든. 어린이집에서처럼 놀기만 할 수 없어."

메이는 어린이집에서 하는 놀이를 단순한 놀이라고 생각하지 않지만 말을 하다 보니 그렇게 되었다.

"공부?"

"계산하기나 글씨쓰기 같은 거 말야."

"……."

"너, 네 이름 쓸 줄 알아?"

"못 써."

"어떡할래?"

"어떡 안 해."

누가 옆에서 듣고 있었다면 꽤나 우스꽝스러운 대화라고 생각했으리라.

메이는 한숨을 내쉬었다.

"그래, 어떻게든 되겠지."

메이는 스스로를 타일렀다.

자기 이름쯤은 쓸 수 있어야 된다고 강요하지 않는 것이 메이의 장점인지도 모른다.

졸업을 기념해 하얀반 아이들이 나무로 꼭두각시 인형을 만들었다.

예순 개쯤 되는 인형을 현관 옆에 전시했다. 끈을 잡아당기면 인형들이 일제히 움직였다.

인형 배경은 쓰고 남은 나뭇조각을 나무판에 박아 넣어 오브제 작품처럼 꾸미기로 했는데, 이 때 린타로의 솜씨가 빛을 발했다.

소노코 씨도, 에리 선생님도, 다들 린타로의 못 박는 솜씨를 보고 입이 쩍 벌어졌다. 린타로의 훌륭한 솜씨에 무심결에 박수를 쳤다.

"굉장해, 린타로."

세이코 선생님이 말했다.

"어떻게……."

세이코 선생님은 믿어지지 않는다는 얼굴로 중얼거렸다.

"나오지로 씨의 피를 이어받은 거겠죠."

소노코 씨가 말했다.

다쓰로만이 싱글싱글 웃고 있다. 때때로 린타로의 집을 찾는 만큼 그 비결을 알고 있다.

하얀반 아이들은 배경을 만들고 다쓰로와 함께 인형 뒤쪽 벽에 붙여서 졸업 기념 작품을 완성했다.

완성 기념으로 특별히 현미빵과 우유와 멜론이 간식으로 나왔.

간식을 먹으며 다들 이야기꽃을 피웠다.

"졸업 기념 작품을 만드는 건 기쁘지만 헤어지는 건 슬퍼."

히데미 선생님이 말했다.

"자주 놀러 올 테니까 슬퍼할 거 없어."

말투가 조숙한 아야짱이 히데미 선생님을 위로해주었다.

히데미 선생님이 우는 시늉을 하자 아이들이 웃었다.

"원장선생님은 안 슬퍼?"

리에가 물었다.

"선생님은 기뻐."

소노코 씨가 대답했다.

"왜?"

리에가 실망스레 물었다.

"모두가 1학년이 되는 것은 축하할 일이잖아."

소노코 선생님은 여전히 웃는 얼굴로 대답한다.

"형아는?"

가즈미치가 물었다.

"속이 후련할 것 같다, 너희들이 사라져주면."

다쓰로는 밉살스레 말한다.

린타로는 무덤덤한 얼굴로 멜론을 거의 껍질까지 싹싹 갉아먹고 있다.

졸업식 날, 하늘은 투명할 만큼 새파랬다. 초봄인데도 추위가 매서웠다.

졸업식은 3년 전 입학식 때와 마찬가지로 간결하지만 따뜻한 분위기 속에서 진행되었다.

한 살배기 아이들이 되똥되똥거리며 졸업식장 안으로 걸어 들어왔다.

졸업식은 전혀 딱딱하지 않았고 모든 차례가 아이들 중심이었다.

담당 선생님이 한 아이 한 아이가 저마다 어린이집에서 어떻게 지냈는지 소개한다.

"하루나는 친구가 아주 많습니다. 하루나는 특히 자기보다 어린

아이들을 좋아해서, 하루에 한 번씩 반드시 한 살배기 아이들 방에 들러 우유를 먹여주거나 기저귀를 갈아주었습니다.

울던 아기도 하루나가 안아주면 울음을 뚝 그치는 것이 참 신기했습니다."

하루나는 모두의 박수를 받고 부끄러워했지만 얼굴 가득 기쁨이 넘쳤다.

동생들이 손수 만든 연필꽂이를 졸업생들에게 선물했다.

통나무를 20센티미터 길이로 자르고 불에 한 번 그슬려 표면을 곱게 갈았다. 그리고 윗면에 연필을 넣을 수 있도록 구멍을 뚫었다. 초록반 아이들이 며칠씩 걸려 만든 선물이었다.

졸업생들의 선물은 나무 꼭두각시 인형이다.

륜예 어린이집다운 선물을 주고받았다.

마지막으로, 어린이집 아이인 가사이 히로시가 만든 노래를 다 함께 불렀다.

"이 아이

이 아이

나를 기억하고 있어.

나는 나는

이 아이와

손잡을 수 있어."

소노코 씨와 다쓰로의 아버지인 겐타로 씨가 입을 꾹 다물고 앉아 있는 것은 입학식 때와 똑같았지만, 3년 전과 다른 게 있다면 그 옆에 린타로의 할아버지 나오지로 씨가 앉아 있다는 점이었다.

조촐한 축하 파티가 열리고, 아이들과 부모님, 선생님들과 손님들이 모두 함께 즐겼다.
선생님들이 모두 나와 아이들을 배웅했다.
린타로가 에리 선생님에게 물었다.
"작별의 악수 안 해?"
린타로의 이 한마디에, 에리 선생님은 꾹 참았던 감정이 복받쳐 그만 울음을 터뜨리고 말았다.
에리 선생님은 린타로를 끌어안고 어린아이처럼 울었다.

* * *

입학식 날, 메이는 아침부터 안절부절못했다.
린타로가 학교에 가지 않겠다고 버티면 어쩌나, 제멋대로 어린이집에 가버리는 건 아닐까 싶어서 걱정이 이만저만 아니었다.
린타로는 충분히 그럴 수 있는 아이다.
"린타로, 겐지랑 리에가 같이 가자고 곧 올 거야. 옷 입어야지."
"왜?"
린타로의 입버릇이 나왔다.
"오늘이 입학식 날이잖아. 다들 같이 가기로 약속했어."
이것은 메이의 작전이었다. 혹시 린타로가 학교에 가지 않겠다고 버티면 혼자서는 감당할 수 없다. 다른 사람과 함께라면 어떻게든 될 거라고 생각했다.
"왜?"

린타로가 또 물었다.

"다 같이 가면 즐겁잖아."

메이는 짐짓 아무렇지 않게 말했다.

"자, 이거 입자."

메이는 린타로에게 나들이옷을 입혔다. 싫다고 고집을 부릴까 봐 내심 조마조마했다.

뜻밖에 린타로는 고분고분 옷을 입었다. 메이는 한숨을 돌렸다.

겐지와 리에가 찾아와, 세 가족은 함께 학교로 갔다.

입학식 날의 초등학교는 어딘지 밝고 화사한 느낌을 준다. 기다랗게 둘러쳐진 붉은색과 흰색의 줄무늬 천과 하나둘 꽃망울을 터뜨리기 시작한 분홍빛 벚꽃이 화사한 분위기를 돋운다.

복도에 아이들의 이름이 적힌 종이가 붙어 있었다. 이름 옆에 이름표가 붙어 있어, 아이들은 제 이름이 적힌 이름표를 찾아 가슴에 달면 된다.

이름표 색깔이 빨간색이면 빨간반, 노란색이면 노란반이었는데, 각자 자기 교실을 찾아가 기다리고 있으라는 지시를 받았다.

"린타로, 네 이름 읽을 줄 알아?"

메이가 걱정스레 물었다.

"몰라."

린타로는 우렁찬 목소리로 대답했다.

"모르면서 뭘 그렇게 뻐기니?"

주뼛거리는 것보다 낫지만 지나치게 태연한 것도 마음에 걸린다. 부모의 마음은 참으로 복잡하다.

"잘 보고 직접 찾아봐."

메이가 말했다.

자신이 찾아주면 간단하지만, 메이는 그러고 싶지 않았다. 읽고 쓸 줄은 몰라도 자기 이름이니까 눈으로는 찾을 수 있으리라는 한 가닥 희망을 품었다.

린타로의 집중력은 대단했다. 머릿속에 든 자기 이름의 어렴풋한 형태를 더듬어 '오제 린타로'라는 글씨가 적힌 빨간 이름표를 1분 만에 찾아냈다.

함께 온 겐지는 파란반, 리에는 린타로와 같은 빨간반이었다.

겐지는 쳇, 하고 아쉬워했다.

"난, 린타로짱이랑 같은 반이야."

리에는 기뻐했다.

빨간반 교실에 들어가자, 다쓰로와 나이가 엇비슷한 젊은이가 있었다.

그 사람이 말했다.

"일단 아무 데나 앉아도 좋아요."

린타로가 당장에 물었다.

"일단이 뭐야?"

젊은 사람이 눈을 껌벅거렸다.

"일단이라는 말을 잘 모르는 모양이구나."

자기한테 이르듯이 말하고는

"아무 데나 앉아도 좋아요."

하고 고쳐 말했다.

성격이 털털하고 담백한 사람 같았다.

'이런 사람이 린타로의 담임선생님이라면 그런 대로 마음이 놓이겠어.'

메이의 표정이 밝아졌다.

린타로는 리에와 나란히 앉았지만 금세 일어나 교실 안을 어슬렁거리다가 몸집이 우람한 사내아이 앞에 섰다.

"너, 매실장아찌 만들 줄 알아?"

린타로가 턱으로 매실장아찌를 만들어 보였다.

그 아이는 쑥스럽게 웃으며 고개를 저었다. 린타로는 턱을 슬쩍 쳐들고 한심하다는 얼굴을 했다. 그러고는 다시 어슬렁어슬렁 돌아다녔다.

배짱이 두둑한 아이를 찾고 있다.

"너, 매실장아찌 만들 줄 알아?"

린타로는 사내아이 두셋에게 시범을 보였다.

탐색전을 벌이고 있는 듯했다.

"어이, 너 아주 재미있는 아이구나."

젊은이가 린타로의 이름표를 손으로 쥐었다.

"오제 린타로? 좋은 이름이군."

"응."

"'응'이라는 대답도, 그 말투도 아주 마음에 든다."

그 젊은이의 안내로, 1학년 빨간반 아이들은 입학식이 열리는 강당으로 갔다.

식이 시작되었다. 사람들의 인사말이 길게 이어져, 린타로는 재미도 없고 지루하기만 했다.

　식에 참석한 손님이 입학을 축하한다는 틀에 박힌 인사를 할 때마다 아이들이 일제히 "감사합니다!" 하고 대답했다. 류예 어린이집 이외의 어린이집이나 유치원 아이들은 모두 그렇게 하라고 듣고 온 모양이었다.

　"그럼 지금부터 여러분의 담임선생님을 소개하겠습니다."
　교감선생님이 말했다.
　"빨간반 담임은 야마하라 미치코 선생님이십니다."
　린타로네 반 앞에 서 있는 사람은 나이로 짐작하건대 꽤 경력이 있는 교사 같았다.
　린타로가 그 선생님을 보자마자
　"마귀할멈(일본어로 마귀할멈은 야마우바인데, 선생님의 이름인 '야마하라'와 '야마우바'의 발음이 비슷해서 린타로가 순간적으로 이런 별명을 생각해낸 것-옮긴이)이다."
하고 말했다. 첫눈에 별명을 지어버린 것이다.
　가즈미치와 다케가 킥킥거렸다. 린타로 주위에는 가즈미치와 다케 말고도 가요코와 리에, 아오풍과 도시하루가 있었다. 린타로를 포함해서 일곱 명이 같은 빨간반이었다. 다들 같은 어린이집 친구였기 때문에 한곳에 모여 앉아 있었다.
　인사말에서 소외된 아이들은 별로 기분이 좋지 않았다. 입학식도 지루했다.
　'마귀할멈'이라는 말 한마디에 아이들은 꽉 막혔던 속이 조금은 풀렸다.

"난 '어이 아저씨'가 더 좋은데."
다케가 말했다.

맨 처음 아이들을 안내해준 젊은이는 이 초등학교의 기능직 직원이었다. 일손이 부족해서 도우러 온 듯했다. 메이가 일 년 동안 아이를 잘 부탁한다고 인사했더니, 자신의 본업을 밝혔다.

아이들에게 '어이' '어이'를 연발하기에, 다케가

"아저씨는 '어이 아저씨'야."

하고 말하자

"고마워."

하며 다케의 머리를 쓰다듬어 주었다.

다케는 아마 이 사람이 자기 담임선생님이었으면 싶었기 때문에 그런 말을 했으리라.

"응. 나도 저 아저씨가 더 좋아."

도시하루도 그렇게 말했다.

마침내 입학식이 끝났다.

"어우, 힘들어."

린타로가 말했다.

"어린이집이 더 좋아."

전혀 스스럼이 없다.

야마하라 선생님이 린타로를 빤히 보았다.

교실로 돌아왔다. 야마하라 선생님은 칠판에 '야마하라 미치코'라고 자기 이름을 쓰고 아이들에게 물었다.

"읽을 수 있어요?"

"네에!"
대부분의 아이들이 자신 있게 대답했다.
"난 못 읽어."
린타로가 큰 소리로 말했다.
야마하라 선생님이 린타로를 빤히 보았다. 벌써 두 번째다.
"읽을 수 있는 사람은 큰 소리로 읽어보세요."
"야마하라 미치코."
아이들이 한 목소리로 새로운 선생님의 이름을 외쳤다.
"마귀할멈 미치코."
다케는 이렇게 말하고 히히히 웃었다.
"그래요. 선생님의 이름은 야마하라 미치코예요. 이제부터 여러분과 같이 공부도 하고 같이 놀기도 할 거니까, 잘 부탁해요."
야마하라 선생님은 그렇게 말하고 인사를 했다. 아이들이 쭈뼛거리며 저마다 고개를 숙였다. 입학을 축하한다는 말에는 '감사합니다!' 하고 그렇게 기운차게 대답했건만…….
"오늘부터 여러분은 1학년입니다. 이제 유치원생도 아니고, 어린이집에 다니지도 않습니다. 한 살씩 더 먹고 형, 언니가 되었습니다. 한 살을 더 먹은 만큼 더 똑똑해졌으니까 떼를 쓰거나 제멋대로 굴지 않고 집에서는 부모님 말씀을, 학교에서는 선생님 말씀을 잘 듣고 잘 지키는 어린이가 되어야 합니다."
뒤에서 듣고 있던 메이는 조금 걱정스러워졌다.
린타로도 초등학교가 어린이집과 다르다는 것은 나름대로 이해하고 있었지만, 본질적으로 린타로는 방금 선생님이 말한 것과 같은 마음가짐을 받아들이지 못하는 아이다.

린타로가 남의 말을 전혀 듣지 않는 것은 아니다. 실제로 할아버지의 말은 눈 한 번 깜박이지 않고 듣는다. 다만 이야기가 구체적이지 않거나 일방적인 경우에는 도통 들으려 하지 않는다. 메이는 린타로의 이런 성격을 누구보다 잘 알고 있다.

린타로는 자기 입장만 내세우는 사람에게는 철저히 반항하는 아이다.

"…… 학교에는 갖가지 규칙이 있습니다. 하면 안 되는 일, 하지 않으면 안 되는 일, 앞으로 조금씩 외워 나가도록 합시다."

야마하라 선생님의 말을 듣고 있자니 메이는 점점 더 불안해졌다.

실제로 린타로는 선생님의 이야기를 전혀 듣고 있지 않았다. 손장난을 치고 있다.

"오늘은 선생님이랑 딱 하나만 약속해요. 그건 인사를 잘하는 어린이가 되자는 거예요. 선생님한테도 친구들한테도 아침에 만나면 '안녕하세요?' 또는 '안녕?' 하고 인사하는 거예요, 알았죠?"

아이들은 씩씩하다. 일제히 네! 하고 대답한다.

린타로는 통 관심 없는 얼굴이고, 다케와 도시하루와 가즈미치는 싱글싱글 웃고 있다. 아오풍은 창 밖만 보고 있다.

뒤에 서 있던 엄마들은 안절부절못했다. 앞으로 고생길이 훤해 보이는 자기 아이의 태도에 한숨이 나왔다.

아이들은 저마다 교과서와 수학 교구 세트를 받았다.

"이젠 자기 소지품이니까 집에 가서 어머니한테 이름을 써달라고 하세요. 수학 교구 세트 안에는 조그만 물건도 들어 있습니다.

하나하나 빠짐없이 이름을 써달라고 하세요."

린타로가 커다란 소리로 물었다.

"내가 쓰면 안 되나?"

말은 잘하지, 하고 뒤에 있던 메이는 생각한다. 자기 이름도 쓸 줄 모르면서.

"오제 린타로 학생."

야마하라 선생님이 딱딱하게 말했다.

"교실에서 선생님한테 질문을 할 때는 손을 드세요, 알겠어요? 오제 린타로 학생뿐 아니에요. 이것도 학교에서 지켜야 할 약속 가운데 하나입니다."

린타로가 손은 들었다.

"내가 쓰면 안 되나?"

야마하라 선생님이 다시 말했다.

"오제 린타로 학생."

"……."

"그런 말은 쓰면 안 되죠. 학교에서는 바른말을 쓰도록 노력하세요."

"그럼 뭐라고 해?"

린타로는 조금 짜증스러웠다.

" '제가 써도 돼요?'도 괜찮고, '제가 쓰면 안 돼요?'도 괜찮겠죠."

린타로가 화를 냈다.

"그딴 말, 안 해."

"그런 말씨는 좋지 않아요!"

야마하라 선생님은 호통치듯 말했다.

쉽사리 아이들의 투정을 받아주지 않는 태도는 높이 살 만하다.

"학교는 공부하는 곳입니다. 말씨도 공부예요."

부모에게 하는 말처럼 들렸다.

메이는 마음이 어두워졌다.

야마하라 선생님의 말은 옳다. 그러나 옳은 말이 아이에게 전달되기도 전에, 아이의 마음이 그 말을 외면해버린다.

앞으로 이런 관계가 이어진다면 부모로서 괴로운 일이리라.

"오제 린타로가 자기 힘으로 이름을 써보려는 것은 좋은 일입니다. 자기가 직접 해보고 싶은 사람은 그렇게 하세요. 어른들한테 도움을 받아도 좋습니다."

야마하라 선생님은 그렇게 말했다. 선생님으로서 경험이 풍부한 만큼 볼 것은 다 보고 있다.

"어린이집에 갈래."

교문을 나서자마자 린타로가 말했다.

기분 전환이 필요해. 어른들 말로 표현하면 이쯤 될까.

다케와 가즈미치도 가겠다고 했다. 도시하루와 가요코, 리에도 가고 싶어했다.

엄마들은 얼굴을 마주 보았다. 아이들 마음도 이해가 갔다. 소노코 선생님에게 전화를 걸어서 애들이 찾아가도 괜찮겠느냐고 물어보기로 했다. 아오풍의 엄마만 아오풍을 데리고 곧장 집으로 돌아갔다.

소노코 씨는 입학식 이야기가 궁금하다며 엄마들도 같이 들러 달라고 했다. 이렇게 해서 내내 마음이 개운치 않던 엄마들은 원장 선생님을 찾아가 이야기를 나눠보기로 했다.

소노코 씨는 아이들의 얼굴을 보자마자

"참 이상해. 1학년이 되니까 1학년다운 표정을 짓고 있네."

하고 말했다.

"1학년은 재미없어."

린타로가 무덤덤하게 말했다.

"재미없어."

다케도 똑같은 말을 했다.

"왜? 이제 겨우 첫날이잖니?"

엄마들은 번갈아 가며 아이들이 그렇게 말하는 이유를 소노코 씨에게 설명했다.

"처음부터 틀에 박힌 말만 늘어놓으니까 애들이 불쌍하지 뭐예요."

가요코의 엄마가 말했다.

"입학식은 아이들을 위한 거잖아요. 그런데 순전히 손님들을 위한 자리 같았어요."

리에 엄마가 말을 이었다.

어른들이 열을 올리며 이야기하자 아이들은 지루해져서 방을 나갔다.

"어머, 린타로. 옷, 멋있네?"

복도에서 만난 히데미 선생님이 말했다.

"에리 선생님은?"

"응, 하얀반에."

하얀반에는 에리 선생님과 유미코 선생님이 있었다.

"야, 린타로. 보고 싶었어."

에리 선생님이 린타로를 꼭 끌어안았다.

"바보."

린타로가 버둥거렸다. 기쁜 듯 입을 벙긋거린다.

다쓰로가 들어왔다.

"야, 린타로. 꽤나 멋을 부렸는데? 학교는 어때?"

"마귀할멈이 있어."

"뭔 말이야, 그게?"

다쓰로는 어리둥절해했다.

린타로는 열심히 글씨를 쓰고 있었다. 메이가 책상에 앉아서 쓰는 게 더 편할 거라고 했는데도 굳이 방바닥에 공책을 펴고는 엉덩이를 잔뜩 치켜든 자세로 글씨를 쓴다.

어찌나 진지한지, 메이는 말도 붙일 수 없다.

꽤 시간이 흘렀다.

"이제 됐어?"

린타로가 빨래를 하고 있던 메이한테 공책을 들고 왔다.

메이는 젖은 손을 닦고 공책을 받아들었다. 린타로가 쓴 글씨를 보고 한순간 말문이 막혔다. 글씨본에서 오, 제, 린, 타, 로, 다섯 자만 골라 연습을 시켰건만 그나마 알아볼 수 있는 것은 '오'와

'로'뿐이고 나머지는 뭐라고 쓴 건지 통 알아볼 수가 없었다.
메이는 충격을 받았다.
"이제 됐어?"
"……."
메이는 멍하니 허공을 바라보고 있다.
"이제 됐냐고!"
린타로가 목소리를 높이는 바람에 메이는 퍼뜩 정신을 차렸다.
"이제 책에 이름 써도 돼?"
글씨를 연습한 목적이 교과서와 수학 교구 세트에 이름을 쓰기 위해서였기에, 린타로가 이렇게 물은 것이다.
"린타로, 교과서에 이름 쓰는 건 조금 미루는 게 좋겠어. 좀더 연습하고 나서 쓰자."
메이는 일단 그렇게 말했다.
"연습했잖아."
린타로는 불만스러운 모양이다.
"그래, 무지무지 열심히 연습했어. 아주 기특해."
이것은 빈말이 아니다. 린타로는 뭔가를 시작하면 무서울 만큼 집중한다. 자기 아들이지만 그것은 굉장한 장점이라고 메이도 생각한다. 하지만 알아볼 수도 없는 글씨로 책에 이름을 쓰게 할 용기는 아직 없었다.
"조금만 더 연습하자, 응?"
메이는 애원하듯 말했다.
린타로는 투덜거리며 메이한테서 공책을 넘겨받았다.

"린타로, 엄마랑 같이 글씨 써볼까?"

"혼자 할 거야."

린타로는 힘주어 말했다.

린타로가 듣지 못하도록, 메이는 나직이 한숨을 내쉬었다. 남편의 의견을 들어봐야겠다고 생각했다.

그 날 밤 소지로는 술에 취해 느지막이 돌아왔다. 물론 린타로는 자고 있다.

"자기, 많이 취했어?"

"많이 취했나?"

"정상적인 판단, 가능하겠어?"

"이거 왜 이래? 아무리 취해도 정신은 말짱하다구."

안 그러면 곤란해, 하고 중얼거리며 메이는 린타로가 쓴 글씨를 보여주었다.

"뭐야, 이게?"

"린타로가 쓴 글씬데 읽을 수 있겠어?"

소지로는 그 글씨를 뚫어져라 보았다.

"혹시 오제 린타로라고 쓴 건가?"

"알아보겠어?"

"술에 취해서 오히려 더 잘 알아볼 수 있었나?"

소지로가 웃으며 말했다.

말 되네. 메이는 쓴웃음을 지었다.

"글씨가 이 모양인 거, 어떻게 생각해?"

"으음."

소지로는 린타로의 글씨를 보며 골똘히 생각했다.

"이 글씨들은 점과 곡선만으로 이루어져 있군."

메이가 응? 하고 되물었다.

"듣고 보니 그렇네?"

"린타로는 글씨본을 보고 이걸 썼나?"

"응."

그 글씨본 좀 보여줘 봐, 하고 소지로가 말했다.

"명조체군."

글씨를 보고 소지로가 말했다.

"대충 알 것 같아."

"뭘?"

"아직도 모르겠어? 감수성은 내가 당신보다 더 예민한 모양이군."

"무슨 말이야? 뜸들이지 말고 빨리 말해줘."

"린타로가 찍은 점은 엉터리가 아냐. 이런 걸 뭐라고 하지, 붓자국이라고 하나? 왜 붓글씨 쓸 때 힘을 주는 부분이 있잖아. 주로 처음 종이에 닿을 때와 뗄 때 많이 생기는데."

소지로는 그 부분을 일일이 손가락으로 가리켰다.

메이가 나직이 탄성을 질렀다.

"이제 알겠어? 린타로는 글씨 전체를 그대로 베껴 쓴 게 아냐. 자기가 강한 인상을 받은 부분은 점으로 표현하고, 곡선 부분은 그대로 따라 그리듯이 쓴 거라고."

듣고 보니 말 그대로였다. 하지만 린타로는 왜 이렇게 했을까?

"그럼, 린타로는 마음만 먹으면 어려운 글자도 제대로 쓸 수 있단 말야?"

"내 생각에는."

소지로가 대답했다.

"린타로는 정직한 아이니까 자기 기분을 가장 중요하게 생각지 않았을까? 린타로도 문자는 남에게 뭔가를 전달하기 위해 쓴다는 걸 알고 있지만, 자기가 쓰고 싶은 대로 쓰는 게 더 재미있었을 거야. 틀림없어."

이 말을 듣고 메이도 문득 떠오른 것이 있었다. 그 때 린타로는 글씨 연습이라고는 볼 수 없는 엄청난 집중력을 보였다.

메이는 린타로가 코딱지라고 했던 그림 이야기도 소노코 씨한테서 들어서 알고 있다. 물론 소지로에게도 이야기했다.

"자긴 역시 애 아빠 맞구나."

메이가 정색을 하고 진지하게 말했다.

"무슨 뜻이야, 그거?"

"부모라면 아이의 마음을 이해할 수 있어야 하잖아. 자긴 부모로서 합격이고 난 불합격이야."

"흠, 당신 의외로 겸손하군."

"칭찬, 고마워. 린타로가 알아먹을 수 없는 글씨를 써 갖고 왔을 때 난 그만 당황했어. 이게 뭐야? 하는 느낌이었어."

"그래도 당신, 칭찬해줄 게 하나 더 있어."

소지로가 말했다.

"뭔데?"

"부모들은 대개 그런 경우에 '뭐야, 이것도 글씨라고 썼어? 알아먹지도 못하는 글을 써서 어떡하자는 거야? 너 바보 아냐?' 하고 야단칠걸? 하지만 당신은 그러지 않았잖아. 그러니까 당신은 부모 자격 있어."

"고마워. 그 말을 들으니까 마음이 조금은 가벼워지네. 나, 역시 자기랑 결혼하길 잘했어."

"나 참, 별 소릴 다 듣겠네."

"있잖아, 난 린타로를 다짜고짜 야단치지 않는 버릇이랄까, 그런 게 몸에 배어 있어. 저 애, 보나마나 밖에서 늘 엄청 야단맞고 다니겠지? 그런데 집에 돌아와서 또 야단을 맞으면 너무 가엾잖아. 그래서 어리석은 부모지만 나는 늘 자기 편이란 걸 린타로한테 보여주려고 노력했기 때문이야."

"부모가 해줄 수 있는 건 거기까지야. 의리와 인정을 베푸는 걸로 족하다구. 부모가 너무 처세에 밝고 영리하면 자식이 불행해."

"나는 영리한 부모가 아니란 말야?"

"대체 어딜 봐서 당신이 영리한 부모라는 거야?"

"정말 이러기야? 그러는 자긴?"

"나야 꽤 영리하지."

"아유, 그러셔요?"

이런 만담 같은 대화를 주고받은 뒤에, 메이가 말했다.

"이 글씨로 소지품에 이름을 쓰면 저 애, 고생하겠지?"

소지로도 고개를 끄덕였다.

"고생하겠지, 아무래도."

* * *

1학년들은 입학하고 처음 일주일 동안은 손님처럼 지낸다.

교무실과 식당을 둘러보고 세면대와 화장실 사용법을 배운다. 재학생들이 마련한 환영회에도 참가한다.

11시에 급식을 먹고 12시 전에 집으로 돌아간다.

"식당에서는 이른 아침부터 채소를 씻거나 달걀을 구우며 바쁘게 일합니다. 이 분들의 고생에 보답하는 뜻에서 급식은 남기지 말고 다 먹도록 하세요."

옆 아이와 손을 꼭 잡은 채 이런 이야기를 듣는다.

야마하라 선생님이 말한 교칙도 익혀야 한다.

그런데 하나같이 명령이나 지시 같은 것들이어서 린타로는 견디기 힘들다.

"옆 친구랑 손을 잡으세요."

야마하라 선생님이 말한다.

린타로는 잡지 않는다.

"린타로. 선생님이 손을 잡으라고 했죠."

"손 잡기 싫어."

"선생님 말을 안 듣는 사람은 나쁜 학생이에요."

"나쁜 학생이라도 괜찮아."

린타로는 어린이집에 다닐 때와 똑같은 말씨로 대꾸한다.

이내 야마하라 선생님에게 찍혀버렸다. 맨 처음 복도에 나가 벌을 선 것도 린타로였다.

입학식 날 린타로 반 아이들을 강당으로 안내했던 '어이 아저씨'가 직원실 앞에서 커다란 공 뼈대에 천을 붙이고 있었다.

학교 이곳저곳을 둘러보기 위해 줄을 서 있던 린타로를 발견하고 말을 걸었다.

"어이, 오제 린타로."

그것이 화근이었다.

"뭐 하냐?"

린타로는 줄에서 벗어나 성큼성큼 어이 아저씨에게 다가갔다.

"아저씨는 뭐 해?"

"이거 하고 있지."

'어이 아저씨'는 재미있는 사람이다.

린타로가 쪼그리고 앉았다.

"운동회날 공굴리기 할 때 쓰는 거?"

"그래."

"나도 붙여도 돼?"

"좋지."

그러잖아도 지루하던 터라, 린타로는 기꺼이 '어이 아저씨'를 도왔다. 린타로를 상대할 정도니까 '어이 아저씨'도 꽤나 심심했던 모양이다.

한 시간쯤 뒤에 린타로는 교실 앞 복도에서 벌을 섰다.

'어이 아저씨'가 사과하자, 야마하라 선생님이 말했다.

"한동안 벌에 세우겠습니다. 저 아이를 위해서예요."

* * *

드디어 수업다운 수업이 시작되었다.
수학 시간이었다.
"교과서 2쪽과 3쪽을 펴세요. 연못에 뭐가 있죠?"
"오리요."
아이들이 대답한다.
"아기오리는 몇 마리일까요? 오리는 한 마리, 두 마리, 이렇게 셉니다. 자, 세어보세요."
아이들이 오리를 세기 시작했다.
"몇 마리죠?"
"다섯 마리요."
아이들 대부분이 큰 소리로 대답했다.
"아빠오리가 한 마리, 엄마오리가 한 마리 있네요. 모두 합하면 몇 마리죠?"
"칠 마리."
"일곱 마리."
아이들의 대답이 둘로 갈렸다.
"어느 게 맞아?"
린타로가 큰 소리로 물었다.
"린타로, 약속을 잊었군요."
"무슨 약속?"
"선생님한테 뭔가를 물을 때는 손을 들라고 했지요?"

하는 수 없이 린타로가 손을 들었다.

"오제 린타로."

야마하라 선생님이 말했다.

"칠이라고도 하고 일곱이라고도 하니까 헛갈려. 뭐가 맞아?"

"린타로."

다시 야마하라 선생님의 깐깐한 목소리가 날아왔다.

"……."

"집에서 쓰는 말과 학교에서 쓰는 말을 구분하라고 했을 텐데?"

야마하라 선생님이 엄하게 말했다.

"그런 거 몰라."

린타로가 대꾸한다. 솔직한 대답이다. 린타로는 집에서 쓰는 말과 학교에서 쓰는 말을 구분하지 않는다.

"좋아요, 그건 나중에 선생님과 다시 얘기해요. 수업을 해야 하니까."

하고 야마하라 선생님은 말했다.

"7은……."

야마하라 선생님은 아라비아 숫자 '7'과 글자 '일곱'을 칠판에 썼다.

"칠이라고도 읽고 일곱이라고도 읽습니다. 하지만 이 때는 일곱 마리라고 해야 합니다."

야마하라 선생님이 설명했다.

"또 어느 지방에서는 닐곱이라고도 해요. 하지만 그건 틀린 말이니까 여러분도 주의하세요."

교사 경험이 풍부한 만큼 가르치는 것도 아주 꼼꼼하다.

"둘 중 하나만 알면 돼?"

"둘 다 알아두세요."

야마하라 선생님이 쌀쌀맞게 대답했다.

린타로는 과연 교사가 다루기 힘든 아이일까?

국어 시간에 있었던 일이다.

"집에서 읽기 연습 해 왔나요?"

아이들이 네에, 하고 대답했다.

"안 해 왔어."

린타로가 말했다. 야마하라 선생님은 못 들은 척했다.

"하루가와, 읽어볼까?"

하루가와가 일어나 읽기 시작했다.

"고양이가 있습니다. 귀여운 아기고양이입니다. 우리 집 고양이입니다. 고양이 이름은 다마입니다."

"아주 잘 읽었어요. 다음은 옆자리의 야마다가 읽어볼까?"

"개가 왔습니다. 커다란 개입니다. 아, 큰일났어요. 다마가 저런 곳에 있어요."

"네, 좋아요. 아주 잘 읽었어요. 다음은 도야마."

"다마야, 다마야. 내려와. 어서 내려와. 자, 착하지? 집에 가자."

다들 잘 읽었어요, 하고 야마하라 선생님이 말한 순간 린타로가 손을 들었다.

"왜 개한테는 이름이 없어?"

야마하라 선생님은 순간 머뭇거렸다.

"처음 보는 모르는 개였나 보지."

야마하라 선생님답지 않게 애매한 말로 얼버무렸다.

"아냐. 목줄을 하고 있는걸. 꼬마가 개줄도 잡고 있고……."

린타로가 말했다.

교과서에는 분명 그런 그림이 실려 있다.

"고양이를 예뻐하는 아이들이 처음 보는 개이기 때문일 거예요, 아마."

야마하라 선생님이 쩔쩔매고 있다.

"왜 큰일났다고 했어?"

린타로의 질문이 이어진다.

"커다란 개가 아기고양이를 물지도 모른다 싶어서 큰일났다고 한 거예요."

"이 앤 바보야."

린타로가 말했다.

"어째서죠?"

"고양이만 예뻐하잖아. 남을 무는 개는 별로 없어. 개하고도 친구가 될 수 있는데, 이 애는 그걸 몰라. 바보."

"……."

"이 아기고양이는 예쁜 고양이가 아냐. 겁쟁이 아기고양이야. 이 애들도 고양이랑 똑같아. 바보에다 겁쟁이야."

야마하라 선생님은 말문이 막혔다.

교직 생활을 꽤 오래 했지만 이런 아이는 처음이다.

선생님은 린타로에게 대꾸할 말을 찾지 못한 채 허둥거렸다.

린타로가 야마하라 선생님에게 절대로 양보하지 않는 것이 있다.

야마하라 선생님은 집에서 쓰는 말과 학교에서 쓰는 말을 구별하라고 한다. 그렇게 해서 린타로에게 바른말을 제대로 이해시킬 생각이다.

하지만 린타로에게 표준말이나 존댓말은 자신을 자신이 아니게끔 하는 말일 뿐이다. '안 되나?'를 '안 돼요?'라고 고치라고 야단을 맞아도 전혀 그럴 생각이 없다. 그런 말은 몸에 맞지 않는 옷을 입은 것처럼 어색하다.

역설적인 이야기가 있다.

린타로가 두 번째로 복도에 나가 벌을 선 것은 린타로가 표준말과 존댓말을 갖춰서 썼을 때다.

쉬는 시간에 린타로와 아이들은 한창 엘리베이터 놀이를 하고 있었다.

교실 문 옆에 책상으로 둘러막아 공간을 만들었다. 엘리베이터인 셈이다.

"다음은 3층, 3층, 장난감 매장입니다. 너무 많이 사서 어머니한테 야단맞지 않도록 하세요."

린타로가 말했다. 이럴 때 린타로는 늘 주역을 차지한다.

린타로가 문을 열자, 아이들이 캬캬거리며 엘리베이터에서 내렸다.

"3층입니다. 밀지 말고 차례차례 내리세요. 다음은 4층, 4층, 과자 매장입니다."

엘리베이터 도우미 흉내를 내고 있기 때문에 여자 말씨를 쓴다.

손님이 우르르 올라탔다.

"과자를 많이 먹고 이가 썩으면 안 되니까 4층에는 서지 않겠습니다."

"말도 안 돼."

리에가 말했다.

"리에가 화가 났으니까 서겠습니다."

다들 깔깔깔 웃었다.

"다음은 5층, 5층입니다. 여러분이 무지무지 싫어하는 마귀할멈이 찢어진 팬티를 팔고 있습니다."

다들 배꼽이 빠지도록 웃었다. 이어서 린타로가 기세 좋게 문을 열자 거기에 마귀할멈, 아니 야마하라 선생님이 서 있었다.

"누구더러 지금 마귀할멈이라는 거예요!"

불벼락이 떨어졌다. 그 때는 이미 야마하라 선생님도 자기 별명이 마귀할멈이라는 것을 알고 있었다.

엘리베이터 놀이는 다 같이 했지만 복도에 나가 벌을 선 것은 린타로뿐이었다.

학교에서 벌을 받거나 복도에 나가 서 있는 아이 대부분이 룬예 어린이집을 나온 아이라는 소문이 돌았다.

"원장선생님께 말씀드리는 게 좋을까요?"

유미코 선생님이 게이코 선생님과 의논했다.

"일단 사실을 확인한 뒤에 말씀드리죠."

게이코 선생님이 말했다.

륜예 어린이집을 졸업한 아이들은 초등학교에 다니면서도 이따금 어린이집에 놀러 왔다. 물론 그 중에는 린타로도 있었다.

아이들이 찾아왔을 때 물어보면 그것이 소문인지 사실인지 알 수 있을 거라고 게이코 선생님은 생각했던 것이다.

"린타로랑 가장 친했던 건 에리 선생님이었죠. 에리 선생님한테 물어보면 뭘 좀 알 수 있지 않을까요?"

유미코 선생님이 말했다.

"그러네요."

게이코 선생님도 찬성했다.

소문이 사실이라면 가장 많이 벌을 선 아이는 아마 린타로일 거라고, 두 선생님은 생각했다.

"벌써 열 번도 넘게 벌을 섰어요."

유미코 선생님과 게이코 선생님이 소문 이야기를 꺼내자, 에리 선생님은 분통을 터뜨리듯 말했다.

"입학한 지 아직 한 달밖에 안 됐잖아요. 열 번도 넘는다는 건 사흘에 한 번꼴로 벌을 섰다는 얘기예요. 정말 화나 죽겠어."

에리 선생님은 단단히 화가 나 있었다.

"그거, 린타로 얘기예요?"

"린타로가 거의 도맡아 벌을 서고 다른 아이들은 가끔씩 벌을 선대요."

"그렇다면 소문이 아니라 사실이네요?"

유미코 선생님과 게이코 선생님이 서로 얼굴을 마주 보았다.

"린타로가 좀 유별나긴 해도 나쁜 아이는 아니잖아요? 사흘에 한 번씩이나 벌을 설 만큼 나쁜 짓을 한다고 생각해요?"

"아뇨."

"아뇨."

유미코 선생님과 게이코 선생님이 한 목소리로 말했다.

"뭣보다 의무 교육에서는 체벌이 금지되어 있잖아요. 잘못을 반성하도록 교실 안에 세워놓는 것까진 뭐랄 수 없지만, 복도에 벌을 세우는 건 체벌이나 다름없어요. 금지된 일이라고요."

언제 알아봤는지, 에리 선생님은 꽤 상세히 알고 있다.

"원장선생님도 이 사실을 알고 계세요?"

유미코 선생님이 에리 선생님에게 물었다.

"글쎄요? 잘 모르겠어요."

옆에서 듣고 있던 료코 선생님이 말했다.

"원장선생님도 아마 알고 계실걸요? 졸업생의 어머니들과 곧잘 전화 통화를 하시니까."

"이건 졸업생들의 문제가 아니라 우리들 문제라고 생각하지 않아요?"

에리 선생님이 말했다.

"맞아요, 맞아. 내가 하고 싶었던 말이에요."

유미코 선생님이 마침 잘됐다는 듯이 반가운 얼굴로 말했다.

"우리 어린이집의 교육방침을 부정당한 셈이잖아요. 우리가 복도에 서 있는 거나 마찬가지라구요."

"맞아, 정말 그래요."

에리 선생님도 동의했다.

"명령과 강제로 아이들을 다루는 건 실패한 교육이에요. 아무튼 뭘 모른다니까."

에리 선생님의 콧김이 거칠어졌다. 에리 선생님은 린타로 덕분에 많은 것을 배웠다. 그런 만큼 린타로가 부정당하는 것은 자신이 부정당하는 것과 같아 견딜 수가 없었다.

처음에 유미코 선생님과 게이코 선생님 사이의 대화로 시작된 이 일은 알고 보니 어린이집 모든 선생님들의 관심사였다.

이렇게 해서 직원회의 때 좀더 깊이 있게 이야기해보기로 했다.

유독 다쓰로만 의견이 달랐다.

"그 얘기를 해서 뭘 어쩌겠다는 거지? 둥지를 떠난 새한테 이런저런 말을 해봤자 무슨 소용이냐구. 나는 쓸데없는 일에 시간낭비하고 싶지 않아."

"다쓰로 씨, 너무 냉정해요."

게이코 선생님이 말했다.

"과연 그럴까? 입장 바꿔 생각해봐. 어떤 초등학교 선생이 어린이집이나 유치원 선생한테서 이러쿵저러쿵 잔소리를 듣고 싶겠냐구."

다쓰로의 말은 한 가지 진실을 꿰뚫고 있었다.

직원회의는 열렸지만 논의가 깊어지지 않아 별 성과를 얻지 못했다. 그저 가려운 곳을 긁고 있는 느낌일 뿐 이야기는 겉돌기만 했다. 상대도 없이 씨름을 하고 있는 꼴이었다.

다쓰로가 말했다.

"게이코 선생은 나보고 냉정하다던데, 내 생각은 달라. 함께 있을 때는 그 아이에게 최선을 다해야겠지만 아이의 미래에 간섭하는 것은 월권행위이고 무엇보다 오만한 짓이라구. 인간적으로 걱정하는 거야 나쁘지 않지만."

소노코 씨가 손을 들었다.

"저는 이 문제도 결국은 아이들을 믿느냐 못 믿느냐에 달렸다고 생각해요. 여러분한테는 말하지 않았지만, 저는 부모님들로부터 학교생활에 적응하지 못하는 아이들의 상황을 진작부터 듣고 있었어요. 상담을 하시는 분도 있었고, 우리 어린이집의 교육에 문제가 있었던 게 아니냐고 지적하거나 비판하시는 분도 있었죠. 저는 저한테 아이가 있었다면 이런 경우에 어떻게 할지 생각해봤어요……."

선생님들은 소노코 씨의 다음 말을 기다렸다.

"그러자 꾸중하는 마음도, 비판하는 마음도, 걱정하는 마음도 모두 부모의 마음이라는 생각이 들었어요. 결코 겉치레로 하는 말이 아니에요. 부모라면 당연히 아이들의 고통, 고민을 어떻게든 해결해주고 싶겠죠. 그 중요한 문제에 우리는 어떻게 대응하면 좋을까, 어떻게 해야 할까……."

몸을 앞으로 쭉 내미는 선생님도 있다.

"솔직히 말해서 저는 밤잠을 설쳤어요. 더 솔직히 말하면, 어린이집을 시작한 것 자체가 터무니없는 실수가 아니었을까 생각했답니다. 너무 힘들었어요."

이 말은 선생님들도 잘 이해할 수 있다. 아이들과 함께 지내다 보면 누구나 그런 생각에 빠질 때가 있다.

"하지만 정말로 그게 실수였다면 지난 3년간 우리는 대체 무엇을 한 걸까? 아이들 내면에 아무것도 불어넣지 못한 것일까? 하고 생각하는 건 너무나 괴로운 일이에요."

선생님들이 고개를 끄덕인다.

"지난 3년간 우리는 자신의 머리로 생각하고 자신의 발로 걸을 수 있는 아이를 길러내기 위해 애썼어요. 어른 말을 잘 듣고 규칙을 잘 지키는 아이로 키우려고 고생한 게 아니에요. 그렇게 생각하자, 우리 어린이집 아이들의 눈망울이 하나 둘씩 선하게 떠올랐어요. 이렇게 눈빛이 강한 아이들이 자기 목소리 한 번 내보지 못한 채 쉽사리 주눅들 리가 없어요. 우리 아이들은 눈빛이 강한 만큼 세상을 살아내는 힘도 강해요. 지금은 익숙하지 않은 규칙이나 약속 앞에서 쩔쩔매고 있지만 머잖아 모두 극복할 거예요. 저는 굳게 믿어요."

몇몇 선생님이 힘차게 고개를 끄덕였다.

"너무 낙관적이라고 할지 모르지만, 저는 아이들을 믿으려고 해요. 내가 살기 위해서라도 아이들을 믿자고 생각했어요."

소노코 씨의 얼굴에 개운한 빛이 감돌았다.

메이도 종종 소노코 씨와 린타로 문제를 의논했다.

"어린이집에서 받은 훌륭한 교육이 초등학교 생활에 걸림돌이 되거나 아이들의 불행으로 이어진다는 게 너무 어이가 없어요. 초등학교 교육에 문제가 있다면, 부모로서 분명히 의견을 밝히고 선생님께 고민해봐 달라고 하는 게 좋지 않을까요?"

뭐든 애매한 채로 내버려 두지 못하는 성격인 메이는 린타로가 왜 복도에서 벌을 서거나 야단을 맞아야 하는지 이해할 수 없어,

또래의 아이를 둔 이웃 어머니들과 의논을 한 적이 있다.

"애들은 어차피 인질 같은 거예요. 섣불리 학교나 선생님을 비판했다가 아이들한테 그 불똥이 튀면 결국 아이들만 불쌍한걸요."

"좋은 담임선생님을 만나느냐 못 만나느냐는 운이에요. 운이 나쁠 때는 그냥 꾹 참는 게 최고죠."

"학교에 뭘 기대하지 말아요. 공부나 제대로 가르쳐 성적을 올려주면 그걸로 된 것 아닌가요?"

이런 대답들이 돌아왔다.

그 때 메이는 부모한테도 문제가 있다고 느꼈다.

"얼마 전에 숙제가 있었어요. 학교에서 집까지의 길을 그림지도로 그려 가는 거였는데……."

메이가 소노코 씨에게 그 이야기를 꺼냈다.

야마하라 선생님은 숙제를 내주면서 표지를 정확히 그리고 표지와 표지 사이가 몇 걸음인지 반드시 적어 넣으라고 했다.

린타로가 물었다.

"표지가 뭐야?"

야마하라 선생님이 대답했다.

"네가 평소에 자주 보는 것이나 이용하는 곳이란다."

린타로는 생활 범위가 넓다. '무례한 가게', 슈짱의 자전거 수리점, 개가 짖던 강과 다리, 놀이터에 있는 본부, 가재를 잡는 곳 등 지도에 넣을 곳이 무진장 많았다.

일일이 돌아다니며 걸음 수를 세는 것만 해도 보통 일이 아니었지만, 린타로는 끝까지 해냈다.

아이들 대부분은 우체국이나 슈퍼마켓을 그려 넣는 정도로 대충 마무리했지만, 린타로는 그 정도로 만족할 수 없었다.

린타로가 조사한 분량은 공책 한 장에 다 그려 넣을 수 없을 만큼 많았다.

"커다란 종이에 따로 그려서 공책에 붙이면 어떨까?"

메이가 린타로에게 도움말을 해주었다.

린타로는 밤 11시가 되어서야 숙제를 마쳤다.

"정말 대단해, 린타로."

메이가 말했다.

"아주 재미있는 지도구나. 이건 세상에서 너밖에 그리지 못하는 지도야."

소지로도 린타로를 칭찬해주었다.

학교에서는 사정이 달랐다.

린타로는 자신의 걸작을 의기양양하게 책상 위에 펼쳐 보였다.

"선생님이 공책에 그려 오라고 했을 텐데?"

이것이 야마하라 선생님의 첫마디였다.

린타로는 기분이 상했다.

"호랑코끼리의 집이 뭐지?"

"다쓰로 형아네 개집. 콜리 개라서 개집이 무지무지 커."

린타로가 부루퉁한 얼굴로 대답했다.

"아오퐁을 빠뜨리는 강은 또 뭐지?"

"아오퐁을 빠뜨리는 강."

"아오퐁이 누구니?"

"유타카."

린타로는 점점 더 부루퉁해진다.

"친구를 별명으로 부르지 말랬지."

"……."

"친구를 강에 빠뜨리면 못써. 너, 평소에 그런 위험한 장난을 치며 노는 거니?"

"……."

린타로는 부르르 몸을 떨었다. 화가 난 것이다.

"무례한 가게란 건 뭐지?"

"이제 안 가르쳐줘."

린타로는 내뱉듯이 말했다.

"뭐지, 그 반항적인 눈빛은?"

야마하라 선생님이 말했다.

"오제 린타로, 잘 들어. 네가 그린 그림지도는 너밖에 알아보지 못하는 지도야. 지도는 누가 봐도 알 수 있도록 그리지 않으면 소용없어. 호랑코끼리의 집을 누가 알 수 있겠어? 대체 무례한 가게는 뭐니?"

"……."

"네가 그려 온 표지는 아무 도움이 되지 않아. 알겠니, 린타로? 표지는 누구나 알고 있는 곳이어야 해. 다시 그려 와요."

그렇게 말하고 야마하라 선생님은 린타로의 그림지도를 공책에서 떼어냈다.

이튿날, 린타로는 숙제를 해 가지 않았다.

"선생님 말을 안 듣는 아이는 복도에 나가 서 있어."

린타로는 복도에 서서 수업이 끝나면 어디에 놀러 갈지 생각했다.

그 이야기를 들은 소노코 씨는 나직이 한숨을 내쉬었다. 자신의 걱정이 맞아떨어졌다고 생각했다. 린타로의 성격을 이해하기도 전에 린타로에게 뭔가를 가르치려는 것은 무엇보다 위험한 일이다. 그렇기에 린타로의 담임선생님이 린타로 같은 아이를 재미있어하는 사람이기를 기도하는 심정으로 바랐건만.

"학교에 찾아가 아이의 상태를 일일이 얘기하는 엄마는 스타일이 영 안 살잖아요."

"스타일이 안 산다고요……."

소노코 씨는 쓴웃음을 지었다.

"아이도 살아 있는 인간이니까 이해할 수 없는 일을 당하면 화를 내거나 슬퍼할 수도 있고, 마음이 맞지 않는 사람을 만나 어려움을 겪을 수도 있겠죠. 그것도 뭐 인간관계를 배우는 일이니까 꿋꿋하게 잘 지내기 바라는 마음으로 그냥 지켜보고는 있지만……."

"메이 씨답네요."

"그 애가 하소연을 하면 성실히 들어줄 생각은 있어요."

소노코 씨가 고개를 끄덕였다.

"엄마인 제가 이런 말을 하는 건 좀 뭣하지만, 그 애는 성격이 야무지달까요? 큰 소리로 울거나 하는 일이 전혀 없어서 부모가 참견하거나 도와줄 여지가 별로 없어요."

"메이 씨는 참 대단해요."

소노코 씨가 말했다.

"아이의 영역을 침범하지 않는 부모는 흔치 않아요. 메이 씨는 린타로를 정확하게 보고 있을 뿐 아니라 학교도 제대로 보고 있고 세상도 정확히 보고 있어요. 그런데도 그걸 쉽사리 말이나 표정으로 드러내지 않는 게 대단해요."

"어머, 그렇지 않아요."

메이가 얼굴을 붉혔다.

"게다가 아직 20대인 젊은 사람이 말이에요."

"그래도 저 20대 후반이라구요."

하고 메이가 말했다.

"린타로나 메이 씨나 감수성이 아주 풍부하면서도 전혀 신경질적이지 않고, 결코 자신의 삶에 나태해지지 않는 점이 너무 놀라워요."

"소노코 선생님, 오늘 왜 이러세요? 너무 띄워주시는 거 아니에요?"

"저, 진심으로 그렇게 생각하고 있어요."

"린타로야 잘하고 있지만……."

"그렇게 생각하는 부모도 훌륭해요. 요즘 부모는 아이들한테 바라는 게 너무 많아요."

"아이한테 많은 걸 바랄 만큼 믿음직한 부모가 못 되는걸요."

소노코 씨는 미소를 지었다.

"그 녀석도 내 꼴 되는 거 아냐?"

나중에 소노코 씨한테 이 이야기를 들은 다쓰로가 조금 어두운 얼굴로 말했다.

　　　　　　　＊ ＊ ＊

수학 시간이다. 벌써 '덧셈'을 배운다.
"다 합해서 공이 몇 개죠?"
"일곱 개요."
아이들이 교과서 그림을 보며 대답했다.
"맞아요. 자, 그럼, 다음 문제. 왼쪽의 자전거는 몇 대죠?"
"일곱 대요."
"맞아요. 그럼, 오른쪽의 자전거는요?"
"두 대요."
"모두 합하면 몇 대죠? 시게루가 대답해볼까?"
오모리 시게루가 일어섰다.
"아홉 대입니다."
"아홉 대라는데, 맞나요?"
네! 아이들이 한 목소리로 대답했다.

야마하라 선생님이 연습 문제를 냈다. 그리고 책상 사이를 돌며 아이들을 한 명씩 지도하기 시작했다. 이 무렵에는 아직 손가락을 쓰지 않고는 덧셈을 못 하는 아이도 있다. 계산이 빠른 아이, 느린 아이 가지가지다. 한 아이 한 아이 개별적으로 지도하는 일이 필요하다.

린타로 앞자리에 이해력이 느린 아이가 있었다. 숫자가 커지면 셈을 하지 못한다.

"자, 잘 봐요, 마사루. 사과가 두 개 있고……"

야마하라 선생님이 다카하시 마사루의 공책에 사과 그림을 그렸다.

"귤이 세 개 있으면……"

귤 세 개를 그렸다.

"모두 몇 개일까?"

적은 숫자로 덧셈을 이해시킬 생각이다.

야마하라 선생님이 워낙 바투 다가붙어 있는 탓에, 마사루는 완전히 얼어버렸다.

"세 개."

"귤이 세 개잖아. 거기다 사과가 두 개니까, 모두 몇 개지?"

"네 개."

야마하라 선생님은 한숨을 내쉬었다. 뒤에 있던 린타로한테 물었다.

"린타로, 사과 두 개와 귤 세 개를 합하면 몇 개니?"

린타로는 잠깐 생각했다.

"두 개랑 세 개."

"선생님이 합하라고 했잖아. 사과 두 개와 귤 세 개를 합하는데 왜 두 개랑 세 개야?"

"사과랑 귤은 다른 과일인걸."

"……"

야마하라 선생님은 한순간 말을 잃었다.

교과서에는 종류가 다른 사물을 더하거나 빼는 예가 거의 없다. 야마하라 선생님의 실수라고 볼 수 있는데, 린타로가 그 실수를 꼭 집어낸 셈이다.

'덧셈' 공부가 이어졌다.

야마하라 선생님이 문제를 냈다.

"1에서 5까지 더하세요. 다 더한 사람부터 선생님한테 들고 와요. 정답을 맞힌 사람에게는 동그라미를 해줄게요."

야마하라 선생님은 아이들 사이에 경쟁심을 이끌어내 계산 능력을 좀더 끌어올릴 셈이었으리라.

계산을 끝낸 차례대로 줄을 섰다. 앞쪽에 선 아이들의 얼굴에 뿌듯한 빛이 감돈다.

린타로는 세 번째로 빨랐다.

"뭐지, 이건?"

린타로의 공책을 보고 야마하라 선생님이 물었다. 의자에서 일어나 손뼉을 쳐서 아이들의 주의를 모았다.

"아직 계산이 안 끝난 사람도 있겠지만, 칠판을 좀 보세요."

야마하라 선생님은 1에서 5까지를 칠판에 적었다.

"1에서 5까지 더하는 거니까, 계산은……"

숫자와 숫자 사이에 덧셈 기호를 써넣었다.

"그러니까……"

야마하라 선생님은 칠판에 1+2=3, 3+3=6, 6+4=10, 10+5=15라고 써 나갔다.

"이렇게 해서 마지막에 답이 나오는 거예요. 자, 그럼, 이렇게 계산한 사람은 어때요?"

야마하라 선생님은 린타로의 계산 과정을 칠판에 옮겼다.

1+1= 2, 1+2 = 3, 1+3 = 4, 1+4 = 5, 1+5 = 6.

"이거, 맞나요?"

고개를 끄덕이는 아이도, 틀렸다고 하는 아이도 있었다.

그런데 야마하라 선생님이 린타로를 책상 앞에 세워 놓았기 때문에, 그 계산을 한 아이가 누구인지 모두가 알 수 있었다. 린타로가 계산을 잘못했다는 사실을 밝힐 마음은 없었겠지만, 결과적으로 그렇게 되어버렸다. 이래서 교육은 어려운 것이다.

'뺄셈' 단원에 접어들어서도 린타로는 린타로다운 실수를 했다.

"왜 나머지가 2지? 사탕은 모두 10개였잖아. 네가 2개, 옆에 있는 오바야시가 3개를 갖고 나면 몇 개가 남지?"

"두 개."

린타로는 같은 대답을 되풀이했다.

"잘 생각해봐."

"두 개."

"어째서?"

"내가 받은 사탕, 아직 안 먹었으니까."

"?"

린타로의 머릿속에는 자기가 받은 사탕 두 개밖에 없다.

신체검사 날의 일이다.

"먼저 용지를 나눠주겠어요. 이건 건강기록부를 복사한 거예요. 6학년 때까지 써야 하는 중요한 거죠. 여기에······"

야마하라 선생님이 한 부분을 손가락으로 가리켰다.

"연필로 연하게 자기 이름을 쓰세요. 나중에 도장을 찍을 거니까 너무 힘줘서 쓰면 안 돼요."

아이들은 저마다 자기 이름을 써넣었다.

"키와 몸무게를 재주시는 선생님께 이 종이를 드리세요. 선생님이 기입을 끝내면 도로 받아서 다음 선생님께 드리고요, 알았죠?"

아이들은 네에, 하고 대답했다.

"이제 옷을 벗어요. 아무렇게나 벗어놓으면 안 돼요. 벗은 옷은 반듯이 개서 의자 위에 얹어놓으세요."

린타로가 물었다.

"양말도 벗어?"

"양말도 벗어요."

"웃옷도?"

모두 벗으세요, 신체검사잖아요? 하고 야마하라 선생님은 짜증스레 대꾸했다.

"오늘은 파란반 선생님이 안 오셨기 때문에, 선생님이 잠깐 파란반에 갔다 오겠어요. 금방 돌아올 거니까 그 때까지 옷을 벗고 출석부 순서대로 줄을 서 있어요."

그리고 야마하라 선생님은 교실을 나갔다. 파란반 아이들에게 같은 지시를 내리고 빨간반으로 돌아왔다.

아이들이 웅성거리고 있다.

"왜 이렇게 시끄러워요! 줄을 서 있으라고 했죠!"

야마하라 선생님이 엄한 목소리로 말했다.

아이들이 모여 있는 곳으로 다가갔다가, 야마하라 선생님은 기겁을 했다.

"뭐 하는 거니, 너희들!"

꽤 많은 사내아이들이 발가벗고 있었다.

"누가 팬티까지 벗으라고 했어요!"

야마하라 선생님은 급히 여자아이들 쪽을 보았다. 다행히 발가벗은 여자아이는 없었다. 야마하라 선생님은 한숨을 돌렸다.

"거봐……."

다케가 린타로에게 눈을 흘겼다.

"팬티는 안 벗는 거라고 했잖아."

"린타로가 나빠."

야마시타 하지메라는 아이도 린타로를 원망했다.

"어서 팬티를 입어요!"

아무래도 알몸 소동을 일으킨 것은 린타로인 듯했다.

"오제 린타로!"

야마하라 선생님이 무서운 얼굴을 했다. 너…… 하고 말을 꺼내려 하자, 린타로가 고함치듯 말했다.

"마귀할멈이 다 벗으라고 했잖아!"

순간 화가 치민 야마하라 선생님이 저도 모르게 린타로를 떠밀었다.

야마하라 선생님은 엄한 사람이지만 지금까지 아이들에게 손을 댄 적은 없었다. 한순간이었지만 교사의 자세를 망각한 행동에 스스로 당황했다. 야마하라 선생님은 감정을 추스르기 위해 눈을 감고 심호흡을 했다.

린타로는 그런 야마하라 선생님을 물끄러미 바라보고 있었다.

야마하라 선생님이 짐짓 태연하게 말했다.

"선생님을 마귀할멈이라고 부르면 안 돼요."

린타로는 아무 말이 없다.

야마하라 선생님은 알아들었냐고 따져 묻지 않았다. 더 이상 린타로 때문에 마음을 흩뜨리고 싶지 않았으리라.

"어쩐지 좀 이상하다 했어."

"린타로 말을 들었다가 손해만 봤어."

"그치만 발가벗으니까 기분은 되게 좋다."

남자아이들은 이런 말을 하며 팬티를 입었다.

여자아이들은 남자아이들과 멀찍이 떨어진 곳에서 킥킥거리고 있었다.

린타로는 고추를 훤히 드러낸 채 우뚝 서 있다.

"린타로, 빨리 팬티 입어."

순둥이 아오퐁이 린타로에게 팬티를 갖다 주었다.

그 날 이야기는 조금 더 이어진다.

가슴둘레를 재던 6학년 담임 가지하라 선생님이 건강기록부 복사본에 있는 린타로의 글씨를 보고

"글씨 한번 끝내주는군."

하고 말했다. 이 말은 야마하라 선생님의 귀에도 들렸다.

"무슨 일이죠, 가지하라 선생님?"

"이 애는 아직도 글씨가 이 모양이군요."

가지하라 선생님은 린타로가 쓴 글씨를 가리켰다.

지렁이가 기어가는 듯한 글씨가 야마하라 선생님의 눈에 확 들

어왔다.

"이게 뭐지?"

도저히 알아볼 수가 없었다.

"글씨가 왜 이렇지?"

야마하라 선생님은 린타로에게 나무라는 투로 물었다.

린타로는 입을 꾹 다물고 있다.

야마하라 선생님은 린타로가 자기 이름을 쓴 것을 몇 번 본 적이 있다. 이 정도는 아니었다. 잘 쓴 글씨는 아니었지만 한눈에 오제 린타로라고 알아볼 수 있었다.

'대체 왜 이랬을까? 나한테 반항하려고 일부러 그런 걸까?'

한 가지 다행스러운 점은, 이 때 야마하라 선생님은 린타로가 반항하는 것이 자신의 지도방법 때문이라면 그 원인이 어디에 있는지 고민해 봐야겠다고 생각했다는 것이다.

메이가 말했다.

"자기 그거 알아?"

토요일 밤이다. 린타로는 하룻밤 묵고 오기로 하고 할아버지 집에 갔다.

"린타로 말야, 기분이 안 좋을 때면 아버님 댁에 가고 싶어한다는 거."

흐음. 소지로는 생각에 잠겼다가 얼마 뒤에 말했다.

"학교생활이 영 신통치 않나?"

"그걸 알겠어?"

"학교 얘기라곤 한마디도 안 하니까."

"성격이 저렇다 보니 우는소리를 하거나 학교에 안 가겠단 소리는 안 하지만, 나름대로는 고민하는 것 같아."

"음, 요즘은 영 생기가 없다고 할까? 풀이 죽어 있는 것 같더군."

소지로도 진작부터 느끼고 있었다.

"우리 때하고 달라서 학교는 갈수록 엄격해지고 있으니까. 입시니 경쟁이니 하는 게 중요해져서 학교생활에 여유가 없는 만큼 피해를 입는 아이도 생겨나지. 자유로운 것을 좋아하는 린타로가 그 해를 입을 수도 있을 거야."

"요즘은 신문을 보면 입시 경쟁에 시달리던 중학생이 가스를 틀어놓고 자살했다는 둥 하는 기사뿐이야. 세상이 왜 이렇게 된 걸까?"

"으음, 정말 어떻게 받아들여야 할지 모르겠군."

"아버님이 요즘 학교의 문제점을 아주 적절하게 표현하신 적이 있어."

"뭐라고 하셨는데?"

"지식을 가르치는 건 좋지만, 가르친 지식을 빙글빙글 돌려주지 않으면 아무 소용 없다고."

"흠, 과연."

"지식이 풍부한 목수 중에는 변변한 기술자가 없다고 하셨어. 지식을 빙글빙글 돌려서 지혜로 바꾼 목수가 진짜 목수래."

"우리 아버지지만, 참 괜찮은 말을 하신단 말야."

"자긴 아버님 못 따라가."

"누가 뭐래?"

"이 말, 요즘 선생님들한테 해주고 싶은 말이라고 생각하지 않아?"

"생각해."

소지로는 순순히 대답했다.

"있잖아."

뭔가 생각난 듯 메이가 말했다.

"혹시 아버님은 린타로를 감싸주고 계신 거 아닐까?"

"무슨 뜻이야?"

"빙글빙글 돌리는 건 린타로의 특기잖아. 그림지도 숙제, 자기도 알지? 야마하라 선생님은 틀에 박힌 말을 했지만, 린타로는 자기 생활에 도움이 되는 그림지도를 만들었어. 린타로는 그림지도를 그리는 방법보다 훨씬 중요한 걸 꿰뚫어 보고 있다고, 아버님은 말씀하시고 싶으신 거야."

일요일 아침, 린타로와 할아버지는 툇마루에 앉아 있었다. 린타로는 할아버지가 족집게로 수염을 뽑는 것을 보고 있다.

"안 아파?"

"흰 수염이라도 뽑을 때는 따끔하지."

"흰 수염은 왜 뽑아?"

"할아비는 멋쟁이니까 그렇지."

린타로는 잠깐 생각했다.

"내 수염도 뽑아줘."

린타로가 턱을 내밀었다. 할아버지가 웃었다.

"너는 수염이 없어."

왜? 하고 린타로가 물었다.

"허, 녀석도 참."

하고 할아버지가 말했다.

"따라오너라."

할아버지가 신발을 신고 마당에 내려섰다.

할아버지네 집 마당에는 화분에 심긴 나무도, 이름 없는 나무와 풀꽃도, 언제 꽃을 피웠는지 알 수 없는 잡초도 사이좋게 어우러져 있다.

"달라붙는 녀석이 어디 없을까?"

할아버지는 옷에 달라붙는 풀 열매를 찾고 있다. 그런 풀 열매를 옷에 잔뜩 붙이고 다니는 것은 린타로의 특기 중의 특기다.

그건 왜? 하고 물으면서 린타로는 벌써 그런 풀을 찾아다니고 있다.

"여기, 벌써 붙었어."

할아버지는 린타로의 팔을 잡고 아주 소중한 것이라도 옮기듯이 조심조심 걸었다. 린타로를 툇마루에 앉히고 린타로의 옷에 붙은 풀 열매를 하나씩 떼어냈다.

"자, 손을 내밀어봐라."

할아버지는 종류가 다른 풀 열매 세 개를 린타로의 손바닥에 올려놓았다.

"이렇게 작은 열매에도 마음이란 게 있단다. 이런 열매는 사람이나 동물한테 붙어서 여행을 하지. 네 옷에 붙은 풀 열매는 너와 마음이 통한 게야. 풀 열매는 셀 수 없이 많고 아이들도 셀 수 없이 많은데, 이 열매와 네가 만났으니까 말이다."

"왜?"

린타로가 물었다.

"이유는 할아비도 몰라. 아무도 모르지. 그걸 알면 인간은 만남을 소중히 여기지 않을 게야. 이유는 신만이 알고 있단다."

"신이 명령했어?"

"신은 명령하지 않는단다. 신은 기도해주실 뿐이지."

귀신도, 신도 눈에 보이지 않는다. 그렇기에 린타로에게 그 존재는 더욱 크게 느껴진다.

"이 열매랑 나는 신이 기도해줘서 만난 거야?"

"그렇단다."

흐음. 린타로는 생각에 잠겼다.

"린타로, 이 열매와 이 열매를 잘 보렴. 어느 쪽에 수염이 있지?"

이쪽, 하고 린타로가 한 열매를 가리켰다.

"풀 열매의 수염은 사람의 손과 비슷해서 이걸로 네 옷에 단단히 달라붙었지."

"응."

"그럼, 이 푸른 열매에는 수염이 있니?"

"없어."

"없어? 좀더 자세히 보거라."

린타로가 또 한 번 "없어." 하고 말했다.

할아버지가 푸른 열매를 집어 들어 린타로에게 휙 던졌다. 열매는 린타로의 옷에 벌레처럼 딱 달라붙었다.

"역시 붙어 있지?"

할아버지가 말했다.

린타로는 옷에서 푸른 열매를 떼어내 자세히 보았다.

"짤따란 털은 있어."

"그것 보렴. 역시 수염이 있었지?"

린타로는 고개를 끄덕였다.

"좀 전에 할아비는 린타로한테 수염이 없다고 했지만, 그것은 눈에 보이는 수염을 말한 거란다. 너한테도 눈에 보이지 않을 만큼 작은 수염은 있어. 눈에 보이는 수염보다 눈에 보이지 않는 작은 수염이 훨씬 강한 힘을 갖고 있지. 할아비 수염보다 네 수염이 훨씬 유연하고 부드러워. 참으로 강한 것은 늘 그렇게 부드럽단다. 그걸 족집게로 뽑아버리면 할아비는 신한테 꾸중을 들을 게다."

린타로는 흐음, 하고 감탄했다. 할아버지는 린타로의 눈이 강하게 빛나는 순간을 놓치지 않았다.

린타로는 강한 것을 좋아한다. 강한 것을 동경한다.

할아버지는 강한 것은 유연하고 부드럽다고 했다. 그 말이 린타로의 마음속 깊이 새겨졌다.

할머니가 빨래를 끝내고 끄으응, 신음소리를 내며 방바닥에 앉았다. 텔레비전을 켰다. 카우보이들이 로데오 경기(길들지 않은 말이나 소를 탄 채 버티거나 길들이는 경기-옮긴이)를 하고 있었다.

"린타로하고 얘기하고 있잖소. 텔레비전 소리 좀 줄여요."

할아버지가 할머니한테 말했다.

"그러잖아도 잘 안 들리는구먼."

할머니는 텔레비전 옆으로 다가가 아주 조금 소리를 낮추었다.

"그런데 린타로……"

할아버지가 린타로의 눈을 보며 말했다.

"여기에 너와 만난 열매 세 개가 있다. 너는 어떤 것이 좋고 어떤 것이 싫은지 말할 수 있겠니?"

린타로는 잠깐 생각하고는 고개를 저었다.

"누구나 좋아하는 것과 싫어하는 것이 있겠지만, 그게 사람이 됐든 물건이 됐든 자신과 만난 것은 둘도 없이 소중하단다. 너는 좀 전에 이 열매를 보고 처음에는 수염이 없다고 했다가 좀더 유심히 살펴보고 나서는 있다고 했지? 만남을 소중히 여기면 보이지 않던 것까지 볼 수 있게 되지. 할아비 말, 이해하겠니?"

린타로는 끄덕 고갯짓을 했다.

"이건 이래서 싫다, 저건 저래서 싫다는 둥 하면서 좋고 싫은 것을 너무 분명하게 따지면 소중한 만남의 기회를 잃을 수 있단다. 그러면 볼 수 있는 것까지 못 보게 돼."

린타로는 할아버지의 눈을 가만히 들여다보고 있다.

"린타로는 친구가 많지?"

"응."

"그 이유가 뭘까? 하나는 신께서 너를 위해 기도해주신 덕분이고, 또 하나는 그렇게 해서 이루어진 만남을 네가 소중히 여긴 덕분이고, 나머지 하나는 상대방 역시 너를 친구로 봐주었기 때문이지. 이 세 가지가 모여서 지금의 네가 있는 거란다."

린타로는 눈 한 번 깜박이지 않는다.

"선생님은 어떨까?"

"……."

"어린이집 선생님은 어떨까? 학교 선생님은 어떨까?"

할아버지는 린타로의 마음을 들여다보듯이 말했다. 그러나 이것저것 캐묻지는 않았다.

"카우보이가 거칠게 날뛰는 말을 타고 있구나."

할아버지가 텔레비전을 보면서 말했다.

"거의 다 말에서 떨어져 버리는구나. 말이 한 수 위야. 왜 그런지 알겠니, 린타로?"

린타로는 고개를 저었다.

"린타로는 태어나자마자 설 수 있었니?"

"아니. 아기 때는 못 섰어."

"그렇지? 인간은 태어나자마자 설 수 없지. 하지만 말은 달라. 말은 태어나자마자 곧바로 자기 힘으로 일어선단다. 자기 발로 걸어가 어미젖을 먹는단다. 왜 그런고 하니 갓 태어난 말은 인간의 나이로 치면 너덧 살쯤 된 아이와 같거든. 말은 태어난 지 5년이 되면 일생 중 가장 강한 힘을 갖게 된단다. 이처럼 말은 원래 힘이 강한 동물이기 때문에 보통 사람은 말한테 당해낼 수 없는 게야."

할아버지의 말대로 또 다른 카우보이가 말 등에서 떨어져 바닥에 나뒹굴었다.

"말은 부모와 함께 지내는 시기가 길지 않아. 금세 부모와 떨어져 많은 친구들과 함께 지내고 많은 사람과도 알게 되지. 그래서 이 사람과는 이렇게 지내는 게 좋겠다, 저 사람한테는 이렇게 대하면 좋겠다고 생각한단다. 인간의 아이가 겨우 아장아장 걸음마를 배울 무렵에 말이다."

린타로가 물었다.

"그럼 사람은 말한테 져?"

"지고말고. 처음에는 열이면 열 지고 말지. 하지만 린타로……"

린타로의 눈이 빛났다.

"인간의 아기는 걷지도 못하는 그 1년 동안 엄마 젖을 먹고 엄마 살과 맞대고 엄마 목소리를 들으며 '사랑'이라는 힘을 얻는단다. 그것이 말과 다른 점이야. 인간이 말한테 이기려면 그 힘을 사용해야 돼."

린타로의 눈빛이 점점 더 강해진다.

"엄마한테 얻은 사랑이라는 힘은 한마디로 많은 것을 좋아하게 되는 마음이란다. 인간은 물론이고 세상 그 어떤 작은 것에게도 마음을 주고 친구가 되려는 마음 말이다. 이 마음을 영혼이라고도 하지. 영혼이 있는 인간만이 말을 이길 수 있어."

린타로는 가만히 듣고 있다.

"허나 이기려고 하면 이길 수가 없어. 말 등에 올라타고야 말겠다고 생각하면 절대로 성공하지 못하지. 저것 봐라."

텔레비전 속의 카우보이들이 날뛰는 말 등에서 차례차례 떨어져 나뒹군다.

"저 카우보이들은 아직 인간이 되지 못했어. 힘으로만 말 등에 올라타려고 하니까 금세 떨어지는 게야. 세상에서 가장 거친 말은 세상에서 가장 뛰어난 카우보이가 나타나기 전까지 다른 카우보이들을 차례차례 내동댕이칠 게다. 말은 자기보다 얕은 마음을 가진 인간을 단번에 꿰뚫어 보니까 말이다."

"세상에서 가장 뛰어난 카우보이가 세상에서 가장 거친 말을 타면 어떻게 돼?"

린타로가 눈빛을 반짝거리며 물었다.

"처음에는 싸우겠지. 세상에서 가장 거친 말을 길들일 수 있는 카우보이는 자신의 맞수를 애타게 기다리고 있었단다. 세상에서 가장 거친 말도 자신의 맞수를 오랫동안 기다리고 있었고 말이다. 둘은 서로 싸우면서 좀 전에 할아비가 말한, 영혼의 무게를 재어본단다. 그 사이에 말은 이 사람이라면 내 등에 태워도 좋다고 생각하게 되고, 카우보이는 이 말을 꼭 길들이고 싶다고 생각하지. 말과 카우보이의 싸움을 지켜보던 사람들은 카우보이가 말을 이겼다고 하겠지. 하지만 그렇지 않아. 둘은 친구가 된 게야."

용맹하다는 것은 바로 이런 거란다, 하고 할아버지는 말했다.

린타로를 대하는 야마하라 선생님의 태도에 얼마간 변화가 생겼다.

무턱대고 나무라는 일이 줄어들고, 무슨 일이 생기면 "이유가 뭐지?" 라든가 "네 생각은?" 이라고 물어서 호흡을 고른다.

린타로가 유난스러운 아이라는 인상이 지워진 것은 아닌 듯했지만, 지금과 같은 방법으로는 아무리 시간이 지나도 자꾸 사이만 벌어지고 어긋날 뿐 서로 마주 보는 일은 없을 거라는 점을 가까스로 깨달은 것 같았다.

말씨 하나만 봐도 알 수 있듯이, 린타로는 자신이 이해하지 못한 것은 결코 받아들이려 하지 않으며 자기 뜻을 굽히려 하지도 않는다. 겉모습은 어린아이지만 이런 면에서는 지나칠 만큼 어른스럽다는 것을 도저히 부정할 수 없다.

야마하라 선생님은 이 사실을 받아들였다. 길이 보이기 시작한 것 같지는 않았지만 적어도 린타로를 알려는 마음은 갖기 시작한 것 같았다.

수업 시간에도 그것이 엿보였다.

국어책에 '듣기 연습'이라는 것이 있다. 좀더 뒤에 배울 부분이었지만, 야마하라 선생님은 이 공부를 앞당겨 하기로 했다. 자기 반 아이들이 남의 이야기를 듣는 능력이 부족하다고 판단하고 그 능력을 이끌어내려는 것 같았다.

교과서에는 '정확하게 들읍시다'라는 학습 목표와 함께 세 가지 유형이 나와 있었다.

지금부터 새 이름 다섯 가지를 말합니다. 어떤 새인지 잘 들어 봅시다.
— 비둘기   제비   참새   닭   꾀꼬리

들은 내용을 정확하게 기억하는 학습인 듯하다.

다음은 탈것 이름입니다. 종류가 다른 탈것이 딱 하나 있습니다. 그것은 무엇일까요?
— 버스   트럭   헬리콥터   택시

학습 목표를 한 단계 높여, 탈것을 기능이나 성능으로 분류해서 답을 찾아내게 한다.

지금부터 지시에 따라 그림을 그리세요. 먼저, 정사각형을 그립니다. 다음은 그 정사각형 속에 삼각형을 그립니다. 마지막으로 그 삼각형 속에 동그라미를 그립니다.

이 유형은 귀로 들은 것을 정확하게 재현하는 것으로, 교과서에는 세 가지 그림이 실려 있다. 정사각형 대신에 직사각형을 그린 그림, 지시대로 정확하게 그린 그림, 동그라미 속에 삼각형을 그린 그림이다.
세 번째 유형에서 린타로의 개성이 드러났다.
린타로가 그린 그림은 아무도 예상하지 못한 그림이었다.
린타로는 오른손으로 국어 공책 한 장을 쥐고는 종이접기를 하듯이 공책의 아랫면이 중앙선에 맞닿도록 접어 올렸다. 공책의 오른쪽 가장자리가 공책 위로 접혀 올라가면서 사각형의 윗변이 생겼다. 접었던 페이지를 펴면 윗변이 사라지기 때문에, 린타로는 그 선을 따라 연필을 그었다. 그러고는 접었던 페이지를 도로 폈다.
린타로는 접었을 때 생긴 사선을 연필 선으로 분명하게 표시했다. 정사각형 속에 삼각형 두 개가 만들어진 셈이다.

마지막으로 한쪽 삼각형 안에 원둘레가 삼각형의 세 변에 닿는 커다란 원을 그려 그림을 완성했다.

야마하라 선생님이 린타로의 공책을 보았다.

왜 이렇게 그렸지? 하고 물으려다가 그 말을 삼켰다.

"처음부터 다시 한 번 해보겠니?"

야마하라 선생님이 말했다.

린타로는 한 번 더 되풀이했다. 린타로는 누구보다 정확한 정사각형과 원을 그렸다. 그 사실은 인정하지 않을 수 없다.

어디서 이런 지혜가 나오는 걸까? 그 때 야마하라 선생님은 그렇게 생각했다.

사선을 그어 삼각형을 만드는 것만 허락한다면 린타로의 그림도 정답이라고 할 수 있다.

"다른 친구들이 그린 그림과는 다르구나."

야마하라 선생님이 조심스레 말했다.

야마하라 선생님은 몇몇 아이에게 칠판 앞에 나가 그림을 그려 보게 했다. 교과서에는 정확하게 그려진 그림이 있다. 아이들 대부분이 예습을 해 왔다. 교과서의 그림과 똑같은 그림들이 칠판에 그려졌다.

린타로는 예습도 복습도 하지 않는다. 좀 전에 그린 그림도 교과서를 보고 그린 것이 아니다. 야마하라 선생님의 말만 듣고 그린 것이다.

"자, 이번에는 선생님이 문제를 내겠어요. 선생님 말을 잘 듣고 그려보세요. 차례차례 하나씩 그리는 거예요. 맨 먼저 원 하나를 그리세요."

아이들이 일제히 원을 그리기 시작한다.

린타로도 원을 그렸다. 앞으로 선생님이 무엇을 그리라고 할지 알 수 없다. 혹시 모른다 싶어 조그만 원을 그렸다.

"다음은 삼각형을 그리세요."

"하나만?"

린타로가 큰 소리로 물었다.

"네, 삼각형 하나를 그리세요."

린타로는 잠깐 생각했다.

먼저 그린 원이 너무 작다. 어쩐지 외로워 보인다.

"삼각형은 원의 친구……."

린타로는 노래하듯 말하고 원 옆에 같은 크기로 삼각형을 그렸다.

린타로 옆자리의 리에가

"응?"

하고 말했다.

"린타로짱, 잘못 그린 거 아냐?"

리에가 조그맣게 물었다.

같은 어린이집을 다닌 탓에, 리에는 아직도 린타로를 린타로짱이라고 부른다.

"왜?"

린타로가 리에의 공책을 슬쩍 넘겨다보았다.

리에가 그린 삼각형은 원 바깥쪽에서 원을 둘러싸고 있다.

"원은 삼각형의 아기가 아냐."

린타로가 나름의 논리를 댔다.

리에는 고개를 갸웃거린다.

"자, 다음……"

야마하라 선생님의 목소리가 들렸다.

"커다란 사각형으로 원과 삼각형을 에워싸세요."

린타로는 나란히 그린 원과 삼각형을 사각형으로 에워쌌다.

리에는 원과 그 바깥에 있는 삼각형을 둘러싸는 사각형을 그리고 있다.

"사각형을 다 그렸어요? 이번에는 그 사각형을 커다란 원으로 에워싸 보세요."

린타로도 다른 아이들도 사각형을 원으로 둘러쌌다.

"마지막으로 어디든 좋으니까 선 하나를 그으세요."

린타로는 생각했다.

기왕에 선을 긋는다면 재미있는 게 좋다. 원과 삼각형을 눈이라고 생각하고, 그 밑에 짤따란 선을 그어 입을 만들었다.

거기에서 그쳤으면 좋았으련만, 그 때 린타로는 장난기가 발동했다.

"원숭이 얼굴이 돼라, 얍."

린타로는 이렇게 말하며 원 좌우에 귀를 그려 넣었다.

"린타로짱, 어쩌려고 그래? 선생님한테 야단맞겠다."

리에는 야마하라 선생님과 린타로를 번갈아 보고 얼른 지우라며 지우개를 내밀었다.

린타로는 원숭이 그림이 마음에 들었다.

린타로한테 귀를 지울 마음이 없다는 것을 알자, 리에는 직접 지우기 시작했다. 린타로는 그걸 막으려고 리에를 떠밀었다.

"안 돼, 린타로짱."

리에는 울상을 짓고 있다.

둘의 사소한 다툼은 이내 야마하라 선생님의 눈에 띄었다.

"뭐 하니, 너희 둘?"

리에는 얼굴이 빨개져서 고개를 숙이고 말았다.

야마하라 선생님이 린타로가 그린 그림을 보았다.

"오제 린타로!"

엄한 목소리가 날아왔다.

이 아이는 아무리 이해하려고 해도 도저히 이해할 수가 없다. 야마하라 선생님은 복도에 나가 서 있으라는 말을 간신히 삼키고, 화를 가라앉히려는 듯 심호흡을 한 번 했다.

넓은 교실에 린타로와 리에가 앉아 있다. 둘 말고 아이들은 아무도 없다.

"그러니까 리에는 린타로가 장난으로 그린 것을 지워주려고 했단 말이지?"

야마하라 선생님이 말했다.

"그렇다면 리에는 아무 잘못이 없구나. 돌아가도 좋아."

리에가 머뭇거렸다.

"왜 그러니? 이제 돌아가도 좋다니까."

"저……."

"응?"

"린타로짱, 기다릴래요."

리에는 수줍은 듯 조그맣게 말했다.

"너는 참 상냥한 아이구나."

야마하라 선생님이 말했다.

리에는 자기 가방을 들고 맨 뒷자리에 얌전히 앉았다.

"린타로."

야마하라 선생님이 린타로 쪽을 보았다.

린타로 앞에 공책이 놓여 있다.

"선생님이 원이나 삼각형을 그리라고 했지 언제 귀를 그리라고 하던?"

"……"

"귀를 그리라고 했니, 선생님이?"

"……"

이런 식으로 야단치는 것을 린타로는 가장 싫어한다. 의자 끝을 잡고 몸을 까딱거렸다.

"미술 시간이 아니잖아. 왜 귀를 그려서 원숭이를 만들었지? 선생님한테 설명해봐."

야마하라 선생님이 차갑게 말했다.

설명은 할 수 있지만 그 설명이 야마하라 선생님에게 통할 리 없다. 그걸 알기에 린타로는 아무 대꾸도 하지 않는다.

"네가 한 짓을 두고 못된 장난이라고 하는 거야. 가장 나쁜 짓."

야마하라 선생님이 엄하게 말했다.

"리에가 지우라고 했는데도…… 넌 대체 어떻게 된 아이니……."
린타로 안에서 뭔가가 뚝 끊어졌다.
린타로가 폭발하듯 소리쳤다.
"그냥 화를 내!"
세상에! 야마하라 선생님은 어이가 없었다. 말문이 막힌 듯 절레절레 고개를 흔들었다.
뒤에서 리에가 울먹거리고 있다.
야마하라 선생님은 린타로가 공책을 접어 정확한 정사각형을 그린 것을 칭찬해줄 생각이었다. 그런 뒤에 차근차근 타이를 셈이었는데, 계획이 완전히 빗나가고 말았다.

＊ ＊ ＊

"이거 누구 책상이야? 왜 이렇게 이상한 냄새가 나지?"
청소를 하러 온 6학년 하나가 말했다.
1학기 동안은 6학년이 1학년 교실을 청소해준다.
그렇게 말한 아이가 책상을 기울여 안에 있는 것을 꺼냈다.
"어, 어어!"
소리를 지르며 펄쩍 물러났다.
"뭐지, 이거?"
여학생 하나가 말했다.
빵, 팥밥, 피망, 샐러드 따위가 바닥에 마구 흩어졌다.
빵에 곰팡이가 피어 있다. 팥밥과 샐러드에서 이상한 냄새가 났다.

"누가 이런 짓을 했어? 누구 책상이야?"

여학생이 말했다.

스기모토 하루나가 슬그머니 달아나려고 했다.

"야, 거기 서. 너야?"

6학년 남학생이 하루나의 뒷덜미를 거머쥐고 잡아당겼다.

하루나는 새빨개진 얼굴로 불안스레 눈동자를 굴렸다.

다행히 야마하라 선생님은 없다.

린타로, 아오풍, 다케, 리에, 그 밖에 열 명쯤 되는 아이가 남아 있었다.

당장에 아이들이 둥그렇게 모여들었다.

"왜 이랬어, 너?"

여학생이 물었다.

하루나는 고개를 푹 숙이고 있다.

"왜 그러긴. 먹기 싫으니까 그랬지, 맞지?"

남학생이 그렇게 말하자, 하루나가 고개를 끄덕였다.

"나, 빨간 콩 싫어."

"이건 빨간 콩이 아니라 팥이야."

"피망 싫어."

"애들은 대개 피망을 싫어하지."

너 지금, 얘 편드는 거니? 하고 6학년 여학생이 남학생에게 말했다.

"샐러드는 잘 못 먹어."

"그럼 대체 넌 뭘 먹고 컸냐?"

남학생은 어이가 없다는 듯이 물었다.

그러자 다케가 쏙 끼어들었다.

"초콜릿이랑 껌 먹고."

"바보."

남학생이 다케의 머리에 알밤을 꽁 먹였다.

"어떡하지?"

여학생이 걱정스러운 얼굴로 말했다.

"어떡하다니, 뭘?"

"선생님한테 이를 수는 없잖아."

청소하러 온 6학년 아이들은 그만 생각에 잠겨버렸다.

"마귀할멈, 되게 무서운데."

린타로가 6학년들한테 말했다.

"마귀할멈이 누구야?"

6학년 남학생이 물었다.

"우리 담임선생님, 야마하라 선생님."

다케가 대답했다.

"겨우 1학년 주제에 벌써 선생님한테 별명을 붙였네."

6학년 여학생이 기가 차기도 하고 감탄스럽기도 한 듯이 말했다.

"하루나, 또 야단맞겠다."

린타로가 잔뜩 힘주어 말했다.

"또? 그럼 벌써 여러 번 야단맞았단 거네?"

"하루나는 오줌 누러 가는 척하면서 화장실에 급식을 버린 적이 있어."

쓰루마키 하코라는 아이가 말했다.

"상습범이잖아, 이 애?"

6학년 여학생이 말했다.

"하루나, 또 야단맞겠다."

린타로가 한 번 더 말했다.

"너, 뭔가 하고 싶은 말이 있는 것 같은데?"

"만날 야단만 맞으니까 하루나가 불쌍해."

아, 그 말이었냐? 하고 6학년 남학생이 말했다.

"하지만 편식을 하면 키도 안 크고 머리도 안 좋아진다구. 이 애 이름이 하루나라고? 지금은 좀 불쌍하겠지만 감싸주는 건 하루나한테 도움이 안 돼."

남학생이 그럴듯한 말을 했다.

"하루나는 키도 크고 머리도 좋아."

린타로가 말했다.

"너, 되게 따지는구나?"

하고 남학생이 말했다.

리에가 린타로를 거들었다.

"하루나는 늘 혼자 남아서 남긴 것을 다 먹을 때까지 집에 못 가."

"아, 그러고 보니까 나도 본 적 있어. 이 애, 혼자 울면서 급식을 먹고 있었어."

6학년 여학생 하나가 말했다.

"마귀할멈은 예절교육에 엄격하니까."

한 남학생이 하루나를 동정하듯 말했다.

"그렇다고 만날 이러면 어떡해?"

여학생은 현실을 냉정하게 바라본다.

"음식을 책상 속에 숨겨 놓고 이렇게 썩히는데 어떻게 가만히 보고만 있어? 머잖아 선생님한테도 들키고 말 거야."

"그건 그렇지만……."

남학생도 할 말이 없다.

하루나는 이따금 눈만 살짝 들어 6학년들의 눈치를 살피고 있다.

"아무튼 청소부터 끝내자. 얘기는 그 다음에 해."

남학생 하나가 말했다.

"너희들 좀 남아 있어. 친구를 위한 일이잖아."

린타로와 아이들은 고개를 끄덕였다.

청소가 끝나고 모두들 둥그렇게 둘러앉았다.

"너희들 제법 괜찮은 녀석들인걸."

6학년 남학생이 말했다.

"보통 이런 짓을 하는 아이는 따돌림 당하기 쉬운데 말야."

그 남학생은 갑자기 교육 평론가가 되었다.

"꼬맹이들 주제에 다 같이 감싸주는 모습이 아주 기특해."

얘, 잘난 척 그만 해, 하고 여학생이 핀잔을 주었다.

"마귀할멈은 인기가 없냐?"

남학생이 물었다.

"어유, 인기 없어. 4학년 때 우리 담임이었는데, 너무 고지식해."

다른 남학생 하나가 대답했다.

"교사는 모름지기 인간적이어야 해. 찔러도 피 한 방울 안 나올

것 같은 표정을 짓고 있는 선생님이 가장 견디기 힘들지.”

어린 교육 평론가가 말했다.

“마귀할멈은 피 안 나올 거야.”

다케가 곧이곧대로 받아들였다.

“응, 안 나올 거야.”

아오풍도 거들었다.

“너희들, 지금 그런 말이나 하고 있을 때니!”

여학생이 화를 냈다.

“급식을 남기는 아이를 어떻게 할지 얘기하고 있잖아. 아유, 정말.”

아, 예예, 하고 남학생들이 말했다.

이 6학년 남학생들은 어딘지 익살스러운 데가 있다.

그 때 또 한 사람이 교실에 들어왔다.

“어디 수리할 데 없냐?”

‘어이 아저씨’는 뭔가 수리할 게 있는지 반마다 둘러보고 있는 모양이었다.

“다들 심각한 얼굴로 뭔 얘기 하냐?”

어이 아저씨가 주책맞은 목소리로 물었다. 린타로를 보더니

“어이, 오제 린타로.”

하고 이번에는 제 목소리로 말했다.

“옹 아저씨는 어떻게 생각해요?”

6학년이 말했다.

“뭘?”

6학년들이 방금 전 일을 설명했다.

"팥밥이나 피망을 안 먹는다고 설마 죽기야 하겠어?"

'옹 아저씨'라고 불린 '어이 아저씨'가 말했다.

"에이, 또…… 좀 진지하게 생각해봐요."

"나, 지금 진지한데."

학교의 기능직 직원인 옹 아저씨는 아이들에게 인기가 좋은 것 같았다. 6학년들과는 친구처럼 이야기를 주고받았다. 아이들과 교사의 관계는 이렇게 되기 어렵다.

"저기, 있잖아, '어이 아저씨'를 왜 '옹 아저씨'라고 해?"

이야기 도중에 다케가 끼어들었다.

"'어이 아저씨'는 또 뭐야?"

6학년이 물었다.

"우리한테 '어이' '어이' 하니까, '어이 아저씨'야."

다케가 설명했다.

"이 꼬맹이들, 아주 재미있단 말야. 옹 아저씨 이름은 옹마쓰야, 옹마쓰. 야, 요즘 누가 이런 이름을 짓냐? 아저씨 부모님이 잘못한 거지."

남학생이 말했다.

"그래서 옹 아저씨야?"

"그래."

그럼 우리도 이제부터 옹 아저씨라고 부르자, 하고 다케가 말했다.

"아무튼 그래서 말야, 옹 아저씨. 우린 이 일을 담임선생님한테 말해야 하나 어쩌나 고민하고 있었어요."

이제야 이야기가 본론으로 들어갔다.

"뭐 하러 그런 쓸데없는 일로 골머리를 싸매냐? 그러다 대머리 될라. 초등학생이 대머리 되면 어쩌려고."

"어유, 말하는 것 좀 봐. 옹 아저씨야 책임이 없으니까 그런 말이 나오겠지만, 이 애한테는 중요한 문제라구요."

"뭐가?"

"뭐가라뇨? 편식을 하면 아무래도 몸과 마음의 성장에 안 좋은 영향을 주잖아요."

"너, 그런 건 어디서 배웠냐?"

"이 정도는 상식이죠."

상식이란 건 애당초 믿을 게 못 돼, 하고 옹 아저씨는 말했다.

"뭐, 너희들이 무슨 말을 하는지는 알겠지만, 뭘 좋아하고 싫어하는 건 하루아침에 만들어진 게 아냐. 자기 체질, 부모의 교육, 환경의 영향, 이런 것들이 한데 섞여 이루어진 거라고. 편식 습관은 고쳐야 하겠지만, 꼭 지금 당장 고칠 필요는 없어. 하여튼 학교 선생들은 앞뒤가 꽉 막혀서……."

쉿, 하고 여학생이 허둥지둥 옹 아저씨의 말을 막았다.

"옹 아저씨, 그러다가 잘려요. 옹 아저씨는 너무 과격하다니까."

이건 진실이라고, 진실. 옹 아저씨는 태연하다.

"편식 습관을 당장에 고쳐주지 않으면 자기가 찜찜한 거야. 아이들보다는 자기 기분이나 체면이 더 중요하니까."

여자아이가 걱정하는 것도 무리는 아니다. 옹 아저씨는 교사에게 모질고 혹독하다.

"이 애는 가엾은 희생양이야. 너, 이름이 뭐니?"

"하루나요."

가엾은 희생양이 대답했다.

생각지도 않은 아군이 나타나자 하루나는 표정이 밝아졌다.

6학년 남학생이 불만스레 중얼거렸다.

"괜히 말 꺼냈어. 옹 아저씨는 늘 무책임해."

"무책임한 인생이 얼마나 편한데 그러냐?"

옹 아저씨는 천연덕스럽다.

"우리, 이제 어떡하지?"

남학생이 막막한 얼굴로 말했다.

"뭘 어떡해?"

"뭘 어떡하냐뇨? 우린 날마다 이 애가 남긴 걸 청소해야 한단 말이에요. 조금은 남 입장에서 생각해봐요, 옹 아저씨."

"청소하면 되잖아."

"내일도, 모레도 해야 된다구요."

"내일도, 모레도 하면 될 거 아냐. 남을 돕는 일인데."

"자기 일 아니라고 말은 잘하네."

그건 말이야……, 하고 옹 아저씨가 말을 이었다.

"이렇게 귀여운 여자아이를 악독하고 냉정하고 잔인한 교사한테서 보호하는 일이야. 사내대장부로서 당연히 해야 할 일이라구."

더는 안 되겠어, 하고 여학생이 말했다.

"옹 아저씨하고 이러고 있다간 날 저물겠어."

벌컥 문이 열렸다.

야마하라 선생님이었다. 다들 얼어붙어 버렸다.

"너희들 여기서 뭐 하니? 어서 집에 돌아가요."

야마하라 선생님은 뭔가 잊은 게 있어서 가지러 온 모양이었다.

"선생님 반 아이들, 아주 예의가 발라요. 누가 시키지도 않았는데 청소를 돕겠다고 나서지 뭡니까."

옹 아저씨가 아이들한테 한쪽 눈을 찡긋해 보였다.

"정말로 이 반 아이들은 모두 착한 것 같아요. 선생님이 잘 지도하신 덕분이겠죠."

"아닙니다, 별 말씀을요."

야마하라 선생님이 말했다. 영 싫은 눈치는 아니다.

자, 어서 돌아들 가요, 하고 말하고 야마하라 선생님은 교실을 나갔다.

"얼굴을 싹 바꾸네, 옹 아저씨?"

6학년 남학생이 어이가 없다는 듯이 말했다.

"옹 아저씨!"

여학생이 발을 쾅 굴리며 옹 아저씨를 흘겨보았다.

"왜 그런 거짓말을 하는 거예요! 누가 청소를 도왔다는 거야? 악독하고 냉정하고 잔인한 교사 앞에서 어떻게 그런 말이 술술 나와요? 역시 옹 아저씨는 그것밖에 안 되는 사람이야."

"맞아, 난 이것밖에 안 되는 사람이야."

옹 아저씨는 느긋이 받아넘겼다.

"난 입에서 나오는 대로 아무 말이나 내뱉는 사람, 경멸해요."

여학생도 만만치 않다.

"사람은 원래 경멸당하는 게 더 나아. 소설가인 내 친구는 남들이 너무 존경하니까 어깨가 무거워 죽겠다면서 존경받기보다는 사랑받고 싶다고 울더라."

옹 아저씨에게는 도무지 말이 안 먹힌다.

"어이 아저씨는 진짜 재미있어."

다케가 말했다.

"응, 재미있어."

린타로도 고개를 끄덕였다.

대화 내용은 충분히 이해하지 못해도 옹 아저씨의 독특한 성격은 아이들 나름대로 이해할 수 있었다.

"저기, '어이 아저씨'가 아니라 '옹 아저씨' 아냐?"

한 박자 늦게, 아오퐁이 말했다.

"뭐?"

다케는 한동안 어리둥절해하다가 참, 그렇지, 하고 고개를 끄덕였다.

"나, 이제 집에 가도 돼?"

하루나가 가방을 집어 들었다.

"야, 야, 이러면 안 되지."

6학년 남학생이 허둥지둥 하루나를 말렸다.

"너, 되게 고집 세구나?"

남학생이 말했다.

"앞으로는 급식을 남기지 않겠다고 우리하고 약속하는…… 거 무린가? 무리겠지?"

이렇게 말하고, 남학생은 한숨을 쉬었다.

하루나가 또 다시 풀 죽은 얼굴을 했다.
리에가 말했다.
"가끔씩 린타로짱이 하루나가 싫어하는 반찬을 먹어줘."
"어이, 오제 린타로!"
옹 아저씨가 큰 소리로 말했다.
"아이, 깜짝이야. 왜 갑자기 소리는 지르고 그래요?"
하고 여학생이 말했다.
"오제 린타로, 아주 괜찮은 녀석이야."
"하지만 팥밥이랑 피망은 린타로짱도 싫어하니까 책상 속에 들어 있는 거예요."
"에이, 그럼 아무 소용없잖아."
남학생이 실망스레 말했다.
"왜 그런 말을 해? 중요한 건 난처해하는 사람을 도와주려는 마음 아냐?"
"하지만 실제로 변하는 건 아무것도 없잖아요."
남학생이 옹 아저씨한테 화를 냈다.
"그렇지 않아. 문제는 마음이라구. 너희들도 오제 린타로의 발톱만큼이라도 본받아봐."
끝까지 함께 고민해주나 했더니, 옹 아저씨는 이 말을 남기고는 휘파람을 불며 교실을 나가버렸다.
아주 괜찮은 녀석이라고 옹 아저씨에게 칭찬을 듣기는 했지만, 린타로의 인생에도 굴곡은 있다.
린타로에게는 친할아버지와 친할머니 말고도 외할아버지와 외

할머니가 있다.

메이의 아버지는 출판사의 부장을 지냈던 사람으로 독서가였다.

린타로가 읽은 그림책이나 동화책 대부분은 메이의 친정아버지인 혼다 게이시의 서재에서 빌린 것이다. 한 달에 한두 번, 메이와 린타로는 외할아버지 집을 찾는다. 그 때마다 책을 빌려온다.

린타로는 나오지로를 할아버지, 게이시를 게이 할아버지라고 부른다.

어느 날, 린타로는 게이 할아버지 집에 혼자 가겠다고 말했다.

게이 할아버지의 집은 전철로 두 정거장 거리에 있다.

"너 혼자 전철 탈 수 있겠어?"

메이가 물었다.

"탈 수 있어."

"엄마가 마침 일이 있어서, 너 혼자 갈 수 있다면 고맙긴 하지만……"

"돈 줘."

"정말로 혼자 할아버지 집에 갈 거야?"

"갈 거야."

누가 봐도 린타로는 야무진 아이라고 메이는 생각한다. 이제 초등학생이고 이쯤에서 혼자 전철을 타보는 것도 공부가 될 수 있다.

메이는 그렇게 판단했다.

메이는 린타로에게 100엔을 건넸다.

"할아버지 집까지 차비가 40엔이니까 왕복이면 얼마지?"

"80엔."

린타로는 돈 계산은 빠르다.

"나머지는?"

"20엔."

"혹시 무슨 일이 생기면 20엔으로 집에 전화를 거는 거야, 알았지?"

"응."

린타로는 고개를 끄덕이고는 말했다.

"전화 안 걸면 그 20엔 내가 가져도 돼?"

"좋아. 20엔이 남았다는 건 아무 일도 없었다는 거니까, 상으로 줄게."

그 때 메이는 얘가 왜 이렇게 돈을 밝히지? 하고 생각하기는 했지만, 딱히 마음에 두지 않은 채 린타로를 배웅했다.

린타로는 역으로 갔다. 대합실이 아니라 플랫폼 끝으로 가서 철책에 기대어 전철을 구경하는 척했다.

이윽고 전철이 플랫폼으로 들어왔다.

린타로의 눈이 역무원을 좇고 있다. 역무원의 시선이 멀어진 순간, 린타로는 잽싸게 철책 사이로 빠져나가 눈 깜짝할 사이에 전철에 올라탔다.

내릴 때는 다른 방법을 썼다.

린타로는 미리 계획을 짜두었다. 자기 부모 나이쯤 되는 사람 옆에 딱 붙어서 걸으며 시침뗀 얼굴로 개찰구를 빠져나갔다. 다른 동네니까 역무원이 자기 얼굴을 기억하고 있을 리가 없다고 생각했던 것이다.

무임승차에 세 번 성공했다. 네 번째는 아슬아슬했다. 갈 때는 별 탈 없었지만 돌아올 때는 고비를 겪었다.

린타로는 전철에서 내려 철책 밑을 빠져나가려고 했다. 날랜 생쥐처럼 움직였지만, 들킬 때는 들키는 법이다.

"얘야, 그리로 내리면 안 돼."

역무원의 목소리가 날아왔다.

린타로는 목소리의 주인을 보았다. 이 역에 근무하는 역무원은 두 사람이다. 그 중 나이가 많은 쪽이었는데, 푸근한 인상을 주는 사람이었다.

"어, 여기서 내리면 안 돼?"

린타로는 짐짓 얼떨떨한 얼굴을 했다.

"안 되다마다. 큰일날 아이구나."

흐음, 하고 고개를 끄덕이며 린타로는 개찰구 쪽으로 걸어갔다.

"보호자는?"

역무원이 물었다.

"저쪽. 먼저 내렸어."

린타로는 거짓말을 했다.

"표는 엄마가 갖고 계시니?"

린타로는 여간내기가 아니었다.

"나, 어린이집에 다녀."

또 한 번 거짓말을 했다.

"그럼, 표는 없겠구나."

"응."

역무원은 감쪽같이 속아 넘어갔다.

"책을 많이 갖고 있구나."

"응. 우리 할아버지 집에 무지무지 많아."

"음, 아주 좋아. 어릴 때 책을 많이 읽어야 훌륭한 사람이 되지."

"우리 할아버지가 그러는데 책은 즐겁게 읽는 게 좋대."

"아, 그래? 이거, 너한테 한 수 배웠구나."

이 역무원은 더없이 선량한 사람이었다.

그 날 메이는 사흘 내리 도쿄에서 일한 뒤에 하루 휴가를 얻었다. 집안일이 쌓여 있었다. 빨래를 마치고 청소를 시작했다. 린타로의 책상을 치우다가 '그것'을 발견했다.

평소에 메이는 린타로의 방을 린타로가 직접 치우게 한다. 자신이 직접 치우는 일이 거의 없었지만, 그 날은 왠지 책상 위에 어질러져 있던 물건들이 눈에 거슬려 서랍에 넣으려고 했다. 그 때 서랍 안쪽에서 '그것'을 발견한 것이다.

미러맨과 실버가면(둘 다 1970년대 초에 큰 인기를 얻었던 만화 주인공-옮긴이) 지우개였다. 미러맨 지우개는 반투명했고 실버가면 지우개는 은빛이었다.

그 무렵 이런 지우개가 처음 나왔다. 아이들한테 인기가 좋았다.

메이는 린타로에게 이것을 사준 기억이 없다. 메이나 소지로는 아이한테 불필요한 물건을 사주지 않는 편이다.

메이는 깜짝 놀랐다.

지우개는 모두 새것으로 사용한 흔적이 전혀 없다.

메이는 지우개 두 개를 쥐고 바닥에 주저앉았다. 심장이 뛰었다.

처음에는 린타로가 할아버지 댁에서 받은 용돈으로 샀을지도 모른다고 생각했다. 그러나 친할아버지도 외할아버지도 린타로에게 용돈을 주는 일이 거의 없다. 그래도 혹시나 싶어 전화를 해보았다. 메이의 짐작대로 린타로에게 돈을 주지 않았다고 했다.

"왜 그러니? 무슨 일 있어?"

전화기 너머에서 그런 말이 들렸지만, 메이는 나중에 다시 걸겠다며 허둥지둥 전화를 끊었다.

그 뒤로 메이는 안절부절못했다.

생각이 자꾸만 나쁜 쪽으로 흐른다. 생각을 고쳐먹기도 한다. 아무리 그래도 린타로는 나쁜 짓을 할 아이가 아냐.

그렇게 믿으려고 했다. 하지만 이내 먹구름이 몰려왔다. 충동이라는 말이 떠올랐다. 메이는 숨을 쉬는 것이 고통스레 느껴졌다.

부엌에 가서 찻물을 끓였다. 찻잎 넣는 것도 잊은 채 맹물을 마셨다. 떫을 리가 없는데도 떫은맛이 났다.

메이는 앉았다 일어섰다를 되풀이했다. 몇 번이나 당장에 학교로 뛰어가 린타로에게 자초지종을 묻고 싶은 마음을 억눌렀다.

이제나저제나 린타로가 돌아오기를 기다렸다.

린타로가 돌아온 것은 오후 한 시 지나서였다.

"엄마, 나 왔어."

여느 때와 다름없이 기운찬 목소리다.

오랜만에 엄마가 집에서 자기를 맞아주니 린타로 얼굴이 환하다.

메이는 가슴이 옥죄이듯 아팠다.

"간식 줘."

린타로는 늘 그렇듯 무뚝뚝하게 말했다.

"린타로."

메이는 되도록 차분하게 말했다.

"왜?"

"이리 좀 와볼래?"

"왜?"

평소와 다른 메이의 태도에 린타로는 조금 당황한 눈치였다.

"여기 앉아봐."

"왜?"

"아무튼 엄마 앞에 앉아봐."

린타로는 마지못해 메이 앞으로 다가와 가방을 내려놓고 앉았다. 엄마와 아들이 마주 보았다.

"린타로, 엄마가 슬퍼할 일을 하지 않았니?"

"……."

린타로가 메이의 눈을 보았다.

"안 했어."

린타로가 말했다.

"정말로 엄마가 슬퍼할 일은 하지 않았어?"

아주 잠깐이었지만 린타로는 멈칫 했다. 메이는 그렇게 느꼈다.

"안 했어."

린타로가 대답했다.

"그래?"

메이는 나직이 말했다.

"린타로, 이건……"

메이는 지우개 두 개를 린타로 앞에 내밀었다.

"뭐지?"

얼마 뒤에 린타로가 대답했다.

"얻었어."

"누구한테?"

"친구한테."

"그 친구 이름 말해볼래?"

"……"

린타로는 눈길을 떨어뜨렸다.

린타로의 숨소리가 커졌다.

"친구 이름, 말할 수 없어?"

"……"

린타로의 숨소리가 거칠어졌다. 어깨가 심하게 들썩이기 시작했다.

오랜 시간이 지난 것처럼 느껴졌다.

메이는 아! 하고 나직이 비명을 질렀다.

린타로의 바지가 젖기 시작하더니 순식간에 바닥까지 젖어들었다. 멈추려 해도 멈출 수 없었으리라.

"린타로, 너……"

린타로는 허공을 노려보며 견디려 하고 있다. 눈에 눈물이 그렁그렁했지만 울지 않으려고 애쓰는 듯 눈을 한껏 부릅뜬 채 꼼짝도 하지 않는다.

메이는 그 때 린타로에게서 함부로 다가설 수 없는 뭔가를 느꼈다.

린타로는 그 누구의 그 어떤 꾸중보다 한층 더 강한 충격을 스스로 만들어내 자신을 때리고, 그 충격을 견뎌내려 하고 있었다.

메이는 일어섰다. 자리를 피해주었다.

부모로서 할 일이 무엇인지 충분히 알고 있었다. 그러나 메이는 굳이 그러지 않았다. 린타로가 스스로를 엄하게 나무라고 있다면 린타로의 생각을 존중하고 묵묵히 지켜보기로 했다.

메이는 식탁으로 가서 의자에 앉았다. 긴 시간이었다. 메이는 지그시 견뎠다. 자식을 나무라는 것보다 나무라지 않는 것이 얼마나 괴로운 일인지 뼈저리게 느꼈다.

30분 남짓 지났을까. 메이는 수건을 더운물에 적시고 꼭 짜서 린타로에게 갔다. 린타로를 일으켜 세워 바지와 팬티를 벗겼다. 린타로는 가만히 몸을 맡겼다. 메이는 따뜻한 수건으로 린타로의 몸을 닦아주었다.

"엄마는…… 린타로를……."

메이는 가슴이 꽉 메었다.

"린타로를…… 믿으니까……."

처음으로 눈물이 났다.

린타로는 메이의 눈물을 가만히 보고 있었다.

옷을 갈아입히고 메이가 말했다.

"간식 먹을래?"

린타로는 고개를 저었다.

"그래."

메이는 린타로의 기분을 존중했다.

린타로는 마루에 웅크리고 앉았다. 뒷모습이 유난히 조그마해 보였다.

"엄마, 장 봐 올게."

린타로는 움직이지 않는다.

"그 동안 린타로도 생각해보고 있어."

린타로는 듣고 있다.

"지우개를 어디서 어떻게 샀는지, 무슨 돈으로 샀는지……."

린타로는 온몸으로 메이의 말을 듣고 있다.

"엄마한테 차근차근 얘기할 수 있도록 정리하고 있는 거야."

역시 린타로는 움직이지 않는다.

"알았지?"

그제야 린타로가 끄덕 고갯짓을 했다.

그 날 밤 늦게, 메이는 소지로 앞에서 또 한 번 눈물을 흘렸다.

"린타로가 거짓말을 하고 부모 몰래 물건을 산 것도 충격이지만, 내가 자기 자식이 어떤 아이인지도 제대로 모르는 한심한 부모였다는 게 더 충격이야."

메이의 눈이 새빨갰다.

"난 린타로가 다른 애들보다 씩씩한 아이인 줄 알았어. 엄마가 나무란다고 소변을 지릴 정도로 감정이 섬세한 아이일 줄은 꿈에도 몰랐어, 난."

소지로는 묵묵히 듣고 있다.

"지금까지 자기 아이를 제대로 몰랐다는 건 부모로서 잘못이잖아. 더구나 그렇게 감정이 섬세한 아이를 전혀 다른 아이 대하듯 했으니 그 애, 여태껏 나 때문에 상처를 얼마나 많이 받았을까?"

내가 한마디 해도 될까? 소지로가 말문을 열었다.

"부모도 사람이야. 신이 아니라구. 당신 생각에 이러쿵저러쿵 말하고 싶지는 않지만 당신처럼 생각한다면 누가 부모 노릇을 할 수 있겠어?"

"……."

"오늘 당신 이야기를 들으니 나도 꽤 혼란스러워, 솔직히 말해서. 그 점은 당신이나 나 똑같지만, 내가 당신과 다른 게 있다면 그 애도 이제 인간이 되어가고 있는 거라고, 조금은 객관적으로 생각할 수 있다는 점이야."

좀더 자세히 얘기해줘, 하고 메이가 말했다.

"쉽게 말해서, 사람은 나쁜 짓도 저지르면서 인간이 된다는 말이야. 욕망에 굴복해 부끄러운 짓을 저지르면서 자신을 알아가는 거지. 안 그래?"

메이는 가만히 생각하고 있었다.

"당신은 린타로를 잘 몰랐다고 했는데, 나는 좀 다른 의미에서 그런 생각을 했어."

"무슨 말이야?"

"당신은 린타로를 씩씩한 아이라고 했지? 뭐, 팔은 안으로 굽는다지만 어쨌거나 린타로는 특별한 데가 있다고도 했고."

"특별하다는 말 속엔 린타로의 나쁜 점까지 포함되어 있어."

"그래도 장점이 더 많지 않나?"

"하긴, 고슴도치도 제 자식은 예뻐하니까."

메이가 중얼거렸다.

"린타로 덕분에 나는 지극히 당연한 사실을 새삼 깨달았어."

소지로가 말했다.

"녀석은 어른을 감쪽같이 속일 수 있는 꾀를 갖고 있어. 그런가 하면 또 부모 앞에서 오줌을 지려버릴 만큼 소심하기도 하지. 린타로는 특별한 인간이 아냐. 특별한 아이가 아니라구. 착한 일도 하지만 나쁜 짓도 저질러. 강한 면도 있고 약한 면도 있어. 보통 아이야."

"응. 그럴지도 몰라."

메이도 수긍했다.

"나는 그 녀석 덕분에 중요한 사실을 깨달았어. 세상에 특별한 인간은 없다는 거. 사람은 자신의 어떤 부분을 성장시키느냐에 따라 저마다 개성이 달라지잖아? 그러니까 모든 사람에게는 인간으로 자라날 씨앗이랄까, 바탕이랄까, 그런 건 공평하게 주어져 있다고 생각해."

"무슨 말인지 대충 알겠어."

하고 메이가 말했다.

"자기 얘기를 듣고 나니까 소노코 선생님이 얼마나 훌륭한 분인지 새삼 알 것 같아."

"무슨 말이야?"

"소노코 선생님은 곧잘 이런 말을 했어. 자기는 린타로를 어떻

게 하려는 생각으로 린타로를 대하지 않는다고. 좀더 많이 린타로와 만나고 싶다는 생각, 좀더 다른 린타로와 만나고 싶다는 생각으로 린타로를 대할 뿐이래."

"흐으음."

"선생님 자신은 초보 교육자라고 말씀하시지만."

절대 그렇지 않아, 하고 소지로가 말했다.

"응, 아이들을 넓이를 가진 인간, 깊이를 가진 인간으로 바라보는 눈을 가진 대단한 분이셔. 엄마인 나보다 린타로를 훨씬 더 잘 알고 계신걸."

"그런 분이 초등학교나 중학교에 좀더 많으면 좋을 텐데."

"그러게 말야."

둘은 잠든 린타로를 보았다.

"당신, 이런 말 한 적 있지? 제비뽑기로 린타로를 뽑았다고 생각해보라고."

메이가 끄덕거렸다.

"우리 말야, 꽤 괜찮은 녀석을 뽑은 것 같아."

"그렇게 생각해?"

"당신 이야기를 듣고 다행이다 싶은 게 두 가지 있어. 하나는 린타로가 남의 돈을 훔친 것이 아니라는 점이야. 물론 칭찬할 일은 아니지만, 어쨌든 나름대로는 돈을 손에 넣느라 애썼으니까. 그리고 또 하나는 오줌을 지릴 정도로 자기가 한 행동이 어떤 것인지 정확히 알고 있다는 점이야."

메이가 말했다.

"자기, 내일 아침에 린타로한테 한마디 할 거야?"
"해야지."
"뭐라고?"
"엄마와 마찬가지로, 아빠도 네가 한 행동을 슬퍼하고 있다고. 그리고 엄마와 마찬가지로 너를 믿는다고."
"고마워."
하고 메이가 말했다.

* * *

린타로에게는 길다면 길었을 1학기가 드디어 끝났다. 야마하라 선생님도 린타로라는 아이 때문에 한 학기 동안 이토록 많은 시행착오를 겪기는 처음이었다.

여름방학이 시작되자 린타로는 생기를 되찾은 듯 보였다.

학교는 방학이지만 어린이집은 열려 있다.

소노코 씨의 배려로 졸업생에게도 어린이집이 개방되었다. 린타로는 물론이고 다케와 아오퐁 같은 많은 아이들이 질리지도 않고 어린이집을 찾아왔다.

"돈을 받아야 돼."

다쓰로가 투덜거렸다.

"여긴 아이들의 해방 공간이라구요."

게이코 선생님이 말했다.

소노코 씨는 늘 그렇듯 하루 종일 생글생글 웃고 있다.

아이들은 약았다. 간식 시간을 노리고 오는 아이가 많다.

"정말로 햇빛에 고구마가 구워져?"

"정말로 구워진다니까. 이런 단순한 알루미늄 상자만 있으면 돼. 이걸 발명한 사람은 진짜 머리가 좋은 사람일 거야."

에리 선생님이 말했다.

아이들은 알루미늄 포일로 만든 태양열 오븐 대여섯 개를 방 밖에 나란히 놓고 고구마가 구워지기를 기다렸다.

"그래서? 린타로가 야마하라 선생님한테 칭찬받은 얘기, 계속해봐."

에리 선생님이 재촉했다.

"7월에 수영 시간이 있었어. 그런데 그 때마다 날씨가 나빠서 다들 수영 시간에 그냥 쉬었어."

"추워서?"

"응. 입술이 보라색으로 변해서 덜덜 떠는 아이도 있었는걸. 추울 때는 수영장 문을 닫았으면 좋겠어."

리에도 학교에 불만이 있는 아이 가운데 하나인 모양이다.

"그리고 헤엄칠 줄 아는 아이도 별로 없어."

"거의 다 맥주병이야."

다케도 한마디 거들었다.

하나에서 열까지 손으로 직접 만든 륜예 어린이집에 딱 하나 어울리지 않는 것이 있다. 바로 수영장이다. 가로가 4미터, 세로가 10미터로 어린이집 수영장치고는 꽤 큰 편이다. 이 수영장은 어린이집의 실질적인 설립자인 겐타로 씨의 바람에 따라 만들어졌다.

"헤엄을 못 치는 것은 걷지 못하는 것과 매한가지야. 요즘 사람들은 죄다 약해빠졌어. 애들을 그런 사람으로 키워서는 세상에 면목이 안 서지."

겐타로 씨는 그렇게 말했다. 그의 바람대로 졸업생 가운데 맥주병은 없다.

린타로와 아이들은 3년 동안 이 수영장에서 물놀이를 하며 수영을 배웠다. 여름에는 산과 바다에서 야영을 했다. 수영장에서 익힌 수영 솜씨를 강이나 바다에서 실습했다. 다른 아이들보다 두 배, 세 배로 활발하게 몸을 움직이는 아이로 자라났다. 그 중 가장 대표적인 아이가 바로 린타로다.

리에가 말했다.

"린타로는 언제나 기운이 넘치는구나, 했어."

"야마하라 선생님이 그렇게 말했다고?"

"응. 차가운 물 속을 어쩌면 그렇게 신나게 돌아다닐 수 있냐고도 했어."

에리 선생님이 린타로에게 물었다.

"야마하라 선생님이 그렇게 말했대. 린타로, 알아?"

"몰라."

린타로가 큰 소리로 대답했다.

"룬예 어린이집 아이들은 다들 씩씩하지?"

"응. 다들 씩씩해. 린타로가 제일 씩씩해."

하고 가요코가 말했다.

"추울 때는 물 속에서 마구 움직여야 돼."

린타로가 말했다.
"마구 움직이면 몸에 열이 나서 따뜻해진다고 말해줘도 소용이 없어. 춥다, 춥다 하면서 벌벌 떨기만 해. 바보."
'바보'라는 말을 한다는 건 린타로가 아주 기분이 좋다는 뜻이다.
"와, 린타로, 야마하라 선생님한테 칭찬도 듣는구나."
게이코 선생님이 말했다.
린타로는 벌받기 대장, 야단맞기 대장으로 통한다.
그런 린타로가 선생님에게 칭찬을 들었다는 게 너무 기뻐서, 게이코 선생은 그렇게 말한 것이리라.
"있잖아……"
"응, 말해봐, 리에."
"야마하라 선생님은 린타로짱을 자주 야단치지만, 내가 볼 때 야마하라 선생님은 린타로짱한테 관심이 있는 것 같아."
에리 선생님과 게이코 선생님이 서로 얼굴을 마주 보았다.
"어머, 그래? 리에는 왜 그렇게 생각해?"
"그건……"
리에는 잠깐 생각했다.
"있잖아, 접때 미술 시간에 깡통으로 만들기를 했어. 린타로짱이 기린을 만들었는데, 야마하라 선생님이……"
"야마하라 선생님이 뭐랬는데?"
"참 재미있구나, 했어. 선생님 달라면서 가지고 갔어."
에리 선생님이 린타로에게 물었다.
"린타로, 그거 기억나?"

"기억 안 나."

역시 린타로는 큰 소리로 대답했다.

"거짓말. 다 기억하면서."

에리 선생님이 말했다.

"그리고……."

"그리고 또 있어?"

"응, 또 있어."

하고 리에가 말했다. 하고 싶은 얘기가 무지무지 많은 얼굴이다.

"소풍 갔을 땐데, 소풍 가면 도시락을 먹잖아."

"응, 그래. 가장 신나는 시간이지."

"린타로짱이랑 나랑 가요코랑 다케랑 가즈미치랑, 으응, 또 도시하루랑 아오퐁이랑…… 선생님들은 잘 모르는 아이인데, 스기모토 하루나라는 애랑 같이 도시락을 먹었어."

"응, 그래서?"

"야마하라 선생님이 우리한테 와서 린타로 옆에 앉았어."

이번에도 에리 선생님과 게이코 선생님이 얼굴을 마주 보았다.

"야마하라 선생님이 뭐랬는데?"

"우리 도시락을 보고 맛있겠다고 했어."

그 때 일이 떠오른 듯 맞아, 맞아, 하고 다케와 아오퐁이 고개를 끄덕였다.

"린타로짱이 쇠고기로 아스파라거스를 싸서 이쑤시개로 콕 찍어놓은 반찬을 이거, 하면서 선생님한테 내밀었어."

여자아이답게 관찰력이 꽤 뛰어나다.

"야마하라 선생님한테 드렸다고?"

"응."

에리 선생님과 게이코 선생님은 무심결에 린타로의 얼굴을 보았다.

"나도 주고 싶었는데…… 말을 하려니까 좀 부끄러웠어. 린타로 짱은 그런 말을 술술 할 수 있어서 부러워."

에리 선생님은 리에의 머리를 쓰다듬어 주었다.

린타로는 그런 아이다. 리에의 눈은 정확하다.

에리 선생님은 기뻤다. 그렇게 린타로에게 다가간다면 틀림없이 린타로의 장점을 알 수 있으리라.

"고구마, 아직 다 안 익었어?"

린타로가 큰 소리로 물었다.

화제가 자기에게 집중되는 것이 쑥스러운 것이다.

"아직 20분은 더 기다려야 돼."

에리 선생님이 시계를 보며 말했다.

"고구마 익으면 나 혼자 다 먹어야지."

린타로가 짓궂게 말했다.

그 날 아이들이 돌아간 뒤, 어린이집 선생님들 사이에 린타로 이야기가 한바탕 화제에 올랐다.

"누구든 언젠가는 린타로의 장점을 알게 될 거야."

세이코 선생님이 말했다. 립스틱 사건으로 린타로에게 빚을 진 만큼 누구보다 린타로에 대한 믿음이 강하다.

"그럴까?"

"그래요."

"나는 아직 야마하라 선생님을 못 믿겠어요."

에리 선생님이 말했다.

"오늘 리에 얘기를 듣고 그 선생님이 린타로를 이해하려고 애쓴다는 건 알았지만, 그건 선생님으로서 너무 당연한 일 아니에요? 그 정도 노력으로 린타로를 정말로 이해할 수 있을 리가 없어요."

에리 선생님은 린타로 때문에 이만저만 고생하지 않았다. 너무 쉽게 린타로를 이해해 버린다면 자기가 너무 억울하다는 마음이었으리라.

"뭐, 아무튼 다행이잖아요. 야마하라 선생님은 글자 그대로, 아니 별명 그대로라고 해야 하나? 마귀할멈 같은 사람이라고 막연히 생각했는데 인간미도 있네요."

유미코 선생님의 표현이 재미있어서 다들 쿡쿡 웃었다.

"참, 그건 그렇고, 리에도 참 대단하지 않아요?"

히데미 선생님이 말했다.

"예전에 학교 다닐 때 어떤 교수님이 어린이의 감수성은 어른보다 백 배는 예민하다고 생각하라고 하셨는데……."

"무슨 뜻이에요?"

"어떤 일로 슬픔을 겪을 경우, 똑같은 일로 슬퍼하더라도 아이들은 어른보다 백 배는 더 슬퍼한다고 생각하라는 거죠. 물론 기쁜 일도 마찬가지고요."

"흐음, 무슨 말인지 알 것 같아."

"리에는 린타로가 술술 말을 할 수 있다고, 다시 말해서 스스럼

없이 말을 할 수 있다고 했잖아요? 그 감수성도 대단하지만, 그런 린타로를 부러워하는 건 더욱 대단한 일 같아요. 그러니까……."

히데미 선생님은 꽤 흥분했다.

"아이들은 누구나 그런 상냥한 마음을 갖고 있어요. 그걸 어떻게 표현하느냐가 다를 뿐이죠."

"훌륭한 어린이관이에요!"

하고 세이코 선생님이 말했다.

"맞아요!"

유미코 선생님은 뭔가 대단한 발견이라도 한 듯 말했다.

"우리는 흔히 아이들이 착하고 상냥하다고 말하죠. 하지만 그건 겉만 보고 하는 말이에요."

유미코 선생님이 말을 이었다.

"어린이와 함께 있는 사람은 눈에 보이는 상냥함보다 눈에 보이지 않는 상냥함을 더욱 유심히 살펴봐야 해요."

"유미코, 정말 훌륭한 말이야."

에리 선생님이 조금 과장스레 말했다.

"맞아요, 맞아."

유미코 선생님이 에리 선생님의 가슴을 톡톡 쳤다. 다들 빙긋 웃었다.

"그러니까 유미코 말은……."

에리 선생님이 말을 꺼냈다. 선생님들은 젊다. 아이들이 없는 자리에서는 곧잘 스스럼없이 서로의 이름을 부른다. 그만큼 이 어린이집 선생님들이 개방적이라는 뜻이리라.

"아이들 내면에 있는 보이지 않는 상냥함을 보자, 그 상냥함이 겉으로 드러날 수 있도록 이끌어주자, 이 말이지?"

"맞아. 에리는 역시 이해가 빨라."

"그렇지?"

에리 선생님과 유미코 선생님이 웃으며 서로 손바닥을 마주쳤다.

"그래요, 린타로를 이해한다는 건 그 애의 내면까지 이해한다는 말이에요."

하고 게이코 선생님이 말했다.

"야마하라 선생님은 아직 그 수준에 이르진 못했을걸요? 좀 잘난 척하는 말 같지만."

에리 선생님이 말했다.

"물론이죠. 아직 무리야. 이제 겨우 시작인걸요."

"하지만 그걸로도 충분해요. 서로 등을 지고 있던 때하고는 하늘과 땅 차이잖아요."

"하긴 그래요. 우리도 린타로를 이해하기까지 시간이 걸렸으니까."

그 때 륜예 어린이집 선생님들의 표정이 밝았던 것은, 이제 시작이라고는 해도 린타로의 학교생활에 빛이 비칠지 모른다는 생각 때문이었다.

그 때 우연히 다쓰로가 지나가자, 선생님들이 다쓰로를 불렀다. 린타로 일이니까 다쓰로에게도 말해주자는 생각이었다.

"린타로는 어떤지 모르겠지만, 내 경우엔 굉장히 힘들었어. 싫은 선생한테는 싫은 기억밖에 없거든. 지난번 동창회에 갔다가 이런 얘기를 들었어. 내 친구 녀석 말이, 그 선생이 나한테 꽤 신경을 썼다는 거야. 야단도 많이 쳤지만 칭찬도 했대. 나를 걱정해주는 느낌이었다나? 그래서 그 친구는 내가 부러웠다는 거야. 하지만 나는 하나도 기억 안 나. 기억나는 건 죄다 끔찍한 것들뿐이라구."
 선생님들은 다시금 얼굴을 마주 보았다.

 여름방학은 눈 깜짝할 사이에 지나가버렸다.
 다시 지긋지긋한 학교에 다녀야 하는구나. 그런 느낌이겠거니 했는데, 린타로는 생각보다 기운차게 집을 나섰다.
 메이는 한시름 놓았다.
 여름방학 동안 마음껏 놀아서 충전이 된 건지도 모른다.
 담임인 야마하라 선생님도 같은 생각을 했다.
 린타로는 예습은 물론이고 복습도 하지 않는다.
 교과서를 꺼내
 "읽어볼 사람."
하고 말해도 손을 드는 법이 없다.
 린타로가 그렇게 된 데에는 자기 잘못도 있다고, 야마하라 선생님은 내심 반성하고 있었다.
 야마하라 선생님은 책 읽을 때의 자세를 처음부터 엄격하게 가르쳤다. 올바른 책읽기 자세 사진이 있다. 칠판 위에 그 사진을 붙여 놓았다. 그 사진을 보고 책을 잡는 위치, 시선의 각도를 잘 기억하라고 했다.
 린타로는 책을 읽으면서 흘낏흘낏 사진을 쳐다보았다. 그래서는 도저히 책을 제대로 읽을 수 없다.

사진을 보는 동안 책에서 눈이 멀어진다. 눈이 멀어지면 책 읽는 소리가 끊어진다. 린타로는 생각했다. 그래, 그럴 때는 말을 길게 늘이면 되겠다.

"파도가 미일려어 온다. 아이이드으을의 파도가 미일려어 온다. 그 뒤이에에 오는 것은 어어머니들의 파아도오……."

이런 식으로 읽게 된다.

아이들은 깔깔거렸고, 야마하라 선생님은 대뜸 나무랐다.

"누가 책을 그렇게 읽으랬죠?"

린타로는 기분이 상했다.

"나, 책 안 읽어."

교과서를 책상 위에 던지듯이 내려놓고 앉아버렸다.

야마하라 선생님은 린타로가 교과서를 술술 읽는 것을 딱 한 번 들은 적이 있다. 안타깝게도 수업 시간은 아니었다.

학교

나는 학교가

좋다.

운동장이 넓어서

좋다.

선생님이 상냥해서

좋다.

놀 것이 많아서

좋다.

친구가 많아서
좋다.
나는 학교가
너무너무 좋다.

린타로의 목소리가 야마하라 선생님의 귀에 들렸다.
"학교. 나는 학교가 싫다. 운동장이 좁아서 싫다. 선생님이 화를 내서 싫다……"
야마하라 선생님은 쓴웃음을 지었다. 아이들의 웃음소리도 함께 들린다.
"놀 게 너무 없어서 싫다. 친구들이 너무 얌전해서 싫다. 나는 학교가 싫다."
박수 소리도 들렸다.
린타로는 어떤 식으로든 반드시 기분을 푼다.
아이들한테 비웃음을 산 뒤로 교실에서는 책을 읽으려 하지 않던 린타로가 2학기에 접어들어 스스로 손을 들었다.
국어 시간이었다.
어쩐 일이지? 하고 야마하라 선생님은 생각했다.
"그래, 린타로."
하고 린타로를 가리켰다.
"조금만 읽는 건 싫어. 전부 다 읽을래."
린타로가 말했다.
1학기 같았으면 야마하라 선생님은

"억지 부리면 못써요."
하고 나무랐을 것이다.

　야마하라 선생님은 잠깐 생각한 뒤에
"좋아요, 린타로는 지금까지 책을 읽지 않았으니까 그 몫까지 합해서 끝까지 읽어봐요."
하고 너그럽게 말했다.

　린타로가 일어나 책을 읽기 시작했다.
"빨간 자동차. 빨간색 예쁜 자동차가 달려갔습니다. 자동차는 견인차와 나란히 달렸습니다.

　'어때, 굉장하지? 나는 더 빨리 달릴 수 있어. 나는 자동차의 왕이니까.'
하고 빨간 자동차가 자랑했습니다. 그리고 쌩하고 견인차를 앞질러 갔습니다……."

　자동차는 덤프트럭을 앞지르고 불도저한테 거치적거린다고 투덜대며 속력을 낸다는 줄거리다.

"그러다 자동차는 스르륵 멈춰 서고 말았습니다. 기름이 떨어져 버린 것입니다.

　'야단났네. 이러면 달릴 수가 없잖아.'

　그 때 견인차가 와서 말했습니다.

　'그렇게 무턱대고 달리니까 그렇지. 내가 주유소까지 데려다 줄게.'

　자동차는 새빨간 얼굴을 더욱 새빨갛게 붉히며 견인차에 끌려 갔습니다."

꽤 긴 글이었는데도 린타로는 거의 막힘없이 읽어 내려갔다.
"잘 읽었어요."
하고 야마하라 선생님이 말했다.
"응."
린타로가 대꾸했다. 칭찬을 듣고 응, 하고 고개를 끄덕이는 아이는 린타로밖에 없으리라.
예습도 복습도 하지 않는 린타로가 어떻게? 하고 야마하라 선생님은 생각했다.
"집에서 읽어보고 왔구나?"
야마하라 선생님이 넌지시 물었다.
"응."
'네'라고 해야지, 라는 말을 야마하라 선생님은 이제 잘 하지 않는다.
린타로는 집에서 교과서를 거의 읽지 않는다. 야마하라 선생님도 그걸 알고 있다.
평소에 교과서라곤 도통 읽어 오지 않는 애가 오늘은 웬일이니? 하고 묻는 것도 너무 노골적이다.
린타로는 야마하라 선생님의 생각을 읽었다.
"옆집 아키 형이 빨간 페어레이디Z(일본 닛산 자동차에서 생산되는 승용차-옮긴이)를 샀어."
"응?"
무슨 말이지? 하고 되묻기도 전에 린타로가 말했다.
"아키 형한테 태워달라고 조르니까, 엄마가 국어 교과서에 '빨간 자동차'라는 글이 실려 있다고 가르쳐줬어."

으응, 그 말이었니? 하고 야마하라 선생님이 말했다.

"그래서 그 부분을 집에서 읽고 왔단 말이지?"

"응. 읽고 왔어."

린타로는 뻐기듯이 대답했다.

거기서 그쳤으면 좋으련만, 린타로는 쓸데없는 짓을 하고 말았다. 부스럭부스럭 가방을 뒤졌다. 오른손에 쥔 물건을 굳이 야마하라 선생님에게 보여주러 갔다.

"이거, 페어레이디Z 미니카야. 아키 형이 줬어."

천진난만하다고 해야 할까? 너무나 스스럼없는 린타로의 태도에 야마하라 선생님은 말을 잃었다. 아이들이 학교에 장난감을 가져오면 잠깐 맡고 있겠다며 받아두지만 이번만큼은 차마 그럴 수가 없었다.

"그래, 좋겠구나. 어서 가방에 도로 넣어요. 린타로의 소중한 물건이잖니."

야마하라 선생님은 가까스로 그렇게 말했다.

"나, 크면 아키 형처럼 페어레이디Z 살 거야."

린타로가 말을 이었다.

"그래, 그래."

야마하라 선생님은 린타로의 어깨를 감싸안다시피 해서 자리에 앉혔다.

그 날 린타로는 활발하게 발표를 했다. 야마하라 선생님의 말도 잘 들었다.

* * *

가을이 되어, 린타로의 학교에서 수업연구대회가 크게 열렸다. 현(縣) 내의 많은 선생님이 찾아왔다.

연구수업이 몇 차례 이루어졌다.

린타로네 반은 공개수업을 하게 되었다. 야마하라 선생님의 수업이 아니라 오랫동안 체계적인 글짓기 지도를 해온 다른 학교 중견 여선생님의 수업이었다.

야마하라 선생님은 내심 걱정이었다. 이유는 린타로다.

린타로가 어떻게 반응할까. 야마하라 선생님은 그 수업이 무사히 끝나기를 빌었다.

10시 조금 지나, 수업이 시작되었다.

교실 뒤쪽은 물론이고 양옆과 복도까지 참관 온 선생님들로 북적였다.

이런 일은 처음이다. 아이들은 안절부절못했다. 두리번두리번 주위를 살피는 아이도 있다. 린타로는 태연했다.

"저는 야마시로 초등학교의 시미즈 기요코 선생님이에요. 여러분과 같이 공부할 수 있게 되어 매우 기쁩니다."

서른을 조금 넘긴 듯한 선생님인데 조금 긴장한 듯 보였다. 말투가 딱딱하다.

그 느낌이 전해져 아이들도 긴장한다.

"글짓기 공부를 하겠어요. 오늘 공부할 것은……."

시미즈 선생님은 칠판에 '자세히 쓰기'라고 적었다.

"어떻게 하면 상세한 글을 쓸 수 있는지 다 같이 공부해보기로 해요. 선생님은 잠깐 교실 밖에 나갔다가 들어올 텐데, 선생님이 다시 교실에 들어와서 한 말과 행동을 잘 보고들은 다음에 그것을 글로 써주세요. 알았죠?"

아이들이 네에, 하고 대답했다.

린타로는 가만히 시미즈 선생님을 바라보고 있다.

시미즈 선생님이 교실을 나갔다.

잠깐 사이를 두었다가, 시미즈 선생님이 문을 활짝 열었다. 교실에 발을 들여놓고는 오른손에 든 빨간 꾸러미를 높이 들어올려 좌우로 흔들었다.

그리고 교탁 앞에 섰다.

"이 속에 뭐가 들어 있을까요? 뭐가 있을 것 같아요?"

아이들은 생각했다. 별로 큰 물건은 아니다.

"사과요."

"안됐지만 사과는 아니에요."

"꽃병이요."

"꽃병도 아니에요."

린타로는 그저 가만히 보고만 있다.

시미즈 선생님이 말했다.

"그럼, 한번 풀어볼까요?"

꾸러미를 풀었다.

"뭐죠?"

"스프레이요."

"그래요. 헤어스프레이예요."
하고 시미즈 선생님이 말했다.
린타로가 큰 소리로 물었다.
"왜 그런 걸 갖고 왔어?"
시미즈 선생님은 못 들은 척했다.
옆에 있던 야마하라 선생님은 가슴이 조마조마했다.
"앞자리에 있는 아이들한테 스프레이를 살짝 뿌려볼까요?"
린타로가 다시 큰 소리로 물었다.
"스프레이는 왜 갖고 왔어?"
"거기 좀 조용히 할래?"
시미즈 선생님이 린타로에게 말했다.
위험해. 야마하라 선생님은 걱정스러웠다.
시미즈 선생님은 수업과 관계없는 질문이라고 판단하고 그렇게 말했으리라. 하지만 린타로가 단념할 리 없다.
아니나다를까 린타로가 소리를 질렀다.
"내가 묻잖아!"
시미즈 선생님은 난처한 듯 말했다.
"왜라니, 딱히 이유는 없어요."
린타로가 모두한테 들리는 소리로 말했다.
"이상해."
시미즈 선생님은 그 말을 무시했다. 얼굴이 붉어졌다. 린타로의 말은 무시했지만 린타로를 강하게 의식하고 있다.
"스프레이를 한번 뿌려보겠어요."

시미즈 선생님은 그렇게 말하고 맨 앞줄에 앉은 여자아이의 머리에 스프레이를 뿌렸다.
"어때요, 냄새 좋죠?"
린타로가 또 말했다.
"우리한텐 냄새 하나도 안 나."
옳은 말이다. 뒤쪽에 앉은 아이들에게는 냄새가 전해지지 않는다.
시미즈 선생님이 뒤쪽으로 가서 스프레이를 뿌렸다.
"어떤 냄새가 나요?"
아이들은 기특하다. 시미즈 선생님의 의도에 따라준다.
"꽃향기 같아요."
하지만 린타로가 망쳐버렸다.
"어우, 지독해."
주위에 있던 선생님들이 웃었다.
누구 봐도 한눈에 알 수 있을 만큼 시미즈 선생님의 얼굴이 뻘게졌다.
야마하라 선생님은 내내 조마조마했다. 자기가 처음 린타로를 만났을 때와 똑같다. 야마하라 선생님은 마치 자기 모습을 보고 있는 것 같아 괴로웠다.
"지금까지 있었던 일을 글로 써보세요. 선생님의 말, 선생님의 행동, 그리고 여러분이 생각하고 느낀 것을 자세히 쓰는 거예요."
시미즈 선생님은 그렇게 말했다.
아이들이 연필을 움직였다.
야마하라 선생님은 후유, 하고 한시름 놓는다. 몸이 땀에 젖어 있다.

10분쯤 지났다.
"자, 이제 슬슬 마무리하세요."
그리고 다시 2분쯤 있다가
"다 썼나요?"
하고 시미즈 선생님이 물었다.
"네."
아이들 대부분이 대답했다.
"어떤 글을 썼을까?"
시미즈 선생님은 책상과 책상 사이를 걸어다니며 말했다.
린타로 옆에 왔다. 물론 린타로도 글을 쓰고 있다.
시미즈 선생님이 린타로의 공책을 들고 재빨리 훑었다.

    시미즈 선생님은 이상한 선생님이다. 우리 엄마보다 조금 더 아줌마다. 스프레이는 왜 가져왔을까?
    내가 물었는데 거기 좀 조용히 할래? 하고 말했습니다. 조용히 하고 있으면 공부를 할 수 없잖아.
    빨간 꾸러미를 흔들면서 교실에 들어왔습니다. 전에 텔레비전에서 본 투우사 같았지만, 별로 멋있지 않았다. 아줌마라서 어쩔 수 없다.
    꾸러미 속에 뭐가 들었냐고 물었습니다. 그걸 내가 어떻게 알아?
    시게루는 사과라고 하고, 세이코는 꽃병이라고 했는데, 둘 다 틀렸습니다. 틀리는 게 당연해.

헤어스프레이는 원래 헤어스프레이인데 뭐냐고 묻는 건 이상해. 나는 시미즈 선생님이 이상한 선생님이기 때문에 그런 거라고 생각했습니다.

여기까지 썼는데 슬슬 마무리하라고 했습니다. 아직 반밖에 못 썼는데. 하는 수 없지, 뭐.

시미즈 선생님은 잠자코 공책을 내려놓았다. 린타로와 눈이 마주쳤지만 아무 말도 하지 않았다.
린타로로서는 쳇, 뭐야? 하는 기분이었을지 모른다.
"자, 누가 한번 읽어볼까요?"
하고 시미즈 선생님이 말했다.
아이들이 손을 들었다. 린타로도 손을 들었다.
시미즈 선생님은 무코이 구미코라는 아이를 가리켰다.
"문이 드르륵 열렸습니다. 선생님은 빨간 꾸러미를 들고 있습니다. 잘 보이도록 머리 위로 들어올렸습니다.
꾸러미 속에 무엇이 들어 있냐고 물었습니다.
사과요, 꽃병이요, 하고 말했습니다.
풀어볼까요? 하고 말했습니다. 스프레이였습니다. 선생님이 앞자리의 아이한테 스프레이를 뿌렸습니다. 좋은 냄새가 났습니다. 꽃 냄새가 났습니다."
다 읽고 나서, 구미코는 쑥스러워하며 자리에 앉았다.
같은 1학년이라도 구미코의 글과 린타로의 글은 상당히 다르다. 구미코의 글에는 린타로와 시미즈 선생님이 나눈 대화가 빠져 있다. 아이 나름으로 선생님을 배려한 것이다.

린타로에게는 그런 분별력이 없다.

반드시 어느 쪽이 좋거나 나쁘다고 할 수는 없지만 개성을 드러내다는 점에서는 큰 차이가 있다.

"잘 썼어요. 글도 또박또박 잘 읽었고요."

시미즈 선생님이 구미코를 칭찬했다.

"다른 사람의 글도 들어볼까요?"

"저요."

"저요."

아이들이 손을 들었다. 그 중에는 린타로도 있다.

시미즈 선생님은 세 아이에게 각각 글을 읽게 했다.

린타로에게는 차례가 돌아오지 않았다.

"맨 처음 발표한 학생의 글이 좋은 것 같으니까 칠판에 옮겨 적어보겠어요."

시미즈 선생님은 무코이 구미코에게 한 번 더 글을 읽게 하며 칠판에 따라 썼다.

"그럼 지금부터 이 글은…… 아, 네 이름은?"

무코이 구미코라는 대답을 듣고, 시미즈 선생님이 말을 이었다.

"자, 이 글의 각 문장은 무코이 구미코가 몸의 어떤 부분을 움직여서 썼을까요? 한번 잘 생각해보세요. 눈일까요, 귀일까요, 코일까요?"

아이들이 고개를 끄덕였다.

"'문이 드르륵 열렸습니다.' 이것은 무엇을 움직여서 썼을까요?"

아이들이 일제히 귀요, 귀요, 귀요, 하고 대답했다.

"맞아요, 귀를 움직여서 썼어요."

시미즈 선생님은 미리 준비해 온 귀 그림을 꺼내 그 글 위에 붙였다.

"다음, '선생님은 빨간 꾸러미를 들고 있습니다.' 이건요?"

눈이요, 눈, 하고 아이들이 대답했다.

수업은 이런 식으로 진행되었다.

하지만 아이들은 긴장감을 오래 유지하지 못했다. 교사의 의도를 이미 읽은 데다 질문에 대한 대답이란 게 기껏해야 눈이나 귀나 코 중 하나로 거의 생각할 필요도 없었기 때문에 점점 수업에 흥미를 잃었다.

다리를 달랑거리거나 한눈을 파는 아이가 많아졌다.

그리고 마지막으로 결정적인 일이 벌어졌다.

" '꽃 냄새가 났습니다.' 이건 뭘까요?"

몇몇 아이가 손을 들었다. 시미즈 선생님이 그 중 한 아이를 가리켰다.

"코요."

하고 그 아이가 대답했다.

"맞아요, 코예요."

시미즈 선생님은 이렇게 말하며 미리 준비해 온 코 그림을 붙이려고 했다.

"아냐!"

우렁찬 목소리가 들렸다.

린타로였다.

시미즈 선생님이 돌아보았다.

"아냐!"

린타로가 한 번 더 소리쳤다. 무시할 수 없다.

"아니라고?"

"아냐."

"그럼, 너는 뭐라고 생각하니?"

"머리."

"……."

시미즈 선생님은 당황하면서 어째서? 하고 린타로에게 물었다.

"좀 전에 '좋은 냄새가 났습니다'는 코였잖아. 그치만 '꽃 냄새가 났습니다'는 머리로 생각한 거야."

시미즈 선생님은 말문이 막혔다. 피가 머리로 확 몰렸다. 그렇게 보였다.

시미즈 선생님이 허둥거리며 말했다.

"그러면…… 이것은…… 코와 머리 양쪽이라고 해두죠."

그러고는 코 그림을 붙였다.

린타로가 천진난만하게 물었다.

"머리 그림은 없어?"

여기저기서 웃음이 일었다.

무심한 말 한마디가 시미즈 선생님의 정곡을 찔렀다. 머리 그림을 준비해 오지 않은 것이다.

"자세하게 쓰기 위해서는 눈, 코, 입, 귀를 모두 정확하게 움직여야 합니다. 언제나 마음의 안테나를 높이 세우고 있는 사람, 정확한 눈과 귀를 가진 사람만이 자세한 글을 쓸 수 있습니다. 알았지요?"

시미즈 선생님의 맺음말은 어딘지 공허했다.

야마하라 선생님 앞에 린타로의 글이 놓여 있다. 린타로에게서 빌렸다.

야마하라 선생님은 두 번, 세 번 거듭 읽어보고는 나직이 한숨을 내뱉었다.

내가 그 수업을 맡았더라면 과연 린타로에게 이 글을 읽게 했을까?

수업 목표는 명확했다. 자세한 글을 쓰기 위해서는 오감을 활용해야 한다는 것이다.

그것을 아이들에게 이해시키기 위해 시미즈 선생님은 나름대로 연구도 하고 노력도 했으리라. 그러나 수업은 결코 성공적이었다고 할 수 없다.

야마하라 선생님은 베테랑 교사다. 판단은 냉정하게 내렸다.

공개 수업에는 누구나 부담을 갖게 마련이지만, 이번 수업은 교사가 자기 생각만 앞세운 탓에 아이들이 자발적으로 참여하지 못한 것이 아쉬움으로 남는 수업이었다.

공개 수업이니 당연히 토론이 뒤따른다. 그 자리에서 시미즈 선생님은 꽤 호된 비판을 받았다.

"시미즈 선생님은 글짓기 지도를 하실 때, 선생님의 말과 행동,

아이들의 생각과 느낌을 자세히 쓰라고 하셨습니다. 말은 그렇게 했지만 선생님께서 모범적이라며 뽑은 아이의 글은 전혀 그렇지 못했어요. 그래서 자세한 글을 쓰려면 어떻게 해야 하는지 아이들끼리 이야기해볼 기회가 없었던 겁니다. 수업이 수박 겉 핥기식으로 끝나버린 원인은 거기에 있지 않을까요?"

한 선생님이 이렇게 말했다.

또 다른 선생님이 말했다.

"그런 이야기를 나눌 수 있는 기회는 있었습니다. 마지막에 한 학생이 머리라는 말을 했을 때입니다. 그 학생은 오감으로 받아들인 것을 형용하거나 수식하기 위해서는 머리를 한 번 더 통해야 한다고, 즉 머리로 생각해야 한다고 지적했습니다. 그런데 선생님께서는 그 이야기를 흘려버리고 단순히 코와 머리 양쪽으로 하자고 결론지어 버렸어요. 사실은 그 시점에서 아이들이 토론을 했어야 하는 것 아닌가요? 그랬을 때 진정한 수업이 이루어진다고 저는 생각합니다만."

물론 교사도 부류가 다양하다. 이처럼 핵심을 찌르는 말을 하는 사람도 있고, 그저 형식적인 말만 하는 사람도 있다.

"과연 글짓기 교육을 오랫동안 실천해 오신 분다운 훌륭한 수업이었습니다."

거, 너무 봐주는 것 아닙니까? 하는 목소리가 터져 나왔다.

머리라고 대답한 아이는 어떤 아이지요? 하고 한 교사가 담임인 야마하라 선생님에게 물었다.

"아주 솔직한 아이입니다."

야마하라 선생님이 대답했다.
"역시 그렇군요."
하고 질문했던 선생님이 말했다.
린타로에게 관심이 있는 듯했다.
"맨 처음 그 아이가 왜 스프레이를 가져왔느냐고 물었을 때 그 질문을 무시한 것도 저는 이해할 수가 없습니다. 교사는 학생의 말을 무시할 권리가 없어요. 모든 학생의 말을 진지하게 들어야 해요."
엄한 말투다.
시미즈 선생님의 낯빛이 파리해 보였다.
"왜 스프레이를 가져왔을까요? 수업이 끝나고 나면 선생님이 왜 스프레이를 가져왔는지 생각해보세요, 라고 말할 수도 있잖습니까."
"……."
"그 애의 글을 읽고 아무 말도 없이 되돌려준 것도 이해할 수 없습니다. 그러면 아이가 상처를 입어요."
"지적하신 말씀은 깊이 명심하겠습니다."
시미즈 선생님은 다소 딱딱하게 말했다. 억누르고 있는 감정이 언뜻 내비친 느낌이었다.
"그 아이의 글을 읽어보고 싶군요."
좀 전의 선생님이 말했다.
그 때 야마하라 선생님은 린타로의 공책을 들고 있었지만 그 자리에서 그 글을 공개하는 것이 망설여졌다.

수업의 결과는 냉정하게 분석하고 토론해야 한다는 생각과 자기 반 아이들과 수업을 한 시미즈 선생님을 더 이상 몰아붙이는 것은 너무 가혹하다는 생각이 야마하라 선생님의 마음속에서 갈등을 일으켰다.

토론회는 엄격하고 열띤 분위기였다.

그런 의미에서 토론회는 성공적이었다고 할 수 있지만 야마하라 선생님은 마음이 무거웠다.

자신이 그 수업을 맡았더라면 린타로의 글을 공개했을까?

야마하라 선생님은 다시금 생각했다.

자신이 지금 이토록 마음이 무거운 것은 시미즈 선생님의 모습에서 자신의 모습을 보았기 때문이리라. 미리 준비해 온 것을 효율적으로 아이들에게 이해시키려는 마음이 앞서, 스스로도 깨닫지 못한 사이에 수많은 아이들의 마음을 짓밟은 것은 아닐까.

사람들의 비판을 받아 궁지에 몰린 시미즈 선생님은 얼마간 감정적으로 대응하고 있었다.

자신이 시미즈 선생님이라면 지금처럼 상황을 객관적으로 바라볼 수 있을까?

남의 일이기에 객관적일 수 있다. 그러나 나 자신의 일인지도 모른다. 이런 생각이 야마하라 선생님을 짓눌렀다.

"으으음."

야마하라 선생님의 입에서 고통스러운 목소리가 새어 나왔다.

나 같으면 과연 린타로의 글을 수업에 활용했을까? 이 질문을 되풀이하는 사이에 야마하라 선생님은 문득 이것은 너무 한쪽으로 치우친 생각이 아닐까 하는 의문이 들었다.

'활용했을까?'라고 묻기 전에 활용해야 한다는 생각은 왜 못 했을까.

야마하라 선생님은 앗! 하고 마음속으로 외쳤다.

다시 한 번 린타로의 글을 읽어보았다.

토론회에서 한 선생님은 시미즈 선생님의 수업을 비판하며 말로는 자신의 말과 행동, 아이들이 생각한 것과 느낀 것을 꼼꼼히 적으라고 했지만 정작 모범적이라고 뽑은 글은 그렇지 못했다고 했다.

이처럼 지도 교사에게 부족한 점이 있었는데도 그 교사의 말에 충실히 따른 것은 다름아닌 린타로였다. 충실히 따랐다는 말이 좀 이상하다면, 교사가 말하려는 핵심을 누구보다 정확하게 파악한 사람은 린타로였다고 할 수 있다.

"내가 물었는데 거기 좀 조용히 할래? 하고 말했습니다. 조용히 하고 있으면 공부를 할 수 없잖아."

린타로는 선생님의 말에 그때 그때 반응하고, 자신의 생각을 주장하고 있다.

"전에 텔레비전에서 본 투우사 같았지만, 별로 멋있지 않았다. 아줌마라서 어쩔 수 없다."

주관적이지만 독특한 글이다.

"꾸러미 속에 뭐가 들었냐고 물었습니다. 그걸 내가 어떻게 알아?"

"시게루는 사과라고 하고, 세이코는 꽃병이라고 했는데, 둘 다

틀렸습니다. 틀리는 게 당연해."

본 것이나 들은 것을 그대로 쓴 글에는 글쓴이의 성격이나 개성이 드러나지 않는다. 거기에 자신이 생각한 것, 느낀 것이 더해져야 살아 움직이는 개성 있는 글이 된다.

이것이야말로 옳은 생각임을 야마하라 선생님은 비로소 깨달았다. 린타로를 만나지 못했다면 결코 이 생각에 이르지 못했으리라는 것도 깨달았다.

자신은 우선 반말과 높임말이 뒤섞여 있는 점을 문제삼았으리라. '꼿병'이 아니라 '꽃병'이라며 나무랐으리라.

말씨나 맞춤법도 물론 학교에서 가르쳐야 할 부분이지만 가장 중요한 것은 마음의 표현이며 말씨나 맞춤법을 가르치는 것은 그 다음 문제라고, 야마하라 선생님은 생각했다.

의식이 변하면 아이를 대하는 태도도 달라진다.

음악 시간에 야마하라 선생님은 지금까지와 다른 모습을 보였다.

우선 10분쯤 멜로디언 연습을 한다. 연습을 한 뒤에는 반드시 시험을 친다.

린타로는 멜로디언 연주를 좋아하지 않는다. 일반적으로는 그렇게 말할 수 있지만, 정말 그럴까? 문득 야마하라 선생님은 생각했다.

1학년 음악교육의 목표에는 간단한 곡 정도는 멜로디언으로 연주할 수 있도록 하는 것이 포함되어 있다.

야마하라 선생님의 머릿속에는 그 목표밖에 없었다. 곰곰이 생각해보면, 그 목표는 즐겁게 연주하는 것이어야 한다. 수업이 연습과 시험만으로 이루어진다면 연주를 즐거워하지 않는 아이가 생기는 것도 당연하리라.

사람은 누구나 음악을 즐길 수 있는 능력을 갖고 태어난다. 멜로디언 연주를 싫어하는 것은 아이의 책임이 아니다.

야마하라 선생님은 막연하나마 그렇게 생각하기 시작했다.

그 생각이 태도에 드러났다.

도도솔솔, 라라솔, 파파미미, 레레도…… 로 이어지는 '작은 별'이라는 곡 시험을 치는 날, 린타로는 멜로디언을 가져오지 않았다.

전에도 가끔 이런 일이 있었다.

야마하라 선생님은 린타로를 야단치지 않았다. 왜 안 가져왔느냐고 묻지도 않았다. 그러자 린타로가 집에 가서 멜로디언을 가져오겠다고 했다.

"그래?"

이렇게 말하고, 야마하라 선생님은 잠깐 생각했다. 갔다 오면 수업이 거의 끝나버린다. 하지만…….

야마하라 선생님은 생각 끝에 결단을 내렸다.

"좋아요, 그렇게 해요. 너무 서두르지 않아도 되니까 차 조심하고."

"응."

린타로가 교실을 나가자, 야마하라 선생님이 말했다.

"린타로가 올 때까지 기다려주도록 하죠. 그 동안 여러분은 멜로디언 연습을 하세요."

어떤 한 아이를 위해 야마하라 선생님이 계획을 바꾼 적은 한 번도 없었다. 이런 태도는 아이들 저마다에게 강한 인상을 주었다.

야마우치 아키라는 아이가 물었다.

"선생님, 린타로 좋아해요?"

린타로를 좋아하냐고 하자, 야마하라 선생님은 당황스러웠다.

"왜 그런 걸 묻지?"

아키라에게 되물었다.

"린타로를 예뻐하는 것 같아요."

하고 아키라가 대답했다.

야마하라 선생님은 더욱 당황스러웠다.

"선생님은 누구 한 사람만 예뻐하거나 하지 않아요. 린타로도 멜로디언을 연주할 수 있으면 좋잖아요?"

하고 얼버무렸다. 야마하라 선생님다운 대답이다.

"네."

아키라가 시원시원하게 대답했다.

아키라는 야마하라 선생님을 비난하고 있는 것이 아니다. 야마하라 선생님의 변화를 아이 나름으로 느꼈을 뿐이다.

린타로는 20분쯤 뒤에 돌아왔다. 땀을 흘리며 가쁜 숨을 몰아쉬고 있다.

40분은 족히 걸릴 줄 알았기에, 야마하라 선생님은 깜짝 놀랐다.

"대단하구나, 린타로. 이렇게 빨리 돌아올 줄은 정말 몰랐어."

무심결에 이런 말이 나왔다.

"응."

린타로는 여전히 칭찬을 들으면 당연하다는 듯 고개를 끄덕인다.

"땀을 닦아요. 그리고 린타로도 연습을 좀 해야지."

야마하라 선생님이 린타로에게 말했다.

린타로의 조 차례가 되었다.

하루나가 불었고, 에리도 합격했다.

"자, 다음은 린타로."

린타로가 멜로디언 호스를 입에 물었다.

"린타로짱, 잘해."

리에가 조그만 소리로 응원해주었다.

"도도솔솔, 라라솔……"

조금 불안하긴 했지만 그럭저럭 괜찮다.

"파파미미, 파파미."

"아냐, 린타로짱. 파파미미, 레레도야."

무심코 리에가 말을 했다.

"파파미미, 파파미."

"레레도라니까."

리에가 다시 말했다. 린타로는 헛갈렸다.

"미미……"

아, 틀렸다. 린타로가 중얼거렸다.

"침착하게 처음부터 다시 해봐요."

야마하라 선생님이 말했다.

"도도솔솔, 라라솔……"

리에가 함께 계명을 읊조렸다.

하루나도 가요코도, 린타로 주위의 아이들 몇 명도 따라 했다.
"가르쳐주면 안 돼요."
평소의 야마하라 선생님이라면 이렇게 말했겠지만, 이 때는 도저히 그럴 수가 없었다.

* * *

3학기가 되었다.
국어 시간에 글짓기를 가르친다. 교과서에 '이해할 수 있도록 씁시다'라는 단원이 있다.
첫머리에 이런 글이 있다.

    아키코네 반에서는 '우리 가족'과 '직업'이란 주제로 글짓기를 했습니다.
    글을 쓸 때, 다음과 같은 것을 잘 생각하고 썼습니다.
- 무엇을 쓸지 정하고 쓴다.
- 상황을 잘 알 수 있도록 쓴다.
- 글을 읽어보고 틀린 부분을 정확하게 고친다.

예문으로 갓난아기에 대한 글과 비닐봉지를 만드는 가내 수공업에 대한 글이 실려 있다.
야마하라 선생님은 먼저 '우리 가족'으로 글짓기 숙제를 내주었다. 아이들의 글 중에서 가장 먼저 린타로의 글을 찾아 읽었다.

가을에 본 린타로의 글에 깊은 인상을 받았기 때문이리라.

할아버지
오제 린타로

수학 공부를 하다가 지겨워서
"그만 할래."
하니까, 할아버지가
"그건 네 일이잖니."
하고 말했습니다.
"애들은 일 안 해."
하니까
"아이도, 어른도, 할아비 같은 늙은이도, 인간이라면 누구나 자기 일을 갖고 있단다."
하고 말했습니다.
"그럼, 할아버지 일은 뭐야?"
하고 내가 물었습니다.
"할아비는 아주아주 오랫동안 목수 일을 했으니까 지금은 집에서 하릴없이 지내는 것이 일이고, 네가 언제 찾아와도 맞아줄 수 있도록 여기 이렇게 있는 것도 할아비의 일이지."
하고 말했습니다.
할아버지는 내 공책에 4+5=10이라고 적었습니다.
"4+5=10(일본어로 4는 '시', 5는 '고', 10은 '토'라고 읽고 이것을 합하면 '시고토'가 되는데, '시고토'는 일 또는 직업이라는 뜻이다 - 옮긴이)

이지."

"4 더하기 5는 9야."

하고 내가 말했습니다.

할아버지는 내 공책에 4+5=9라고 적었습니다.

"4+5=9(마찬가지로 일본어로 4는 '시', 5는 '고', 9는 '쿠'라고 읽고 이것을 합하면 '시고쿠'가 되는데, '시고쿠'는 '혹사시키다' '호되게 훈련시키다'는 뜻이다 - 옮긴이)는 너무 힘들단다."

하고 말했습니다.

린타로의 글은 좀더 이어진다.

지우개로 지운 흔적이 군데군데 보였다. 쉼표와 마침표가 꽤 헷갈리는 모양이었다.

"어떠냐, 4+5=9와 4+5=10 사이에는 엄청난 차이가 있지?"

그러면서 할아버지는 내 공책에 4+5+1=10이라고 적었습니다.

"4+5가 10이 되려면 '놀이'를 하나 보태야 돼. 놀이의 마음은 뭔가를 즐기는 마음이란다."

할아버지가 말했습니다. 나는 흠, 그렇구나 하고 말했습니다. 나는 생각했습니다. 그리고 할아버지한테 말했습니다.

"나는 4+5=9보다 4+5=10이 더 좋아."

할아버지는

"오냐 오냐."

하고 말하며 내 머리를 쓰다듬어 주셨습니다.

야마하라 선생님은 린타로의 글을 두 번 읽었다. 세 번 읽고 싶은 유혹을 뿌리치고 다른 아이들의 글을 읽었다.

린타로의 글은 분명 다른 아이들의 글과 달랐다.

교과서에 실린 글은 다음과 같다.

아기

우리집 아기는 마사키라고 합니다.

마사키는 세 시간마다 우유를 먹습니다. 우유가 먹고 싶으면
"응애 응애!"
하고 웁니다.

마사키가 가장 좋아하는 것은 소리나는 장난감입니다. 태엽을 감으면 '자장가' 노래가 흘러나옵니다.

나는 때때로 마사키를 안아줍니다. 우유를 먹일 때도 있습니다.

나는 마사키가 참 좋습니다.

당연한 일이지만 아이들은 글을 쓸 때 교과서에 실린 글을 본보기로 삼는다.

교과서의 글은 대부분 설명이 많고 틀에 박혀 있다. 화를 내면 무서운 엄마가 맛있는 카레를 만들어주고, 그런 상냥한 엄마가 참 좋다는 식이다.

린타로는 출발점부터 전혀 다르다. 린타로가 본보기로 삼는 것은 교과서의 글이 아니라 자신의 감수성이다. 린타로의 관심은 화살이 날아가듯 흔들림 없이 곧게 뻗는다. 할아버지 말의 정확함이

그것을 잘 말해준다.

야마하라 선생님은 무심결에 한숨을 내쉬었다.

* * *

3월에 이별 소풍이라는 것이 있었다. 아이들은 고궁과 천문과학관을 둘러본 다음 해자 옆에서 도시락을 펼쳤다.

추위가 풀려 아이들은 몸도 마음도 느긋해져 있었다.

"있잖아요, 선생님. 린타로짱이……."

야마하라 선생님에게 뭔가 말하려던 리에는 웃음을 터뜨리며 숨을 할딱거렸다.

"무슨 일이지? 뭐 재미있는 일이라도 있었어?"

"저기요, 저기요……."

리에는 여전히 웃고 있다.

"플라네타륨(반구형 천장에 설치된 스크린에 달, 태양, 항성, 행성 같은 천체를 투영하여 천체의 위치와 운동을 설명하는 장치 – 옮긴이)에서 린타로짱이요……."

"바보, 말하기만 해봐."

린타로가 리에의 입을 손바닥으로 막았다.

"린타로, 리에가 말을 할 수 있도록 해줘요."

야마하라 선생님이 리에를 도와주고, 리에는 야마하라 선생님에게 기대다시피 해서 린타로의 손을 피했다.

"해가 지고 맨 먼저 나타나는 별은 금성이라고 했잖아요."

리에는 웃음을 참으며 말했다.
"그래, 금성은 개밥바라기라고도 하지. 태양 주위를 도는 행성 가운데 하나야."
야마하라 선생님이 복습하듯 말했다.
"방이 점점 어두워졌잖아요……."
그러고서 리에는 또 쿡쿡 웃었다.
"린타로짱은 정말로 밤이라고 착각했나 봐요."
"왜?"
"잠들어 버렸거든요."
세상에, 하고 야마하라 선생님이 얼핏 웃음을 지으며 말했다.
"그러고는 '날이 밝았습니다. 동쪽 하늘에 새벽 샛별이 보입니다.' 하고 말했잖아요."
"응, 그래."
"그러니까 린타로짱이 일어나서, 여기 어디야? 하고 묻잖아요."
야마하라 선생님은 그만 웃음을 터뜨렸다.
"그치만 진짜 밤 같았는걸. 나도 잠들어 버렸어."
아오퐁이 린타로 편을 들어주었다.
야마하라 선생님이 웃으며 말했다.
"그럼, 린타로와 유타카는 금성밖에 못 보았겠구나."
아오퐁은 머리를 긁적이며 쑥스럽게 웃었다. 아오퐁은 한없이 정직한 아이다.
"우리는 별도 많이많이 보고, 별 이야기도 많이 들었는데."
야마하라 선생님은 조금 아쉬운 듯 말했다.

"견우성과 직녀성 이야기는 아주 재미있었어, 그렇지?"
야마하라 선생님이 주위 아이들을 둘러보며 말했다.
린타로가 말했다.
"나, 알아."
린타로가 덧붙였다.
"직녀성은 베가라고도 해."
"그래. 린타로는 칠월칠석 이야기를 알고 있니?"
린타로가 고개를 끄덕였다.
"은하수에 가로막혀 견우와 직녀는 일 년에 한 번밖에 만나지 못한다는 이야기……."
그 때 린타로가 야마하라 선생님의 말허리를 자르고 끼어들었다.
"그건 마법이 딱 하루밖에 안 듣기 때문이야. 그래서 마법의 효과가 오래오래 가도록 마법 수업을 하고 있어, 지금."
"정말?"
"정말."
린타로는 자신만만하게 대답했다.
그리스 신화 중 어느 한 부분이 린타로에게 강한 인상을 남겼으리라. 그리고 린타로는 그 이야기가 마음에 들었으리라.
야마하라 선생님은 그렇게 생각하기로 했다.
"린타로는 아는 게 많구나. 어려운 말도 알고……."
그러자 리에가 말했다.
"린타로짱은 책을 아주아주 많이 읽거든요."
"뭐?"

야마하라 선생님은 놀란 목소리로 되물었다.

야마하라 선생님이 생각하는 린타로는 책읽기와는 너무나 거리가 먼, 충동적인 아이였기 때문이다.

"〈말괄량이 기관차 치치〉도 읽었고, 〈임금님과 아홉 형제〉도 읽었지? 〈흉내쟁이 원숭이〉도 읽었고 〈라치와 사자〉도 읽었고, 응, 그리고 또……, 그리고…… 〈백만 마리 고양이〉였지? 어제 린타로 짱이 얘기해준 거."

"……."

야마하라 선생님은 한동안 아무 말도 할 수 없었다.

린타로가 좋은 독서환경에 둘러싸여 있다는 것을 야마하라 선생님은 알지 못한다.

야마하라 선생님은 이 애는 대체 어떤 애일까? 생각했다. 담임이라는 사람이 거의 1년이 지난 지금에야 오제 린타로라는 아이의 세계를 하나씩, 하나씩 들여다보고 있다. 한심하다 싶었다.

자신이 교사로서 실패한 사람인 듯한 생각까지 들어, 야마하라 선생님은 아이들 몰래 살며시 한숨을 내쉬었다.

돌아올 때, 한 아이가 물었다.

"왜 이별 소풍이라고 해요?"

"좀 있으면 2학년이 되죠? 이제 1학년과는 이별하기 때문에 그런 걸 거예요."

"선생님하고도요?"

"……."

야마하라 선생님은 말문이 막혔다.

글쎄…… 하고 얼버무렸다.
그 때 야마하라 선생님은 마음속으로 한 가지 결심을 했다.
종업식을 하루 앞둔 날 오후, 야마하라 선생님은 교장실에 불려 갔다.
"아이고, 수고가 많으십니다. 자, 좀 앉으세요."
교장은 웃음 띤 얼굴로 말하며 소파에 앉아 담뱃불을 붙였다.
"결론부터 말씀드리자면……"
야마하라 선생님은 직감적으로 안 됐구나 생각했다.
"선생님이 자진해서 어떤 반을 맡고 싶다고 말씀하신 것은 처음이고 해서 되도록 그 희망을 들어드리고 싶지만……"
야마하라 선생님은 눈길을 떨구었다.
"선생님께서 한 번 더 1학년 담임이라는 중책을 맡아주셨으면 합니다. 선생님의 장래랄까, 실적에도 도움이 되는 일이니……"
"감사합니다."
하고 야마하라 선생님은 말했다.
"관리직으로 가는 발판을 굳힐 수 있는 중요한 시기 아니겠습니까."
교장이 거듭 설득했다.
야마하라 선생님은 말없이 고개를 숙였다.
그 때 야마하라 선생님은 묘한 기분을 맛보았다.
예전 같으면 교장의 말을 영광으로 여기고 자랑스러운 마음으로 듣고 있었으련만, 그보다는 아이들에 대한 집착이 더 강한 것에 스스로도 조금 놀랐다. 그리고 그런 자신이 조금 안쓰러웠다.

"어떻습니까? 이해해 주시겠습니까?"

"……."

네, 라는 대답이 바로 나오지 않아, 야마하라 선생님은 교장의 얼굴을 보았다.

야마하라 선생님은 뭔가 말하려다 생각을 바꾸고 입을 다물었다.

교장이 당황한 듯 말했다.

"선생님은 우리 학교에 없어서는 안 될 분입니다. 우리 학교 조직의 중심이랄까 중진이시니까…… 제 얼굴을 봐서라도 부디 이해해주세요."

교장이 머리를 숙였다. 연극배우 같은 몸짓이었다.

야마하라 선생님은 지금 맡고 있는 반을 1년 더 맡고 싶은 이유가 무엇인지 끝내 물어봐 주지 않는 교장이 못내 원망스러웠다. 그러나 속마음을 드러내지 않았다.

"알았습니다. 교장선생님 말씀에 따르겠습니다."

이것이 자신의 한계라고, 야마하라 선생님은 생각했다.

린타로의 얼굴이 떠올랐다.

1학년 마지막 날이 왔다.

종업식이 끝나고, 야마하라 선생님과 아이들은 교실로 돌아왔다.

야마하라 선생님은 한 아이 한 아이에게 직접 성적표를 건네주었다.

성적표를 감추다시피 하면서 성적을 확인하는 아이, 성적이 좋은지 환성을 지르는 아이, 짝꿍과 소곤소곤 이야기하는 아이. 베테

랑인 야마하라 선생님에게는 낯익은 풍경이 펼쳐지고 있었다.

린타로는 성적표에 거의 관심이 없는 듯했다. 보는 둥 마는 둥 하고는 천 주머니에 넣어버렸다.

린타로의 성격 탓이기도 하지만, 린타로의 부모님이 린타로에게 시험 점수나 성적 이야기를 전혀 하지 않으니까 자연스레 성적에 관심이 없는 건지도 모른다.

야마하라 선생님은 어쩐지 섭섭한 기분이었다.

린타로의 성적은 그런 대로 좋은 편이었다. 시험 점수뿐 아니라 린타로의 적극적인 행동이나 학습태도까지 고려해서 결정한 성적으로, 이것은 야마하라 선생님의 의지이자 린타로에 대한 야마하라 선생님의 평가였다.

야마하라 선생님은 이 점을 린타로에게 인정받고 싶었건만.

무엇에도 집착하지 않는 것이 린타로야. 그게 린타로다워.

야마하라 선생님은 그렇게 생각하기로 했다.

"오늘로 1학년은 끝이 났습니다……"

야마하라 선생님이 마지막으로 말했다.

"지난 1년, 선생님은 여러분과 함께 지내면서 매우 즐거웠어요."

입학식 때처럼 부모님들이 그 자리에 참석해서 야마하라 선생님의 이 말을 들었다면 다들 고개를 갸우뚱했으리라.

스스로 즐거웠다고 말할 수 있는 것은 야마하라 선생님으로서 큰 변화다.

"즐겁기만 한 게 아니라 많은 공부가 되었어요. 여러분, 고마워요."

야마하라 선생님은 진심으로 그렇게 말했다.

"일단은 헤어지는군요……."

린타로가 물었다.

"왜 헤어져?"

"여러분이 2학년이 된 뒤에도 선생님은 이 학교에 계속 있을 테니까 완전히 헤어지는 것은 아니지만……."

린타로가 다시 물었다.

"2학년이 되면 선생님이 달라져?"

"그래요, 아마 그럴 거예요."

"흐음."

하고 린타로는 말했다.

린타로가 자신을 바라보며 무슨 생각을 하고 있는지, 야마하라 선생님은 알고 싶었다.

* * *

린타로는 2학년이 되었다.

린타로의 2학년 생활은 도후시 지즈루 선생님과 프랑켄과 함께 시작되었다고 할 수 있다.

그만큼 둘의 인상은 강렬했다.

"처음 뵙겠습니다."

지즈루 선생님이 말했다.

이런 인사를 받고 아이들은 얼떨떨했다.

눈치 빠른 아이는 주뼛주뼛 조그만 목소리로 처음 뵙겠습니다,

하고 인사했지만, 대개는 뒷걸음치는 듯한 느낌으로 쑥스럽게 웃기만 했다. 피부가 하얀데도 짙은 화장을 한 지즈루 선생님의 얼굴이 부담스러웠던 것이다.

지즈루 선생님은 대학을 갓 졸업한 새내기 선생님이다.

반은 갈리지 않았다. 자리는 곧 바뀔 것이다. 아이들이 출석부 순서대로 앉아 있었기 때문에, 지즈루 선생님은 린타로 바로 앞에 서 있었다.

"오제 린타로, 미안하지만 지우개 좀 빌려줄래?"

출석부에 뭔가를 적던 지즈루 선생님이 말했다.

"응."

린타로가 몸을 뻗고, 지즈루 선생님도 몸을 쭉 뻗어 린타로가 내민 지우개를 받아들었다.

아주 잠깐이었지만, 치마를 덮고 있던 웃옷이 살짝 들려 지즈루 선생님의 하얀 속살이 보였다.

화장한 얼굴에는 땀 한 줄기가 흘러내려 그 부분만 색깔이 달라 보였다.

린타로 옆자리는 비어 있었다. 오무라 미쓰루라는 전학생이 앉을 자리였다.

"꼭 누나 같은 선생님이다."

다케가 속삭이듯 말했다.

다케는 린타로 뒷자리다. 리에하고는 많이 떨어져 있다.

"별명은 생각해봤어?"

다케가 또 말했다.

"어머, 얘가."

지즈루 선생님이 나직이 나무랐다. 다케의 말소리가 들렸던 것이다.

하지만 '어머, 얘가'는 어쩐지 장난스러운 느낌이었다.

"별명을 지을 거면 좋은 걸로 부탁해."

지즈루 선생님이 말했다.

"응, 응."

다케는 환한 얼굴로 대답했다.

"지난번 선생님한테도 별명을 지어드렸니?"

지즈루 선생님이 물었다.

대여섯 명이 거의 한 목소리로 대답했다.

"마귀할멈이요."

"아이, 싫어."

지즈루 선생님이 어린애 같은 목소리로 말했다. 야마하라 선생님과 아주 딴판이다.

다케가 누나 같다고 했는데, 다들 같은 생각이었다. 전혀 선생님 같지 않았다.

지즈루 선생님이 출석부를 보며 아이들 이름을 불렀다.

"하루에 다섯 명씩하고 이야기를 할 건데, 괜찮죠?"

아이들의 이름을 차례차례 다 부르고 나서 지즈루 선생님이 말했다.

"아키야마 도루."

"네."

출석부 맨 위가 아키야마 도루다.

"도루는 뭘 가장 좋아해?"

"소고기 덮밥이요."

도루가 대답했다.

"그런 게 맛있니?"

지즈루 선생님이 물었다.

"선생님은 안 먹어요?"

"소고기 덮밥은 안 먹지만, 햄버거는 가끔 먹어."

지즈루 선생님은 그렇게 말하고 햄버거 회사 이름을 댔다.

"거기 단골이에요?"

도루가 물었다.

"응, 단골이야. 거기 햄버거가 맛있거든."

지즈루 선생님은 스스럼이 없다.

"아라키 다이스케."

"네."

"다이스케는 참 잘생겼네."

다이스케는 뭐라고 대답해야 좋을지 몰라 씨익 웃었다.

"여자애들한테 인기 많지?"

다이스케는 얼굴이 빨개져서, 인기 없는데…… 하고 다 기어들어가는 목소리로 말했다.

다이스케는 소심한 아이다. 여자아이한테 놀림을 받고 울곤 한다.

선생님이 말을 걸어준 게 기뻤던 모양이다. 쑥스러운 듯 웃으며 옆 친구들을 번갈아 보았다.

"아카마쓰 스에코."

"네."

"스에코는 화장해본 적 있니?"

"네에……."

"언제?"

"시치고상(남자아이는 3, 5세, 여자아이는 3, 7세 되는 해 11월 15일에 전통의상을 입혀 신사 참배를 하거나 기념사진을 찍으며 성장을 기원하는 행사-옮긴이) 때요."

아, 그렇구나 하고 지즈루 선생님이 말했다.

"언제 선생님이 화장 한번 해줄까?"

"아, 아뇨."

스에코는 부끄러워하며 대답했다.

재미있는 선생님이다.

학기 초에 아이들은 새 담임선생님이 어떤 선생님일까 생각하며 불안해한다. 지즈루 선생님이라면 그럴 필요가 없을 듯했다.

다음은 린타로 차례였다.

"린타로, 이름이 참 좋네."

지즈루 선생님이 말했다.

"누가 지어줬니?"

"할아버지가."

"아, 할아버지가 지어줬니?"

"응."

"린타로의 할아버지는 어떤 분이니?"

"도편수."

"도편수라면, 목수의 우두머리?"

"응."

린타로는 가슴을 쫙 폈다.

"어머, 굉장하다……."

하고 지즈루 선생님이 말했다.

"나, 나무종이 갖고 있어."

"나무종이?"

린타로는 공책 사이에 끼워 놓은 나무종이 한 장을 꺼내 지즈루 선생님에게 내밀었다.

"정말, 나무종이네?"

"가져."

하고 린타로가 말했다.

"선생님 주는 거야? 고마워."

지즈루 선생님은 신기한 듯 나무종이를 만져보았다.

"매끈매끈하네?"

"응."

린타로는 기분이 좋았다.

"할아버지가 나무에 대패를 갖다 대면 이런 게 하늘에 붕붕 떠. 기다란 게."

조리 있는 말은 아니었지만, 지즈루 선생님은 그 광경을 상상할 수 있었다.

솜씨 좋은 목수가 대패질을 하면 기다란 종이 같은 대팻밥이 공중으로 가볍게 날아오른다.

린타로는 이 말을 하는 것이다.

"린타로의 할아버지는 명인이구나."

"응. 엄마도 그렇게 말했어."

린타로는 새 담임선생님에게 할아버지 이야기를 할 수 있어서 행복했다.

"하나 더 줄게."

린타로가 지즈루 선생님에게 선심을 썼다.

"많이 갖고 있나 봐?"

"응."

"린타로가 똑같은 크기로 잘라서 나무종이를 만들었구나?"

"응."

"이 종이에 글씨 써, 그림 그려?"

"그림 그려."

"다음에 선생님한테 그림 보여줄래?"

응, 하고 린타로는 고개를 끄덕였다.

지즈루 선생님은 아이들 다섯 명과 이야기를 나누었는데, 린타로와 이야기한 시간이 가장 길었다. 교사로서 아이들을 배려하기보다 자신의 관심사를 솔직하게 드러내는 성격인 듯했다.

프랑켄은 그 다음날에 왔다.

아침에 지즈루 선생님과 함께 아이들 앞에 섰다.

"이 친구는 오무라 미쓰루라고 해요. 오사카에서 전학 왔어요. 다들 사이좋게 지내세요."

지즈루 선생님이 프랑켄을 소개했다.

그 사이에 프랑켄은 연방 헤헤거리고 있었다.

전학 온 아이에게서 흔히 볼 수 있는, 주눅든 모습이나 불안스레 사방을 두리번거리는 모습은 전혀 찾아볼 수 없었는데 또 그렇다고 꾸민 듯 어색한 행동이나 표정을 보이지도 않았다. 특히 헤헤거리는 웃음이 묘하게 눈길을 끌었다.

"미쓰루, 친구들한테 인사해야죠."

지즈루 선생님이 말했다.

"나, 프랑켄."

프랑켄은 그렇게 말하고 손가락으로 자기 양쪽 뺨을 쭉 잡아당겼다.

다들 웃었다.

"닮았다."

누군가가 말했다.

프랑켄슈타인 박사가 만든 인조인간을 닮았다는 말이다.

"되게 웃기는 녀석이다."

다케가 말했다.

"앞으로 잘 부탁해요."

지즈루 선생님이 프랑켄 대신 인사를 했다. 그러고는

"네 자리는 린타로 옆이란다."

하고 자리를 가리켰다.

프랑켄이 린타로 옆에 앉았다. 당장에 다케가 프랑켄의 등을 쿡쿡 찔렀다.

"야, 프랑켄."

"응, 나 프랑켄."

프랑켄이 고개를 돌려 또 한 번 뺨을 쭉 잡아당겼다.

남 웃기는 걸 좋아하는지, 봉사정신이 투철한 건지 아무튼 묘한 아이다.

"린타로?"

"응."

"난 프랑켄."

"응."

프랑켄이 세 번째로 자기 뺨을 잡아늘이자, 린타로가 이제 그만해, 하고 말렸다.

프랑켄은 한마디로 희한한 아이였다.

둘째 시간, 수업이 재미없는지 프랑켄이 책상 밑에 고개를 처박았다.

"린타로, 린타로."

"왜?"

"보여, 보여. 선생님 팬티가 훤히 보여."

린타로도 책상 밑으로 고개를 넣었다.

1학년 때, 린타로는 선생님에게 맨 처음 야단맞은 아이였다. 이번에는 프랑켄이라는 짝과 함께였다.

"벌을 받아야겠어."

지즈루 선생님은 자기 팬티를 훔쳐본 아이들에게 무서운 표정을 지어 보였다.

"펜치와 후지산 중에서 어느 걸로 할래?"

"그거, 뭐야?"

린타로가 물었다.

"손 내밀어봐."

린타로가 두 손을 내밀었다.

지즈루 선생님이 린타로의 손등을 꽉 꼬집었다.

"아프지? 이게 펜치야."

린타로는 조금 아픈 표정을 지었다.

"왼손은 후지산이야."

지즈루 선생님이 린타로의 왼쪽 손등 살을 손가락으로 집어 쭈욱 잡아 올렸다.

정말로 후지산 모양이 되었다.

"아프지?"

"응."

하고 린타로는 대답했다. 사실은 별로 아프지 않았다.

"미쓰루한테는 더 무서운 벌을 줄 거야. 각오해."

지즈루 선생님이 잔뜩 겁을 주었다.

벌을 주기 전에, 지즈루 선생님은 누가 먼저 책상 밑으로 고개를 넣었는지 물었다.

린타로는 프랑켄을 감싸주려고 입을 닫고 있었다.

프랑켄이 정직하게 말했다.

"나."

이 때문에 프랑켄은 더 무거운 벌을 받게 된 것이다.

지즈루 선생님한테 뺨을 꼬집힌 프랑켄은 눈물을 찔끔 흘렸다. 이어서 자기 손으로 양쪽 뺨을 쭉 잡아당기며

"나, 프랑켄."

하고 말했다.

다들 깔깔깔 웃었다. 프랑켄은 눈물을 흘리며 남을 웃기고 있다.

"정말 못 말리겠구나."

지즈루 선생님은 어이가 없었다.

"후지산도 해야 린타로랑 공평하겠지?"

가엾게도 프랑켄의 오른쪽 입가가 쭈욱 당겨져 올라갔다.

"나, 으낭겐……."

프랑켄은 꿋꿋하게 익살을 떨었다.

"나, 프랑켄……."이라고 말하고 있는 것이다.

지즈루 선생님이 상냥한 선생님이냐 무서운 선생님이냐로, 아이들 사이에 말이 많았다.

"나, 그 선생님 좋아."

스기모토 하루나가 말했다.

"다이스케한테 잘생겼다고 했잖아. 다이스케, 그 때 되게 좋아했어. 선생님한테 무시당하면 괴로운데."

하루나는 급식 반찬을 남기는 문제로 고생을 많이 한 만큼 남의 마음을 잘 이해할 수 있는 것이리라.

얌전한 성격인 다이스케는 곧잘 아이들한테 무시당한다. 그런

아이한테 말을 걸어주었으니까 지즈루 선생님은 상냥한 선생님이라고, 하루나는 생각한다.

"날마다 차례를 정해놓고 말을 거는 건데 뭐."

쓰루마키 하코가 말했다.

" '화장해봤니?'나 '미남이네?' 같은 말, 재미있잖아."

다케가 말했다. 솔직하고 선생님 같지 않은 점을 높이 사는 듯했다.

"하지만……."

가즈미치가 끼어들었다.

"하지만, 뭐?"

다케가 물었다.

"점점 무서워질 거야."

맞아, 맞아. 아오퐁이 연방 고개를 끄덕거렸다.

"하긴, 아오퐁네 엄마는 상냥하게 생겼지만 무서우니까."

다케가 안됐다는 듯이 말했다.

"상냥할 때도 있어."

아오퐁은 어수룩한 목소리로 자기 엄마를 감쌌다.

"처음엔 다 상냥해. 안 그래?"

도시하루가 아는 척하는 얼굴로 말했다.

"응. 프랑켄의 뺨을 마구 잡아당겼잖아, 그 선생님."

다케는 과장스레 말했다.

"응."

"응."

사내아이들은 대개 같은 생각이었다.

"지즈루 선생님은 겁이 나서 화를 낸 거야."

리에가 힘주어 말했다.

"그런 일을 당하면 여자는 누구나 화를 낼걸?"

다들 깜짝 놀란 얼굴로 리에를 보았다.

"우리 언니가 그랬어. 치마 들추는 사람이 최고로 나쁜 사람이라고. 물론 나도 그렇게 생각하고."

그 때 리에는 어른 같았다.

"나, 린타로짱한테 정나미가 반쯤 떨어졌어."

리에의 옆얼굴은 차가웠다.

정나미가 반쯤 떨어졌다는 것은 꽤나 모진 말이다. 린타로는 아무 대꾸도 하지 않았다.

지즈루 선생님은 국어책을 읽고 있었다.

"어젯밤에는 무시무시한 태풍이 불었습니다. 숲의 나무가 뿌지직뿌지직 쓰러졌습니다. 토끼가 산책을 나갔습니다. 쓰러진 나무를 폴짝폴짝 뛰어넘었습니다……."

조금 혀가 짧은 듯한 귀여운 목소리다.

프랑켄이 자꾸만 꾸무럭거리고 있다. 그 소리를 들었지만 린타로는 모른 척했다.

"린타로, 린타로."

조그맣게 린타로를 불렀다. 수업 중이라 린타로는 계속 모른 척했다.

"린타로, 린타로."
울먹이는 목소리다. 하는 수 없이 린타로는 프랑켄을 보았다.
"왜?"
"나 어떡해?"
프랑켄은 금방이라도 울음을 터뜨릴 것 같았다.
"왜 그래?"
지즈루 선생님의 목소리가 날아왔다.
"거기, 잡담하지 마세요."
프랑켄이 조용해졌다.
그러나 또 금세 가냘픈 목소리가 린타로를 불렀다.
"린타로, 나…… 어떡해."
"왜 그래?"
"아, 아…….''
"무슨 일이야, 프랑켄?"
프랑켄의 얼굴이 창백했다.
"무슨 일이냐니까?"
교과서를 읽고 있는 지즈루 선생님과 프랑켄을 번갈아 보면서 린타로가 물었다.
프랑켄이 푸르르 몸을 떨었다.
"똥 쌌어."
울먹이며 말했다.
"바보, 빨리 선생님한테 말해."
"못 해. 나…… 그런 말…….''

린타로는 생각했다. 아무도 모르게 이 일을 처리할 방법이 없을까. 그런 린타로의 생각은 이내 물거품이 되었다.

"선생님, 구린내가 나요."

하라구치 신고라는 아이가 말했다.

"야, 너……."

린타로가 신고를 노려보았다.

지즈루 선생님이 다가왔다. 프랑켄의 낯빛을 보고 곧바로 상황을 짐작한 듯했다.

"자, 다들, 아무 일도 아니에요. 괜찮아요, 괜찮아."

지즈루 선생님은 아이들을 진정시키며 프랑켄을 감싸주었다.

"배가 아프구나? 잠깐 양호실에서 쉬고 올까?"

두 사람이 교실을 나갔다.

그 순간, 린타로가 번개처럼 신고를 덮쳤다.

"아, 아앗!"

신고가 소리를 질렀다.

"이 자식……."

린타로가 신고의 얼굴에 주먹을 퍽, 퍽 날렸다.

신고가 울면서 린타로에게 달려들었다.

린타로는 신고의 머리채를 거머쥐고 책상 모서리에 꽉 찧어버렸다.

"아아악!"

신고는 싸울 의지를 완전히 잃은 채 몸을 웅크리고 엉엉 울었다.

린타로는 돌처럼 우뚝 서서 신고를 내려다보고 있다.

수업 시간이 무슨 대수랴. 아이들이 죄다 자리에서 일어나 둘을 빙 둘러쌌다.

"무슨 일이야?"

리에가 물었다.

"아무 일도 아냐."

린타로는 화난 듯이 대답했다.

"아무 일도 아니긴. 린타로짱, 좀 전에 신고를 때렸잖아."

"……."

린타로가 먼저 때렸다고 두세 아이가 말했다.

"가만히 있는 아이를 때렸다면 린타로짱이 잘못한 거 아냐?"

"……."

리에가 캐묻는다. 린타로는 입을 꾹 다물고 있다.

"사과해. 신고한테 어서 사과해."

리에가 말했다.

신고는 여전히 커다란 소리로 엉엉 울고 있다.

책상 모서리에 찍힌 자리가 검푸르게 부어올라 있다.

아이들은 동정하는 눈빛으로 신고를 바라보고 있었다.

"린타로, 신고한테 사과해라, 응?"

아오퐁이 느릿느릿 말했다. 린타로가 나쁜 아이로 몰리는 게 견딜 수 없었다.

"사과 안 해!"

린타로가 화난 목소리로 외쳤다.

가만히 있는 아이를 때린 게 아냐. 하지만 때린 이유를 말하면 프랑켄이 똥 쌌다는 걸 모두 알게 돼.

지즈루 선생님과 프랑켄이 돌아왔다.

두 번의 소동으로 지즈루 선생님도 마침내 화가 난 듯했다.

"싸운 이유를 말하지 않겠다면, 린타로는 복도에 나가 있어요."

린타로는 지즈루 선생님에게 호되게 야단맞고 복도에 나가 벌을 섰다.

린타로가 학교를 나온 것은 해질녘이었다.

교문 옆에 프랑켄이 서 있었다.

"린타로, 미안해. 린타로, 고마워."

웃지 않는 프랑켄이 거기에 서서 그렇게 말했다.

프랑켄은 지즈루 선생님에게도, 린타로에게도 희한한 아이였다.

그런 프랑켄을 린타로는 재미있어하고, 지즈루 선생님은 조금은 버거워한다는 것이 둘의 차이점이리라. 린타로도 좀처럼 가만히 있지 못하는 아이였지만, 프랑켄은 린타로보다 훨씬 더 심했다.

수업 시간에 프랑켄이 소곤소곤 말을 걸어온다.

린타로는 두 번에 한 번꼴로 대꾸를 한다.

지즈루 선생님에게는 두 사람이 똑같이 잡담을 하는 것으로 보인다.

이 때도 마찬가지였다.

"린타로, 린타로."

"······."

"린타로. 야아, 린타로."

린타로는 하는 수 없이 프랑켄을 보았다.

"어제 나……"

린타로는 지즈루 선생님을 본다.

"목욕탕에서……"

프랑켄도 흘낏 지즈루 선생님을 본다. 일단 조심하고는 있다.

"방귀 뀌었어."

"……."

"우리 여싸님도……"

프랑켄은 자기 엄마를 '여싸님'이라고 부른다.

"자기도 같이 하자면서 뽀로롱 방귀를 뀌었어."

린타로가 킥 하고 웃었다. 뒤에 앉은 다케는 쿡쿡쿡 웃었.

지즈루 선생님은 아직 알아채지 못한다. 아이들은 대담해졌다.

"린타로도 물 속에서 방귀 뀌어본 적 있어?"

"있어."

린타로가 대답했다.

나도, 나도, 하고 이번에는 겐지까지 거들었다.

"뿌그르르 커다란 거품이 올라오더라. 거품을 살짝 만지니까 방귀가 안녕? 하고 말하는 것 같았어."

"너, 그거 몰라?"

하고 린타로가 물었다.

"뭘?"

하고 프랑켄이 되물었다.

마침내 린타로도 적극적으로 이야기에 끼어들었다.

"젖은 수건으로 덮으면 방귀를 잡을 수 있는데."

"와, 정말?"

"방귀 풍선이 만들어져."

다케가 끼어들었다.

"불을 붙이면 불이 붙는대. 우리 아빠가 그랬어."

"와, 로켓이다. 방귀뽕 1호."

하고 린타로가 말했다.

그 때는 지즈루 선생님도 아이들이 떠드는 소리를 듣고 있었다.

"내가 재미있는 거 보여줄게."

프랑켄이 말했다. 그 때 지즈루 선생의 목소리가 날아왔다.

"언제까지 그러고 있을 거야, 너희들!"

지즈루 선생님이 말했다.

"정말 화나 죽겠네."

솔직하고 교사 같지 않은 사람인 만큼 화를 낼 때도 자신의 감정을 직선적이고 직접적으로 드러냈다.

"선생님이랑 다른 친구들이 열심히 공부하고 있잖아. 대체 무슨 심보야, 너희들?"

세 아이는 선생님 손에 귀를 잡혀 앞으로 끌려 나갔다.

"선생님도 웬만하면 참으려고 했어."

지즈루 선생님은 그렇게 말하고 세 아이의 머리를 콩, 콩, 콩 쥐어박았다.

"나, 프랑켄."

어김없이 프랑켄이 익살을 부렸다. 지즈루 선생님이 단단히 화가 났다는 사실을 알고 있어, 아이들은 대놓고 웃지 못했다.

"공부는 뒷전으로 제치고 대체 무슨 얘기를 했어? 그렇게 재미있는 이야기라면 여기서 다시 해봐."

"……."

"미쓰루."

지즈루 선생님이 엄한 목소리로 프랑켄을 불렀다.

"가스 이야기요……."

프랑켄의 얼굴에는 헤헤거리는 웃음과 진지한 표정이 뒤섞여 있었다.

"가스? 무슨 가스?"

"방귀 가스요."

다들 깔깔 웃었다.

지즈루 선생님의 얼굴이 빨개졌다.

"좀 전에 재미있는 걸 보여주겠다고 했지? 그게 뭐야?"

하고 지즈루 선생님이 물었다.

화제를 바꿀 셈이었으리라.

역효과였다.

프랑켄이 공책을 들고 왔다. 공책을 펼쳐 한 귀퉁이를 가리켰다. 깨알 같은 글씨가 빽빽이 쓰여 있다.

"뭐야? 직접 읽어봐."

프랑켄이 그것을 읽었다.

"똥, 오줌, 방귀, 코딱지, 눈곱, 귓밥, 소똥, 말똥, 지렁이 똥……."

지즈루 선생님은 당황했다.

프랑켄의 입을 막고 다른 손으로 머리를 탁탁 때렸다.

셋 다 복도에서 벌을 선 것은 두말 할 필요도 없다.

돌아가는 길에, 프랑켄이 말했다.

"진짜 재미있는 건 이거야."

프랑켄은 국어 교과서를 쥐고 모서리를 파라락 넘겼다.

목욕탕에서 방귀가 커다래져 물 위로 떠올랐다가 톡 하고 터지는 것을 연속적으로 그린 그림이었다.

린타로도 다케도, 그 그림을 그린 프랑켄도 깔깔깔 웃었다.

* * *

새내기 선생님이 맨 처음 고민에 빠질 때는 아이들이 자기를 봐주지 않을 때이다.

자신은 갖은 노력을 기울이는데도 아이들은 반응이 없다. 저마다 저 좋을 대로만 한다.

이런 생각에 사로잡혀 초조해하거나 의욕을 잃는다.

지즈루 선생님도 벌써부터 이런 무기력한 상태에 빠져 있었다.

선생님은 객관성을 잃었지만, 아이들은 딱히 달라진 게 없다.

선생님은 빨리 아이들과 친해지려고 애쓴다. 그러나 아이들은 적극적으로 나서지 않는다.

아이들은 늘 자연스러운 존재다.

어떤 선생님인지 어떤 성격인지 알아보려고 하지만, 그 선생님과 어떻게 관계 맺어야겠다는 생각은 없다.

자신이 아이들에게 이만큼의 애정을 갖고 있으니까 아이들도 자신에게 그만큼의 애정을 보여야 한다는 것은 어른스럽지 못한 생각이지만, 지즈루 선생님은 그 사실을 깨달을 만한 여유가 없었다.

린타로와 프랑켄은 지즈루 선생님의 여유를 빼앗는 자극적인 인물인지 모른다.

지즈루 선생님도 아이들이 그저 사랑스러운 천사라고 생각하지는 않는다. 그러나 마음속 어딘가에 어린이는 천사의 일면을 가진 사랑스러운 존재라는 생각이 자리잡고 있다.

교사뿐 아니라 부모도 마찬가지겠지만, 어른들은 자칫 아이들을 천사 같은 존재라고 여기고 거기에 맞는 관계를 맺으려 하기 쉽다. 그리고 그것이 바람직한 관계라고 생각하지만 사실은 자신의 행복한 환상을 깨고 싶지 않은 이기심에 지나지 않는다.

그렇다면 결국 린타로와 프랑켄은 그 환상을 깨는 파괴자라고 할 수 있다.

이 파괴자들은 늘 마음 내키는 대로 지내는 것처럼 보였다.

자연 시간이었다.

'연못이나 강에 사는 생물'이라는 단원을 공부하고 있었다.

올챙이가 개구리가 되면 어디가 달라지는지 알아보는 생태 학습이었다.

"모양이 달라져요."

"당연하지."

"색깔도 달라져요."

"당연하지."

'당연하지'를 연발하고 있는 것은 린타로다.

지즈루 선생님이 나설 틈이 없다. 아이들이 적극적으로 수업에 참가하고 있으니 불평할 수도 없다.

프랑켄이 손을 들었다.

"먹는 것이 달라져요."

프랑켄이 말했다. 전에 없이 진지하다.

"맞아요. 미쓰루가 아주 중요한 사실을 발견했어요."

흐뭇해진 지즈루 선생님이 프랑켄을 칭찬했다.

"개구리는 뭘 먹고 살까? 여러분은 알고 있어요?"

지즈루 선생님이 물었다.

"파리요."

한 아이가 대답했다.

"파리도 먹죠. 또 다른 건?"

"벌레."

"어떤 벌레?"

"모기나 잠자리요."

"맞아요. 그런 것도 먹어요."

그 때 프랑켄은 다른 생각을 하고 있었다.

프랑켄이 다시 손을 들었다.

"선생님은 개구리를 드세요?"

어쩐 일로 말씨가 공손하다.

지즈루 선생님은 예감이 좋지 않았다. 그것이 표정에 드러났다.

"선생님은 먹지 않지만, 식용 개구리란 게 있으니까 먹는 사람도 있겠죠."

애써 태연한 척하며 대답했다.

"파리는 똥을 먹잖아요."

"……."

또 똥 이야기냐고, 지즈루 선생님은 넌더리를 냈다.

"개구리는 파리를 먹잖아요? 사람은 그 개구리를 먹잖아요? 그럼, 맨 처음에 먹은 똥은 어디로 가요? 똥은 빙글빙글 도는 건가? 참 이상해요."

프랑켄은 생각에 잠긴 얼굴로 말을 마쳤다.

선생님을 놀리려는 마음은 없는 것 같다. 지즈루 선생님은 그렇게 생각하고, 야단치지 않고 넘어갔다.

"그건 선생님도 잘 모르겠어요."

지즈루 선생님은 솔직하게 대답했다.

아이들이 웃었다. 그러자 교실 분위기가 밝아졌다.

"어유, 그렇구나. 선생님도 잘 모르는구나."

프랑켄이 머리를 감싸 쥐고 이렇게 말하자 다들 또 한 번 웃었다.

이 일로 지즈루 선생님은 한 가지 사실을 깨달았다.

너무 잘하려고 하면 악순환이 되풀이된다. 아이들 앞에서 때론 비틀거리기도 하자.

그건 그렇고, 프랑켄의 질문은 매우 함축적이다. 아이들은 굉장한 생각을 한다.

생명의 순환을 가르치는 것은 무엇보다 중요한 교육이라고 할 수 있다. 그러나 지즈루 선생님은 거기에 생각이 미칠 만큼 여유롭지 못했다.

수업이 계속되었다.

"올챙이는 물 속에서 숨을 쉬지만 개구리는 공기를 마셔요. 그게 달라요."

가요코가 말했다.

"그 차이는 아주 중요해요. 같은 생물이라도 물 속에 사는 생물과 땅 위에 사는 생물은 몸의 구조가 다르답니다."

지즈루 선생님이 설명했다.

한 남자아이가 손을 들고 말했다.

"하지만 돌고래나 고래는 포유동물이잖아요. 폐로 숨을 쉬는데도 물 속에서 사는걸요."

뭐랄까, 조금 건방진 말투다.

교과서의 차례대로 수업을 하다 보면 자기가 알고 있는 지식을 자랑하려는 아이가 있게 마련이다.

이런 아이를 싫어하는 교사도 꽤 많다.

"잘 알고 있군요."

지즈루 선생님은 담담하게 말했다.

"그런 특별한 동물도 있지만, 물 속에서 사는 동물과 땅 위에서 사는 동물은 대개 숨을 쉬는 부분이 달라요. 자, 땅 위에서 사는 동물은 뭐로 숨을 쉴까? 똑똑한 네가 말해볼래?"

지즈루 선생님은 약간 건방진 아이를 가리켰다.

아주 훌륭한 솜씨다.

"폐요."

그 사내아이, 도쿠다 시게키는 가슴을 쭉 펴고 대답했다.

"그래요, 땅 위에서 사는 동물은 폐로 숨을 쉬지요."

지즈루 선생님은 칠판에다 '땅 위에서 사는 동물―폐'라고 적었다.

"그럼, 물에서 사는 동물은요?"

"아가미요."

"아가미요."

기다렸다는 듯이 많은 아이들이 대답했다.

"맞아요. 아가미로 숨을 쉬어요."

수업은 순조롭게 이루어지고 있다.

"사람은 어디로 숨을 쉬어요?"

나가후치 마사루라는 아이가 물었다.

"당연히 폐잖아."

두세 명의 아이가 말했다. 린타로가 손을 들었다.

"폐는 어디 있어? 눈이랑 코랑 입이랑 귀는 알겠는데 폐는 어디 있는지 모르겠어."

린타로는 지금 보이지 않는 존재를 확인하고 싶어한다고, 지즈루 선생님은 생각했다.

지즈루 선생님은 린타로 옆으로 가서 린타로의 가슴에 손을 댔다.

"숨 쉬어봐."

린타로가 크게 숨을 쉬었다.

"폐는 바로 여기 있어."

지즈루 선생님이 말했다. 아주 재치 있다.

그러자 프랑켄이 말했다.

"린타로는 폐호흡, 나는 아가미호흡."

그러고는 아래턱 살을 엄지와 검지 손가락으로 쭉 잡아당기고 새끼손가락을 까딱거렸다.

마침내 린타로와 프랑켄은 짝을 이뤄 만담을 흉내내기에 이르렀다.

지즈루 선생님은 젊다. 때때로 립스틱 색깔이 바뀐다. 여자아이들이 재빨리 알아채고 립스틱 색깔을 이야깃거리로 삼는다.

갈색 립스틱이 새로 나왔다. 지즈루 선생님이 그 색깔을 바르고 왔다.

린타로와 프랑켄이 당장에 만담에 써먹었다.

"방금 엄청난 사건이 벌어졌어요! 방금 엄청난 사건이 벌어졌어요!"

"무슨 일입니까?"

먼저 말을 꺼낸 것이 프랑켄, 장단을 맞추는 것이 린타로다.

이럴 때는 대개 높임말을 쓴다.

만담이 시작됐구나 싶어서, 아이들이 둘을 에워싼다.

"방금 그걸 보았나요?"

"보았고말고요."

"선생님의 입술을 보았나요?"

"보았고말고요."

벌써 아이들이 깔깔거린다.

"뭘 바른 걸까요?"

"궁금해요?"

"궁금하다마다요."

궁금해? 하고 린타로가 아이들에게 물었다. 아이들이 입을 모아 궁금해, 궁금해, 하고 대답했다.

사람을 부추기는 기술까지 터득하고 있다.

린타로가 말했다.

"해변 도로의 포도색……."

"해변 도로의 포도색……."

프랑켄도 가세했다.

갈색 립스틱과 해변 도로의 포도색이 무슨 상관이 있으랴마는 그런 건 아무래도 좋다.

"그건 어떻게 만들었다던가요?"

이번에는 프랑켄이 묻는 역을 한다. 둘은 자유롭게 역할을 바꾼다.

"초콜릿을 바르면 그런 색깔이 된다더군요."

"우히히히."

프랑켄이 웃었다. 다들 웃었다.

"뭐가 그렇게 우습죠, 프랑켄 씨?"

"나는 좀 다른 방법을 발견했답니다."

"어떤 방법이에요?"

"쪼옥."

프랑켄이 갈색 나뭇가지에 입을 맞췄다.

다들 좋아하며 박수를 쳤다. 여기에 독창성은 없다. 단순히 텔레비전 광고를 흉내냈을 뿐이지만, 꼭 어울리는 상황에 빌려 썼다는 점은 높이 살 만하다.

쉬는 시간이었지만 교실에서 일을 보고 있던 지즈루 선생님도 소리내어 웃었다.

프랑켄이 전학 온 뒤로 린타로의 친구 관계에 미묘한 변화가 생겼다.

다케나 아오퐁은 린타로와 프랑켄 사이가 별로 탐탁지 않았다. 도시하루와 가즈미치의 마음도 크게 다르지 않다.

가요코는 그다지 심하지 않지만, 리에는 내놓고 프랑켄을 싫어했다.

륜예 어린이집을 졸업한 아이들은 다들 사이가 좋았다. 그리고 겉보기에는 전혀 달라진 게 없는 듯했지만, 그 밑바닥에서는 감정의 파도가 일고 있었다.

다케가 아오퐁에게 말했다.

"린타로가 오늘 학교 끝나면 무례한 가게에 가자던데, 너도 갈래?"

"갈게."

아오퐁은 이렇게 대답하고 주머니의 동전을 세었다. 다케와 아오퐁이 모두한테 물어보러 다녔다. 모두란 륜예 어린이집을 나온 아이들을 말한다.

도시하루와 가즈미치와 가요코도 가겠다고 했다. 마지막으로 둘은 리에한테 물었다.

"리에, 오늘 학교 마치고 무례한 가게에 갈래?"

가끔씩 이렇게 묻곤 하니까, 리에는 별 생각 없이 그러겠다고 했다. 그러다 문득 생각난 듯 물었다.

"어린이집 애들 말고 또 누가 가니?"

륜예 어린이집을 나온 아이들은 초등학생이 된 뒤에도 여전히 '어린이집 애들'이었다.

"글쎄, 잘 몰라."

"린타로짱한테 한번 물어봐 줄래?"

하고 리에가 말했다.

성격 좋은 아오퐁은 두말 없이 린타로에게 물으러 갔다.

"프랑켄이랑 하루나도 같이 간대."

아오퐁이 리에 자리로 돌아와 이렇게 말했다.

"그럼 난 안 가."

리에가 쌀쌀맞게 말했다.

"왜?"

아오퐁은 물어보나마나 한 말을 물었다.

"프랑켄이 가면 난 안 가."

조금 떨어진 곳에서 린타로와 놀고 있는 프랑켄을 힐끗 보고, 리에가 대꾸했다.

"프랑켄, 재미있잖아."

남을 미워할 줄 모르는 아오퐁이 느릿느릿 말했다.

"난 재미없어."

리에는 말붙일 엄두도 안 날 만큼 쌀쌀맞다.

"다들 친군데."

느긋하고 성격 좋은 아오퐁이 우물우물 중얼거린다.

결국 리에는 함께 가지 않았다.

아오퐁이 리에의 말을 전하자, 린타로는

"흐음."

하고 말할 뿐 다른 말은 없었다.

여덟 명이 나란히 학교를 나섰다.

무례한 가게 근처의 공원에 이르자, 아이들은 가위바위보를 했다.

"에이, 또 나야?"

가위바위보에서 진 다케는 맥이 빠졌다.

"두 번이나 가방만 지켜야 하다니, 좀 심하다."

"가위바위보 해서 진 거니까 어쩔 수 없잖아."

도시하루가 말했다.

"가방은 풀밭 같은 데다 숨겨 두면 아무도 모를 거야, 안 그래? 나도 같이 가자."

다케는 끈덕지게 매달렸다.

연달아 두 번이나 가방만 지키는 건 사실 좀 가엾다. 린타로가 도움의 손길을 내밀었다.

"저 구석에 있는 화분 뒤에 가방을 숨겨 놓으면 괜찮지 않을까? 우리, 그러자."

다들 조금 불안했지만 린타로의 말에 따르기로 했다.

아이들이 이렇게 걱정하는 데에는 그만한 까닭이 있다.

무례한 가게의 오후미 할머니는 누구에게나 친절한 사람이지만, 약은 꾀를 쓰거나 나쁜 짓을 하는 아이를 보면 결코 그냥 넘어가지 않는다.

"일단 집에 갔다가 우리 가게를 찾아오는 것은 고맙지만, 학교에서 바로 오는 애들한테는 아무것도 팔 수 없어. 그런 애들이 불량학생이 되는 게야."

아주 엄격하다.

한번은 다케가 따진 적이 있다.

"린타로는 집에 돌아가는 길에 여기서 쌀과자 사 먹었잖아."

"그 때는 린타로의 어머니와 미리 약속을 했으니까. 그리고 린타로가 초등학교에 다닌 뒤로는 그런 일 없었다."

오후미 할머니는 대쪽같은 사람이다.

그러나 오후미 할머니 말에 군소리 없이 따르는 아이는 없다. 아이들로서는 오후미 할머니라는 장애물을 뛰어넘을 수 있는 방법을 생각해내기만 하면 된다.

아이들은 가방을 숨기고 오후미 할머니를 속임으로써 할머니 말처럼 일찌감치 불량학생이 되었다. 나뭇가지를 주워 오고 풀잎을 뜯어 와 가방을 가렸다.

아이들은 환성을 지르며 무례한 가게로 뛰어갔다.

"아이고, 많이들 왔구나."

오후미 할머니가 아이들을 보고 말했다.

"학교는 어떠니? 공부는 열심히 하고?"

열심히 놀고 있어, 하고 다케가 말했다.

오후미 할머니는 호호호 웃고는

"사내아이들은 그래도 괜찮지."

하고 말했다.

"여자아이는?"

가요코가 물었다.

"이런, 내가 실수했다. 여자아이나 남자아이나 똑같아요, 똑같아."

하고 고쳐 말했다.

오후미 할머니는 아이들의 얼굴을 빙 둘러보았다.

"못 보던 얼굴도 있구나."

"얘는 하루나, 얘는 프랑켄."

린타로가 말했다.

"프랑켄은 별명이겠지? 진짜 이름은 뭐니?"

"몰라."

린타로가 대답했다.

"모른다고?

"아 참, 미쓰루였지. 성은 뭐야?"

린타로가 프랑켄에게 물었다.

프랑켄은 묻는 말에는 대답 없이

"나, 프랑켄."

하고 여느 때와 마찬가지로 양쪽 뺨을 쭉 잡아당겨 보였다.

"호호호, 아주 재미있는 아이구나."

오후미 할머니는 재미있다는 듯이 웃었다.

그 무렵 '가면 라이더 스낵'이라는 과자가 한창 인기를 끌었다. 린타로는 과자 봉지 안에 들어 있는 카드를 갖고 싶어했고, 다케는 카드와 과자를 다 갖고 싶어했고, 도시하루는 과자에 관심이 더 많았다.

그래서 아이들은 카드 한 장과 과자 세 개를 맞바꾸거나 하면서 왁자지껄 신나게 떠들었다.

늘 그렇듯 오후미 할머니는 생글생글 웃으며 아이들을 바라보고 있었다.

"슈짱, 있어?"

린타로가 물었다.

"있기는 있는데 자전거 가게에는 없단다."

"그럼 어디 있어?"

"안에서 자고 있어."

"자고 있어? 아파?"

"고뿔이 들었는지 얼굴이 좀 발갛고 기침도 나고."

린타로가 집 안에 대고

"슈짱!"

하고 큰 소리로 불렀다.

"어!"

슈짱의 나직한 목소리가 들렸다.

"왜 그래? 감기 걸렸어?"

"으으음."

슈짱이 소 울음 같은 소리로 대답했다.

린타로가 엉금엉금 기어서 집 안으로 들어갔다.

다른 아이들은 가게에서 눈으로만 린타로를 좇고 있다. 집 안에는 툭하면 "무례한 놈들!" 하고 불벼락을 내리는 무서운 할아버지가 있다는 것을 알기에 아무도 린타로를 따라나서지 않는다.

슈짱은 어둠침침한 방 한 구석에 혼자 누워 있었다.

할아버지는 외출했는지 보이지 않았다.

"슈짱, 많이 아파?"

"응, 많이 아파."

"열 있어?"

"글쎄, 열 있나?"

아무리 아파도 슈짱의 목소리는 여유롭고 느긋했다.

그런 슈짱의 목소리를 듣자, 린타로는 마음이 놓였다.

"기침 나?"

"음, 기침도 나."

"그럼, 목 아프겠다."

"목도 아파."

"슈짱, 좋은 거 가르쳐줄게."

하고 린타로가 말했다.

"슈짱 집에 밀가루 있어?"

"부침개를 자주 해 먹으니까 아마 있을 거야."

그렇게 말하고 슈짱은 콜록콜록 기침을 했다. 린타로는 슈짱의 기침이 멎기를 가만히 기다렸다. 눈길이 슈짱에게 머물러 있다.

"후우, 힘들다."

슈짱이 이렇게 말하자, 린타로도 응, 하고 말했다.

"그래서 밀가루로 뭘 하는데?"

슈짱이 먼저 물었다.
"식초로 밀가루를 녹여."
"흐음."
"생강 갈아 넣는 거 까먹지 마."
"생강을 갈아서 넣는다고?"
"응, 갈아서. 까먹으면 안 돼."
그래, 알았어, 하고 슈짱이 말했다.
"슈짱네 집에 거즈 있어?"
"거즈가 있으려나?"
"없으면 내가 갖다 줄게."
"응, 고마워. 린타로는 참 친절하구나."
언제부턴가 프랑켄이 뒤에 와서 둘의 이야기를 듣고 있었다.
린타로가 말을 이었다.
"생강을 섞은 밀가루가 찐득찐득해지잖아? 그럼, 그걸 거즈에 발라, 얇게."
"얇게 말이지?"
"응, 얇게. 그 위에 또 거즈를 얹어. 그러고는 그걸 가슴 위에 얹어놓는 거야. 처음엔 차가워."
"차가워?"
"응. 처음엔 차갑지만 금방 따뜻해져."
"그렇구나."
"가슴이랑 목이 시원해져서 기분 좋아."
"그게 그렇게 잘 들어?"

"응, 잘 들어."
하고 린타로가 대답했다.
 린타로는 자기가 감기에 걸렸을 때 메이가 늘 쓰는 방법을 가르쳐준 것이다.
"나도 엄마한테 해달라고 할게."
 슈짱이 말했다.
"응, 꼭 그래야 돼. 그럼 나, 갈게."
"집에 가?"
"응, 집에 가."
 린타로는 무릎과 손바닥으로 마루를 짚은 채 그대로 뒷걸음질로 바닥에 내려섰다. 린타로와 같은 자세였던 프랑켄도 허둥지둥 바닥에 내려섰다.
"슈짱, 빨리 나아."
 린타로는 큰 소리로 말하고는 아이들이 기다리고 있는 가게로 돌아갔다.
 린타로가 오후미 할머니에게 말했다.
"슈짱은 자전거 가게에 있을 때가 더 좋아."
"암, 건강하게 일하는 게 최고지. 린타로도 고뿔 들지 않도록 조심해."
"난 코에 뽈 없어."
 린타로가 말했다.
"에그, 그런 말이 아닌데……."
 오후미 할머니가 이렇게 말하며 호호호 웃었다.

아이들은 무례한 가게를 나와 공원으로 돌아가, 거기서 헤어졌다.
"우리 집에 놀러 갈래?"
린타로가 프랑켄에게 물었다. 프랑켄은 환한 얼굴로 응, 하고 끄덕거렸다.
"엄마가 집에 있긴 하지만……."
린타로가 그렇게 말하자, 옆에서 가요코가 말했다.
"린타로네 엄마, 다들 좋아해. 프랑켄도 틀림없이 좋아할 거야."
"정말?"
프랑켄이 입을 헤벌쭉거리며 웃었다. 평소처럼 헤헤거릴 때와는 느낌이 달랐다.
다케가 물었다.
"나도 가도 돼?"
"응."
나도 갈래, 하고 아오풍도 나섰다.
린타로는 한 친구를 특별히 좋아하거나 싫어하지 않는다. 프랑켄은 린타로네 집에 한 번도 놀러 온 적이 없기 때문에 먼저 물어본 것뿐이리라.
다른 친구들이 린타로와 프랑켄 사이를 얼마간 시샘하고 있다 해도 그 때문에 딱히 문제가 생기지 않는 것은 이처럼 어딘가 한쪽으로 치우치지 않는 린타로의 성격 덕분인지 모른다.
자기와 만난 것은 모두 소중한 친구라는 할아버지의 가르침과 린타로의 성격이 물과 물고기의 관계처럼 서로를 잘 받쳐주고 있는 것이리라.

그 날은 집에 일이 있거나 학원에 가야 하는 아이도 있었는데, 다케와 아오퐁은 일단 집에 돌아갔다가 다시 린타로의 집에 가기로 했다.

린타로와 둘만 남자, 곧바로 프랑켄이 물었다.

"린타로. 슈짱은 어른 친구야?"

슈짱이 어떤 사람인지 궁금한 듯했다.

"응, 어른 친구야."

"슈짱이란 사람, 꼭 저녁놀 같아. 나, 슈짱 좋아."

응, 하고 린타로가 고개를 끄덕였다.

프랑켄은 그저 자신이 느낀 대로 말했을 뿐이지만, 슈짱이라는 인물을 제대로 파악한 셈이다.

"슈짱은 어른 친구가 별로 없어."

린타로가 말했다.

"사람들은 슈짱한테 바보라고 하지만, 슈짱은 절대로 바보 아냐."

이번에는 프랑켄이 응, 하고 고개를 끄덕였다.

"슈짱은 자전거를 무지무지 잘 고쳐. 슈짱은 우리 얘기도 잘 들어줘. 슈짱은 어른처럼 안 구니까 슈짱한테는 뭐든지 다 얘기할 수 있어."

어른처럼 안 군다는 린타로의 표현도 재미있다.

"슈짱이랑 얘기하면 마음이 기뻐져. 그런 어른, 잘 없어."

하고 린타로가 말했다.

"응."

프랑켄의 얼굴에서 헤헤거리는 웃음이 사라졌다.

"린타로는 좋겠다. 친구가 무지무지 많아서."

한숨을 쉬듯이 프랑켄이 말했다.

메이는 쉬는 날이라 집에 있었다.

린타로가 프랑켄과 함께 들어오자 잠시 일손을 멈추었다.

"얘, 프랑켄이야."

린타로가 무뚝뚝이 프랑켄을 소개했다.

"아, 네가 미쓰루구나?"

메이가 말했다.

"아줌마, 나 알아요?"

"그래, 알아."

메이는 사근사근 말하고 부엌으로 갔다.

"어떻게?"

프랑켄이 아니라 린타로가 물었다.

"네가 가끔 미쓰루 이야기를 하니까. 리에나 리에 어머니한테도 미쓰루 이야기를 듣고 있고……."

메이는 문득 생각난 듯 양쪽 볼을 잡고는

"프랑켄."

하고 말했다.

"맞지?"

린타로가 큰 소리로 한숨을 내쉬었다.

"아아!"

그러고는 프랑켄을 보며 말했다.

"야, 너 한방 먹었어."

프랑켄은 맥없이 웃었다.

"미쓰루는 아주 재미있는 아이라며?"

부엌에서 마실 것을 잔에 따르며 메이가 말했다.

"해변 도로의 포도색…… 쪼옥! 맞지?"

메이는 노래하듯 말하고는 프랑켄을 보고 웃었다.

"있잖아요, 아줌마."

프랑켄이 일어나 메이 옆으로 다가갔다.

"그런 걸 다 어떻게 알았어요?"

"글쎄, 어떻게 알았을까?"

메이는 잔을 쟁반에 옮기고 찬장에서 과자를 꺼냈다.

메이가 부엌을 나오자, 프랑켄도 메이의 팔에 매달려 함께 걸어온다.

"아줌마, 나를 어떻게 알아요?"

"궁금하니?"

"응, 궁금해요."

메이가 자리에 앉고, 프랑켄도 앉았다.

"부모는 자기 자식 일은 뭐든 다 알고 있단다."

메이가 말했다.

"순 거짓말이야."

프랑켄이 대꾸했다.

"맞아, 거짓말이야."

"뭐야, 아줌마. 거짓말이에요, 참말이에요?"

메이는 무심결에 웃었다.

"나더러 재미있다더니 아줌마도 재미있네."

"그러니?"

메이는 웃으며 프랑켄을 보았다. 눈이 작고 맑다.

"왜 하필 프랑켄이야, 미쓰루? 얼굴도 잘생겼는데."

메이가 말했다.

"나, 그런 말 처음이야."

하고 프랑켄이 말했다.

"이야기는 천천히 하고 이것 좀 먹어봐."

입에 맞으려나…… 하고 중얼거리듯이 말하며, 메이는 마실 것과 과자를 내밀었다.

"아줌마. 이거, 맛있어요. 뭐예요?"

마실 것을 한 모금 삼키자마자 프랑켄이 물었다.

"맛있니?"

"응, 맛있어요."

"다행이네. 맛이 조금 독특하지? 오키나와가 고향인 사람한테서 배운 건데, 현미를 믹서에 갈아서 흑설탕이랑 생강즙을 넣고 끓인 거야. 더울 때는 시원하게, 추울 때는 따뜻하게 해서 마셔."

"흐음, 나 이런 거 처음 먹어봐. 아줌마가 만들었어요?"

"응."

린타로는 좋겠다, 하고 프랑켄이 말했다.

"과자도 먹어볼래?"

메이가 과자통 뚜껑을 열었다.

프랑켄은 과자 하나를 입에 넣고 한동안 오물거리더니

"이건 뭐예요?"

하고 물었다.

호기심이 많은 건 린타로와 비슷했다.

"이것도 아줌마가 만든 건데……."

메이가 말했다.

"아줌마는 뭐든 다 만들 줄 아나 봐. 우리 여싸님은 만들 줄 아는 게 하나도 없는데."

하고 프랑켄이 말했다.

"이건 어떻게 만들어요?"

프랑켄이 과자를 두 개째 먹으며 물었다.

린타로가 뭘 물을 때의 말투와 비슷하다고 메이는 생각한다.

"요즘 사람들은 아마 거의 안 먹을 거야. 먹다 남은 밥을 살짝 씻어 말려서 프라이팬에 볶은 다음에 설탕물에 버무려 꼭꼭 뭉치면 돼. 아주 간단하지?"

메이는 별것 아니라는 듯이 말했다.

"린타로는 좋겠다. 엄마가 뭐든 다 만들어주니까."

프랑켄은 부러운 눈으로 린타로를 보았다.

메이가 말했다.

"너도 엄마가 이것저것 보살펴 주시잖니? 아이를 키우는 건 보통 일이 아니야."

"여싸님이 날 보살펴 줬던가?"

"그럼, 너 혼자 큰 줄 아니?"

"흠, 강아지 정도는 되려나?"

프랑켄이 중얼거렸다.

엄마한테서 집에서 기르는 강아지만큼의 보살핌밖에 받지 못했다는 뜻일까? 아무튼 초등학교 2학년치고는 말투가 꽤 어른스럽다.

프랑켄은 바삭바삭 경쾌한 소리를 내며 과자를 먹었다.

"가려고?"

린타로가 물었다.

"좀더 놀다 가."

메이가 붙잡았다.

"응."

프랑켄이 벙긋 웃었다.

"린타로. 아줌마랑 조금만 더 얘기하고 가도 돼?"

쳇, 뭐야. 말은 이렇게 했지만, 린타로는 딱히 화난 기색 없이 과자 두세 개를 집어 자기 책상으로 갔다.

메이가 물었다.

"미쓰루. 가방을 들고 온 걸 보니까 집에도 안 가고 바로 왔구나?"

"응. 집엔 아무도 없는걸요."

"늘?"

"응, 늘."

"엄마는?"

잠깐 망설이다가, 메이가 물었다.

"만날 화장하고 나가요."

"그렇구나."

메이는 더 이상 물어볼 수가 없었다.

"아빠는 건강하셔?"

"무지무지."

밝은 목소리여서 메이는 마음이 놓였다.

"아빠는 자주 놀아주셔?"

"전혀요."

프랑켄은 뭐든 스스럼없이 대답했다.

"거의 집에 없어요."

한 번 더 강조하듯이 말했다.

"그렇구나."

아무리 어린아이라 해도, 아니 어린아이기 때문에 이것저것 캐묻는 것은 좋지 않다고, 메이는 순간적으로 생각했다.

"괜찮다면 자주 놀러 와."

"정말요?"

프랑켄이 눈빛을 반짝였다.

"아줌마도 일을 하기 때문에 집을 자주 비우지만……."

"아줌마도요?"

프랑켄이 물었다.

그 날 밤, 소지로가 돌아오자마자 메이가 말했다.

"프랑켄이 놀러 왔었어."

"아, 그 유명한 아이가?"

소지로가 물었다.

메이와 소지로는 린타로가 2학년이 되어 새로 사귄 프랑켄이라는 친구에 대해 몇 번 이야기를 나눈 적이 있다. 사실 둘은 프랑켄을 반드시 바람직한 친구라고 여기지는 않았는데, 린타로가 프랑켄과 어울림으로써 뭔가 문제를 일으키지는 않을까 걱정스러웠기 때문이다.

"진짜 이름은 미쓰루야. 사실 우린 그 애하고 린타로 이야기는 거의 남한테 전해 듣기만 했잖아. 실제로 어떤 아이인지 궁금하던 터라……."

"어떤 애였어?"

이야기 도중에 소지로가 물었다. 그만큼 궁금했던 것이리라.

메이는 잠깐 생각한 뒤에 말했다.

"굉장히 사람을 잘 따르는 아이였어."

10시가 넘어, 린타로는 이미 자고 있었다.

"선생님 치마 속을 엿보거나 늘 장난만 치는 아이 같은 느낌은 없었지만……."

메이는 찬찬히 기억을 떠올리며 말했다.

"자긴 사람을 잘 따른다는 거 어떻게 생각해?"

"어떻게 생각하냐니?"

소지로가 되물었다.

"선천적으로 사람을 잘 따르는 성격도 있지만, 애정에 굶주리면 아무나 잘 따르게 되지 않아?"

"물론 그럴 수도 있겠지. 미쓰루가 그런 아이라는 거야?"

"그럴지도 모른다고 생각한 건 사실이지만……."

메이는 뒷말을 흐렸다. 그러고는 소지로에게 말했다.

"난 누군가를 이런 사람이다, 저런 사람이다, 딱 잘라 결정해버리는 성격이 아니라서."

당신 성격은 나도 알지, 하고 소지로가 말했다.

"처음 보자마자 내 팔에 매달리기도 하고, 아줌마, 아줌마 하면서 나를 졸졸 따라다니기도 했어."

"그런 애도 있지."

"그늘이 느껴졌다면 애정결핍인가 보다 생각할 수 있지만······."

"그늘은 없어 보였어?"

"없어 보였어."

메이가 단호하게 말했다.

"밝고 귀여운 아이라고 생각하긴 했지만······."

"했지만······ 은 무슨 뜻이야?"

소지로가 물었다.

"그 애 얘기를 들으니까 아무래도 부모님한테 별로 사랑을 받지 못하는 것 같았거든."

메이는 그 날 프랑켄과 나눈 이야기를 소지로에게 자세히 들려주었다.

"흐으음."

이번에는 소지로가 생각에 잠겼다. 얼마 뒤에 말했다.

"일단은 행복하지 못한 가정에서 자라는 아이라고 짐작할 수 있겠군."

"그렇지? 하지만 만약 그렇다면 보통은 아이한테서 그늘 같은 게 느껴지지 않아?"

"보통은 그렇지."

"미쓰루한테는 그런 느낌이 없었어."

"다행이군, 그렇다면."

"응, 다행이야."

메이는 자못 진지한 목소리로 말했다.

"있잖아, 부모는 정말 이기적인가 봐."

"무슨 말이야?"

"미쓰루가 밝은 아이라 마음이 놓이긴 했지만, 거기엔 린타로의 새 친구가 나쁜 애여서 린타로한테 혹시 나쁜 일이 생기지는 않을까 하는 걱정을 덜었다는 안도감도 포함되어 있거든."

"당신, 아주 솔직하군."

소지로가 말했다.

"나, 접때 자기한테 말했지? 자기 아이의 행동을 아이의 친구나 다른 사람 탓으로 돌리는 염치없는 부모만은 되고 싶지 않다고."

"그랬지."

"그런데 나 역시 자기 아이밖에 생각할 줄 모르는 한심한 부모지 뭐야."

"뭐, 자신을 한심하게 여기는 정도라면 그다지 염치없는 부모는 아니지 싶은데?"

"그럴까? 난 이기적인 사람이 제일 싫어."

"부모는 누구나 이기적인 면을 갖고 있어. 그리고 그런 면이 겉으로 드러났을 때 '아, 이러면 안 되지.' 하고 반성하면서 부모도 성장하는 거 아닌가? 아이를 기르고 있는 줄 알았는데 돌아보니까 자기가 훌쩍 자라 있더라는 말도 있잖아."

"그럼 다행이지만."

"이건 당신 장점인데, 당신은 린타로 문제로 이것저것 고민하지만 결코 어정쩡하게 처리하거나 회피하지 않아. 그건 내가 인정해."

"고마워. 하지만 자식을 기르다 보면 자신의 인간성이 얼마나 경박한지 훤히 드러나니까 그게 겁나. 연애는 서로 속고 속이면서 대충 넘어가기도 하는데 말야."

"당신 지금 뭐하고 뭘 비교하는 거야?"

소지로가 어이없다는 듯이 말했다.

"미쓰루와 친하게 지내면서 린타로는 나름대로 인간관계를 공부하고 있는 것 같아."

"무슨 일 있었어?"

"리에라고, 자기도 알지? 아주 상냥한 애야. 상냥할 뿐 아니라 꽤 대찬 성격이라 린타로한테도 자기 할 말을 거침없이 한대."

"흠, 그 애가?"

"그런데 리에가 미쓰루를 싫어한대."

"흠, 그래?"

"리에 어머니가 리에한테 미쓰루가 왜 싫으냐고 물어봤대. 그러니까 늘 까불거리고 짓궂은 장난을 쳐서 싫다고 했대."

"딱 부러지는군."

"응. 미쓰루와 린타로가 선생님 치마 속을 엿봤을 때 리에가 린타로한테 했던 말, 내가 얘기해줬지?"

"정나미가 반쯤 떨어졌다는 말?"

"응, 맞아. 정나미가 반쯤 떨어졌다는 건 냉정한 말이기도 하지만 상냥한 말이기도 하잖아?"

"그렇지. 좋아하는 마음이 아직 반은 남아 있다는 말이니까."

"나, 리에가 그 말을 했을 때 무슨 생각이 들더냐고, 린타로한테 물어봤어."

"그랬더니?"

"아무 말도 안 했어. 입을 꾹 다물고 스윽 사라지듯이 저만치 가 버리더라."

"역시 충격을 받았나 보군."

"응, 그런 것 같아. 입에 쓴 말을 해주는 친구를 소중히 여기라고, 린타로의 등에 대고 말해주긴 했는데."

"충격을 받았다는 건, 녀석 나름대로 뭔가 생각한 게 있다는 말이겠지?"

"친구한테서 배우고 있다는 말이기도 하고."

"그렇지. 그런데 싫은 소리를 했다고 리에를 괴롭히거나 하지는 않겠지, 그 녀석?"

"그런 짓 절대 안 해, 린타로는."

메이는 힘주어 말했다.

"우린 미쓰루가 어떤 아이인지 아직 잘 모르지만, 린타로는 자기 나름의 감수성으로 뭔가를 느끼고 있는 거야. 미쓰루의 인간성이랄까 그런 걸 말야."

"분명한 것은 린타로가 인간관계를 재미있어하고 있다는 점이야. 그런 마음을 갖고 있는 한 녀석이 터무니없는 쪽으로 비뚤어지는 일은 없을 거라고 믿어, 나는."

"응, 나도 그래. 미쓰루한테 언제든 놀러 오라고 했더니 굉장히 기뻐하더라. 뭔가 나쁜 마음을 가진 아이는 절대 그런 표정을 지을 수 없어."

메이가 말했다.

"나, 프랑켄."

프랑켄은 린타로의 할아버지 앞에서도 어김없이 익살을 떨었다. 할아버지는 프랑켄을 지그시 바라볼 뿐이었다.

"나, 프랑켄."

할아버지가 반응이 없자, 프랑켄은 한 번 더 익살을 떨어 보였다.

"오냐, 네가 프랑켄이로구나."

할아버지가 담담한 목소리로 말했다.

프랑켄은 여느 때처럼 엄지와 검지로 양쪽 뺨을 쭉 잡아당기다가 좀더 할아버지의 관심을 끌기 위해 양쪽 새끼손가락까지 까딱까딱 흔들어 보였다.

"오냐, 오냐."

할아버지가 프랑켄의 눈을 들여다보며 말했다.

"내가 수수께끼를 내볼까?"

"수수께끼요?"

프랑켄은 허를 찔린 듯 어리둥절히 물었다.

"그래, 수수께끼."

내봐, 하고 옆에서 린타로가 말했다.

"내봐요, 내봐요."
프랑켄도 허둥지둥 말했다.
"오냐, 오냐."
할아버지는 두 아이를 애태우려는 듯 기다란 담뱃대에 잘게 썬 담뱃잎을 느릿느릿 다져 넣었다.
"할아버지, 빨리."
린타로가 채근했다.
"오냐, 오냐."
할아버지는 담뱃불을 붙이고 맛나게 한 모금을 빨았다. 그러고는 푸른 연기를 내뱉고 말했다.
"서로 나란히 있는데도 절대로 보이지 않는 것이 뭘까?"
"?"
뭘까? 린타로가 프랑켄의 얼굴을 보았다.
"뭘까?"
프랑켄도 말했다.
"모르겠니?"
할아버지는 즐거운 듯 말했다.
"그런 게 어딨어요? 안 그래?"
프랑켄이 린타로에게 동의를 구했다. 린타로는 가만히 생각하고 있다.
할아버지가 프랑켄에게 말했다.
"힌트를 좀 줄까? 오른쪽 눈으로 왼쪽 눈을 보렴. 어떠냐?"
프랑켄이 아, 하고 나직이 외쳤다.

"눈?"

"그래, 눈이란다. 눈은 나란히 붙어 있지만 서로를 볼 수 없지."

프랑켄이 응, 응, 하고 말했다.

할아버지가 프랑켄에게 깨쳐주려 한 것은 물론 수수께끼의 답이 아니다.

"속눈썹도 그래."

린타로가 말했다.

"흐음, 속눈썹도 그렇구나."

"귀도."

"오냐, 귀도 그렇지."

"콧구멍도."

린타로와 프랑켄이 쿡쿡쿡 웃었다.

"있기는 분명히 있는데 눈에 보이지 않는다는 것은 생각해보면 어려운 문제지."

할아버지가 말했다.

"린타로는 린타로가 전부 보이니?"

"전부는 안 보여."

린타로가 대답했다.

"그래. 너는 어떠냐?"

이번에는 프랑켄에게 물었다.

"보이는 것도 있고 안 보이는 것도 있어요."

"그래, 마음은 어떠냐?"

"마음은 안 보여요."

하고 프랑켄이 대답했다.
"보이지 않는 것을 늘 보고 있는 사람은 아주 꿋꿋한 사람이라서 남들에게 의지가 되지. 하지만 보이는 것만 보고 보이지 않는 것을 보려 하지 않는 사람은 미덥지 못해서 남들이 싫어한단다."
프랑켄은 할아버지를 빤히 바라보고 있다.
"눈이나 속눈썹이나 귀나 콧구멍은 두 개가 나란히 있고 모양이 같으니까 별 문제가 안 되지만 마음과 몸은 그렇지가 않단다."
프랑켄이 침을 꼴깍 삼켰다.
"부모님이 지어주신 이름은 뭐냐?"
할아버지가 프랑켄에게 물었다.
"미쓰루요."
"미쓰루? 넘치도록 풍요로우라는 뜻의 좋은 이름이구나. 프랑켄은 누가 지어줬니?"
내가요. 프랑켄이 대답했다.
"네가 직접 지었다고?"
"응."
"미쓰루와 프랑켄은 다른 사람이냐?"
프랑켄은 고개를 잘래잘래 흔들었다.
"그렇다면 미쓰루와 프랑켄은 나란히 붙어 있는 셈이구나?"
프랑켄의 눈이 강하게 빛났다.
"자, 수수께끼를 하나 더 내마. 바로 옆에 있는데도 절대로 볼 수 없는 것은 무엇일까?"
프랑켄은 뒷걸음치듯 엉덩이를 죽 뺐다.

할아버지는 프랑켄을 지그시 바라보았다. 한순간 눈빛이 엄해졌다가 이내 여느 때와 다름없는 상냥한 눈빛으로 돌아왔다.
"자신을 소중히 여겨야 돼. 너는 이 세상에 단 하나뿐이니까."
프랑켄은 빨려들어갈 듯한 눈빛으로 할아버지를 바라보고 있었다.

할아버지와 린타로와 프랑켄은 함께 못을 박았다.
할아버지가 못 박는 것을 보고 프랑켄은 눈이 휘둥그레졌다.
할아버지가 망치질을 하는 순간 끽 하는 짤막한 새 울음소리 같은 소리가 났다. 이어서 장단을 맞추는 듯한 경쾌한 소리가 탕탕 나면, 기다란 못은 어느새 나무에 쑥 박혀 있다.
"왜 끽 소리가 나요?"
프랑켄은 놀란 얼굴로 할아버지에게 물었다.
"이유는 두 가지란다."
할아버지가 말했다.
"첫 번째 망치질은 강하게, 그리고 눈 깜짝할 사이보다 짧은 순간에 이루어진다. 기계로도 잴 수 없을 만큼 빨라. 또 하나는 나무다. 이 나무는 노송나무인데, 아주 잘 말라 있지. 사람과 나무와 못이 호흡이 딱 맞아떨어지면 그런 소리가 난단다."
프랑켄이 처음 접하는 세계다.
할아버지가 명인이라면 린타로는 명인의 제자다. 린타로는 3센티미터쯤 되는 못을 두 개, 세 개, 순식간에 노송나무에 박았다.
"린타로……."

프랑켄은 어리둥절해했다.

"어떠냐, 너도 한번 해보겠니?"

할아버지가 프랑켄에게 망치와 못을 쥐어주었다.

프랑켄은 겁먹은 듯 주뼛거리며 못을 박았다.

"아, 휘어졌다."

별 탈 없이 나무에 박힐 듯 보이던 못이 도중에 힘없이 휘어져 버렸다. 프랑켄은 못을 도로 뽑아 휘어진 부분을 망치로 두드려 곧게 펴려고 했다.

할아버지가 말했다.

"물건을 아껴 쓰려는 마음은 기특하지만 한 번 휘어진 못은 원래대로 돌릴 수 없다. 휘어진 못은 아무 쓸모가 없어."

프랑켄은 어쩔 줄 몰라 하며 못을 들고 서 있었다.

"괜찮다, 괜찮아."

할아버지가 상냥하게 말했다.

"처음부터 잘할 수는 없지. 잘해야겠다는 생각을 버리고 망치와 나무와 못과 논다는 마음으로 해보거라."

프랑켄은 차려 자세로

"네."

하고 말했다.

프랑켄의 얼굴에서 헤헤거리는 웃음은 찾아볼 수 없었다.

린타로가 다니는 학교에서는 금요일 아침마다 조회를 한다. 교장선생님의 말씀은 늘 길었다.

정신자세를 강조하는 말이나 설교에 가까운 말뿐이어서 아이들은 몹시 지루해했다.

린타로와 프랑켄은 서로 어울리기 시작하면서, 운이 좋은 건지 나쁜 건지 조회 시간에 앞뒤로 나란히 서기 때문에 교장선생님이 이야기하는 동안 대개는 소곤소곤 귓속말을 나누거나 장난을 쳤다.

이런 경우에 지즈루 선생님은 둘에게 말로 주의를 줄 뿐이지만, 린타로가 산고릴라라고 부르는 옆 반의 중년 남자 선생님은 결코 인정사정 봐주지 않는다.

둘의 뒷덜미를 거머쥐고 머리와 머리를 꽝 하고 힘껏 부딪는다.

눈에서 불꽃이 번쩍 튀고 너무 아파서 눈물이 핑 돈다.

린타로도 프랑켄도 울지는 않지만 그 때마다 원망스러운 마음이 산더미처럼 쌓여간다.

그 날도 산고릴라가 둘의 뒷덜미를 거머쥐자, 프랑켄이 린타로에게 눈짓을 보냈다. 둘은 마음을 단단히 먹고 아랫배에 힘을 꽉 주었다.

"질리지도 않는구나, 네 녀석들은."

둔탁한 소리가 나고 충격이 왔다.

"으으윽."

프랑켄이 신음소리를 내뱉으며 바닥에 픽 쓰러졌다. 입에 거품을 물고 팔다리를 바르작거렸다.

"아, 죽었다. 어떡해!"

린타로가 소리쳤다.

"무슨 소리야, 죽다니!"

산고릴라는 말은 이렇게 했지만 내심 걱정스러운 모양이었다.
"야, 이 녀석아. 괜찮냐?"
지즈루 선생님이 뛰어왔다.
"미쓰루, 미쓰루!"
지즈루 선생님이 프랑켄의 뺨을 찰싹찰싹 때렸다.
"끄으응."
프랑켄이 앓는 소리를 했다. 실눈을 뜨고
"물……, 물…….'"
하고 말했다.

린타로는 프랑켄이 뭘 하고 있는지 알아차렸다. 텔레비전에서 본 '필살 망나니'라는 사극의 한 장면을 연기하고 있는 것이다. 어디서든, 어떤 경우에든 놀이의 정신을 잊지 않는다.

주위 아이들이 웅성거리고, 교장선생님의 말씀은 하는 둥 마는 둥 끝나버렸다.

프랑켄은 비틀거리는 연기를 하며 양호 선생님의 부축을 받아 양호실로 갔다.

"앞으로 저희 반 아이들은 제가 야단치겠습니다."
지즈루 선생님은 핏기가 가신 얼굴로 산고릴라에게 말했다.

금요일에 난리를 겪었는데, 토요일도 린타로에게는 운 나쁜 날이었다.

"아, 큰일났다."
그 날 아침 학교에 도착해 가방에서 교과서를 꺼내 책상 안에 넣자마자, 린타로가 말했다.

"왜 그래?"

먼저 와 있던 프랑켄이 물었다.

"오늘, 손톱검사 날이지?"

"응."

"또 까먹었어."

린타로는 기운이 빠졌다.

일주일에 한 번씩 손톱을 깎았는지, 깨끗한 손수건을 갖고 다니는지, 휴지를 갖고 다니는지 검사를 한다. 토요일이 그 날이다.

손톱이 길면 벌점이 3점, 손수건이 없으면 2점, 손수건이 더러우면 1점, 휴지가 없으면 1점이다. 벌점이 10점이면 복도 청소를 해야 한다.

이 일이 아이들 사이에 이야깃거리가 되었다.

"누가 이런 생각을 했을까?"

"우리 선생님 아냐?"

"아냐. 옆 반도 우리처럼 손톱검사 하는걸. 이런 생각을 해낼 사람은 산고릴라밖에 없어."

"맞아, 맞아."

산고릴라는 아이들 사이에 평판이 나쁘다.

"휴지가 없으면 벌점이 1점인데, 손톱이 길면 왜 벌점이 3점이지?"

"싸울 때 손톱으로 할퀴면 안 되니까 그런가?"

"그럼, 싸움 안 하는 아이는 손톱 길러도 된단 말야?"

"어, 그런가?"

아이들은 고개를 갸웃거렸다.

"똥을 눴는데 휴지가 없으면 큰일이잖아. 그러니까 벌점 3점은 휴지가 없는 사람한테 줘야 돼."

"맞아, 맞아."

"선생님들 화장실에는 휴지가 있잖아. 그래서 선생님들은 잘 모르는 거야."

"휴지가 없으면 빌리면 되잖아."

"아, 맞다······."

아이들은 이런 이야기를 주고받았다.

"진짜 이런 걸 생각해낸 선생님이 누굴까?"

아이들은 자못 화난 듯이 말한다.

"교통법규를 어긴 선생님일 거야."

다케가 새로운 주장을 펼쳤다.

"교통법규를 어기면 벌점을 받잖아. 벌점이 많으면 죄도 무거워져."

"산고릴라한테 벌점 100점을 줘서 감옥에 가둬버렸으면 좋겠다."

도시하루는 위험한 생각을 한다.

"100점 받은 사람을 감옥에 가둔다니까 되게 재미있다."

아오퐁이 느릿느릿 말했다.

린타로가 큰일났다고 한 까닭은 깜박 잊고 손톱을 안 깎고 왔기 때문이기도 하지만, 그보다는 이제 벌점 3점이 보태져 10점이 넘어버리기 때문이다. 그러면 벌 청소를 해야 한다.

메이는 린타로에게 말하곤 한다.

"남이 자기 일을 대신 해주는 건 아기 때뿐이야. 이제 자기 일은 자기가 알아서 해. 엄마는 상관하지 않을 테니까."

린타로가 어린이집에 다닐 때부터 메이가 늘 하는 말이다.

린타로는 자기 손을 보았다.

"어유, 되게 길다."

더구나 손톱 밑은 모래며 흙이 잔뜩 끼어 새까맸다.

"린타로, 손 줘봐."

프랑켄이 이렇게 말하고 린타로의 손을 덥석 잡더니 손톱을 꼭꼭 물어뜯어 퉤퉤 뱉어냈다.

"린타로도 그쪽 손톱, 빨리 물어뜯어."

"물어뜯어? 이걸?"

"응, 빨리. 선생님 오기 전에."

린타로는 하는 수 없이 제 손톱을 물어뜯고는 "어우, 더러워." 하고 투덜거렸다.

정작 더럽다고 해야 할 사람은 남의 손톱을 물어뜯고 있는 프랑켄이건만.

"어머, 쟤들 좀 봐."

몇몇 여자아이가 손톱을 물어뜯고 있는 둘을 어이없다는 듯이 바라보았다.

프랑켄의 헌신적인 행동은 도움이 되지 못했다. 손톱을 모두 물어뜯기 전에 지즈루 선생님이 교실에 들어온 것이다.

"토요일이니까 손톱 검사를 하겠어요."

끝장이다.

프랑켄이 나직이 물었다.

"저기, 손수건 있어?"

"있어."

"휴지는?"

"없어."

"자, 이거."

프랑켄은 지즈루 선생님의 눈치를 살피면서 자기 휴지 절반을 린타로에게 내밀었다.

둘은 손수건과 휴지를 책상에 올려놓았다.

지즈루 선생님이 책상 앞에 서자, 둘 다 손등을 내밀었다.

프랑켄은 합격이다.

"뭐니, 이게?"

지즈루 선생님이 린타로의 손톱을 보고 물었다.

"손톱이 왜 이 모양이니? 끝이 왜 이렇게 삐쭉삐쭉해?"

프랑켄은 난처한 듯 히죽 웃었고, 린타로는 뭐라고 말해야 좋을지 몰라 고개만 갸웃거렸다.

지즈루 선생님이 자초지종을 짐작한 듯했다.

"이로 물어뜯었지, 그렇지, 린타로?"

린타로는 끄덕 고갯짓을 했다.

"세상에."

프랑켄이 굳이 하지 않아도 좋을 말을 해버렸다.

"나도."

"나도라니, 네 손톱은 깔끔하잖니?"

"린타로 손톱, 나도 물어뜯었어요."

지즈루 선생님은 또 한 번 세상에, 하고 중얼거렸다.

"손톱 밑에 세균이 얼마나 득실거리는 줄 아니? 그걸 입에 넣으면 어떡해? 둘 다 당장에 입 안을 헹구고 와요. 정말 못 말리겠다니까."

지즈루 선생님은 어이가 없었다.

두 아이가 입을 헹구고 교실로 돌아오자, 지즈루 선생님이 말했다.

"잠깐 자습하고 있을래?"

그러고는 린타로를 자기 자리로 불렀다.

지즈루 선생님이 책상 서랍에서 손톱깎이를 꺼냈다.

"이런 손톱으로 다른 아이들하고 싸우면 안 돼."

린타로의 손은 지즈루 선생님의 무릎 위에 놓여 있다.

똑, 똑 하는 경쾌한 소리와 함께 손톱은 린타로에게 작별 인사를 했다.

지즈루 선생님의 화장품 냄새가 린타로의 콧구멍을 살살 간질였다.

메이가 이 모습을 보았다면 린타로에게 직접 손톱을 깎으라고 했으리라. 부모에게도 교사 같은 면이 있고 교사에게도 부모 같은 면이 있다는 점이 흥미롭다.

"이제 깨끗해졌네."

지즈루 선생님은 그렇게 말하고 린타로의 어깨를 톡 쳤다. 그러고는 따끔하게 말했다.

"손톱을 물어뜯은 건 손톱을 깎은 거라고 할 수 없어. 벌점 3점이야, 알았지?"

린타로는 응, 하고 고개를 끄덕이고는 조그맣게 고맙습니다, 하고 인사를 하고 제자리로 돌아갔다.

프랑켄이 말했다.

"미안."

"뭐가?"

"청소하는 거 도와줄게."

"됐어. 나 혼자 할게."

하고 린타로는 말했다.

수업이 끝난 뒤, 무코이 구미코가 말했다.

"린타로, 벌로 복도 청소할 거지? 우리, 오늘은 복도 청소 안 한다, 괜찮지?"

린타로는 양동이에 물을 받아 왔다.

프랑켄이 먼저 복도를 청소하고 있었다.

"뭐 해, 프랑켄?"

"도와줄게."

"됐다니까."

"그래도 도울게."

"시끄러워. 먼저 가."

린타로는 철벅철벅 걸레를 빨았다.

"화났어, 린타로?"

"화 안 났어. 화 안 났지만, 그래도 너는 관계없잖아. 이러면 내가 미안하단 말야."

린타로가 말했다.

"그래도 도울래. 나, 마음이 찜찜해."

"너 되게 이상한 녀석이구나?"

"응, 응."

알았어, 좋을 대로 해, 하고 린타로가 말했다.

둘은 걸레질을 시작했다.

청소다운 청소는 처음 몇 분뿐이었다.

"린타로."

"왜?"

"나, 좋은 생각이 났어."

"?"

프랑켄이 걸레를 물에 흠뻑 적셨다. 그리고 그걸 복도에 철퍼덕 던졌다.

"잘 봐, 린타로."

프랑켄은 몇 미터쯤 물러났다가 타다다 달려와서는 폴짝 뛰어 걸레를 비스듬히 찼다. 프랑켄이 슬라이딩 자세로 미끄러지며 말했다.

"도루 성공, 청소 성공."

아닌게아니라 걸레질 자국이 2미터쯤 생겼다.

"좋아."

내가 질 줄 알고? 린타로는 한판 붙어볼 마음이 생겼다. 아이들은 뭐든 놀이로 만들어버린다. 아이들에겐 순간순간 인생을 철저하게 즐기는 기술이 있는지도 모른다.

둘은 걸레에서 떨어지는 물인지 땀인지 알 수 없는 물방울을 뚝뚝 흘리며 시뻘건 얼굴로 '청소'에 몰두하고 있었다.

"어휴."

교실 청소를 끝낸 구미코와 아이들이 둘을 보고 한숨을 내쉬며 말했다.

"복도가 완전 물바다잖아. 난 몰라. 또 선생님한테 혼나겠네."

말은 그렇게 했지만 선생님에게 고자질하지는 않는다. 린타로가 평소에 덕을 많이 베풀었기 때문일까.

둘은 전혀 눈치채지 못했지만, 지즈루 선생님은 둘을 내내 지켜보고 있었다.

프랑켄이 문득 돌아보니, 지즈루 선생님이 팔짱을 끼고 서 있다.

"린타로, 린타로."

프랑켄이 린타로의 옆구리를 쿡 찔렀다.

"선생님이야."

하고 나직이 말했다.

"내 이럴 줄 알았어."

지즈루 선생님은 한 마디 한 마디 똑똑 끊어 말했다.

"물을 새로 떠 와요."

둘은 양동이를 들고 수돗가로 갔다.

프랑켄은 물을 받으며 마음의 준비를 하듯이 말했다.

"또 벌을 서겠구나."

물을 받아 돌아오니까, 지즈루 선생님이 새 걸레를 들고 서 있었다.

"이제 복도를 닦아야지? 걸레를 빨아서 꼭 짜요."

야단맞을 거라고 생각했던 둘은 얼떨떨한 표정으로 마주 보았다.

"린타로, 걸레는 그렇게 짜는 게 아냐."

린타로가 걸레 짜는 것을 보고, 지즈루 선생님이 말했다.

"걸레를 가로로 들고 바깥쪽으로 비틀어 짰지? 그러니까 물이 팔을 타고 뚝뚝 떨어지는 거야. 이렇게 짜봐."

지즈루 선생님은 겨드랑이에 양팔을 붙여 걸레를 세로로 들고는 안쪽으로 꼭 비틀었다.

물이 걸레를 타고 양동이로 떨어져 팔이 하나도 젖지 않았다.

린타로와 프랑켄은 방금 배운 대로 걸레를 짰다.

"정말이다."

프랑켄이 말했다.

"그렇지?"

하고 지즈루 선생님이 말하자, 린타로도 끄덕 고갯짓을 했다.

"자, 이제 복도의 물을 닦아요."

둘이 복도를 닦고, 지즈루 선생님도 거들었다.

아무래도 뭔가 이상하다.

복도를 왔다 갔다 하며 걸레질을 하다가 지즈루 선생님과 나란히 서게 되었을 때, 프랑켄이 물었다.

"선생님, 나중에 우리 야단칠 거죠?"

"당연하지."

지즈루 선생님이 말했다.

자연 시간의 린타로 말투를 흉내냈다.

"그렇구나."

프랑켄은 실망했다.

"그래도 화는 이제 다 풀렸죠?"

프랑켄이 매달리듯 말했다.

"안 풀렸어."

지즈루 선생님이 일부러 큰 소리로 대꾸했다.

린타로의 표정에는 변화가 없다.

"저기요, 저기요, 청소를 도와주는 건 화가 풀렸다는 말 아니에요?"

프랑켄은 여전히 미련이 남는 모양이다.

지즈루 선생님이 웃음을 터뜨렸다.

"정말 재미있는 아이야."

하고 말하며 프랑켄의 이마를 손가락으로 톡 밀었다.

프랑켄도, 린타로도 눈치가 빠른 아이다. 상대방의 마음을 알아채고 거기에 어떤 영향을 받았을 때, 린타로는 그 사실을 얼굴에 드러내지 않으려 애쓰지만 프랑켄은 곧바로 이런저런 반응을 보인다. 그것이 둘의 차이점이리라.

"사실 선생님은 너희들한테 벌 청소 같은 것 시키고 싶지 않았어. 너희들뿐 아니라 누구한테도."

지즈루 선생님이 말을 꺼냈다.

"선생님한테도 고민이 있단다."

순간, 린타로와 프랑켄은 서로 얼굴을 마주 보았다.

"나, 선생님이 된 거 처음이잖아. 실제로 선생님이 되어 보니까, 선생님이 되기 전에 생각했던 거랑 많이 달라."

"……."

지즈루 선생님이 양동이 물에 걸레를 빨았다. 린타로도 프랑켄도 선생님을 따라 했다.

"이상과 현실은 달라. 이런 말, 너희들은 이해하지 못하겠지만."

"뭐가 달라요?"

이상이 뭔지, 현실이 뭔지 모르지만 프랑켄은 부끄러워하지 않고 물었다. 기분을 맞춰주는 것으로 선생님에게 서비스할 셈이었으리라.

"이것저것 많이 달라. 준비물을 안 가져왔다고 벌점을 주거나 청소를 시키는 건 이상하지 않니? 하지만 그게 현실이야."

지즈루 선생님은 어려운 말을 꺼냈다.

"그런 방법을 쓰지 않고도 아이들을 바람직하게 변화시키는 교육을 추구하는 게 이상이고."

새내기 선생님은 아이들이 이해하기 어려운 말을 무심코 내뱉는 경우가 곧잘 있는데, 이번 경우는 지즈루 선생님이 자신의 불만을 표현하다 보니 그렇게 된 것이라고 이해하도록 하자.

"그런데 왜 우리한테 청소를 시켜?"

린타로가 물었다.

지즈루 선생님은 어려운 말로 표현했지만, 린타로도 프랑켄도 무슨 뜻인지 대충 이해할 수 있었다.

"그래, 바로 그거야."

지즈루 선생님은 한숨을 내쉬었다.

지즈루 선생님이 걸레를 꼬옥 짰다. 린타로와 프랑켄도 걸레를 꼬옥 짰다.

"이상하지?"

그렇게 물은들 두 아이가 무슨 대답을 할 수 있을까.

아이들은 지즈루 선생님이 무슨 말을 하는지 종잡을 수가 없다.

"우리 학교만 그런지 다른 학교도 다 그런지는 모르겠지만, 규율이나 규칙이 너무 많아. 너무 시대에 뒤떨어진 거 아니니?"

지즈루 선생님은 이렇게 말했다. 아이들에게 이런 말을 한다고 무슨 소용이 있으랴마는.

린타로와 프랑켄은 선생님도 참 가지가지라는 사실을 꽤나 인상적인 방법으로 배우고 있다.

"처음 1학년이 됐을 때, 마귀할멈은 규칙을 무지무지 많이 외우게 했어."

린타로가 말했다.

"야마하라 선생님은 엄격하시지?"

"응."

하고 대답하고 린타로는 이렇게 덧붙였다.

"하지만 처음이랑 끝이 많이 달랐어."

"그랬어? 야마하라 선생님은 우리 젊은 교사들한테도 얼마나 엄하신지 몰라아."

지즈루 선생님이 말끝을 길게 늘이는 바람에, 린타로와 프랑켄이 쿡쿡 웃었다.

"이 정도면 청소 다 끝났지? 이제 정리할까?"

지즈루 선생님은 청소도구를 청소도구함에 넣으면서

"사실 나 학교에서는 얌전한 척 내숭떨고 있는 거야."

하고 말했다.

지즈루 선생님은 원래 선생님 같지 않은 선생님이기는 하지만 아무래도 조금 위태위태한 말을 한다.

"선생님처럼 벌 청소에 반대하면서도 아이들에게 벌 청소를 시키는 선생님, 우습지?"

린타로는 잠깐 생각하고는 대답했다.

"안 우스워."

"정말?"

"정말."

프랑켄도 이렇게 말했다.

"아이들한테 이런 얘기를 하는 선생님은 못난 선생님이지만, 이런 얘기 아무한테나 하지는 않아."

그러고는 지즈루 선생님은

"린타로, 넌 참 남자다워."

하고 불쑥 말했다.

"?"

"린타로, 전에 신고랑 싸운 이유를 끝까지 말하지 않았지?"

"……."

"선생님은 알아."

린타로가 프랑켄을 보았다. 프랑켄은 뙤록뙤록 눈동자를 굴리며 딴청을 피웠다.

"선생님, 린타로랑 미쓰루를 다시 봤어."

지즈루 선생님은 그렇게 말했다.

그 날 린타로는 집으로 돌아가는 길에

"야, 선생님한테 그런 말은 뭐 하러 해? 이 멍청아."

하고 소리치고는 프랑켄의 엉덩이를 힘껏 걷어찼다. 린타로도 꽤나 복잡한 아이다.

린타로네 반은 자연 시간에 해바라기 씨와 봉선화 씨를 뿌렸다.

지즈루 선생님은 아이들에게 조그만 화분을 두 개씩 나눠주었다.

"한 화분에는 해바라기 씨를, 다른 화분에는 봉선화 씨를 심을 거예요. 씨는 세 개씩 심으세요."

린타로는 시키는 대로 하지 않았다.

흙을 파고 해바라기 씨 두 개와 봉선화 씨 두 개를 넣었다.

옆에서 프랑켄이 어라? 하는 표정을 지었다.

린타로는 아랑곳하지 않았다.

"린타로, 선생님이 해바라기 씨랑 봉선화 씨는 따로 심으랬잖아."

프랑켄이 이렇게 말했지만, 린타로는

"괜찮아."

하고 태연하게 대꾸한다.

"왜?"

프랑켄이 물었다.

"사이좋은 게 더 좋으니까."

린타로는 너무나 당연하다는 얼굴이다.
"흐음."
프랑켄이 고개를 끄덕였다.
"하긴 그래."
곧바로 린타로의 생각을 두둔했다. 그러고는 각각 딴 화분에 심은 해바라기 씨와 봉선화 씨를 도로 파내 한 화분에 다시 심었다. 하지만 지즈루 선생님의 눈치가 보이는지, 린타로처럼 한데 심지 않고 한 화분 안에 따로따로 심었다.
"다들 푯말에 자기 이름을 썼죠? 그걸 자기 화분 앞에 꼭 세워두도록 해요. 그럼, 가요."
아이들은 양손에 화분을 들고 선생님을 따라 운동장으로 나갔다. 운동장 남쪽에 꽃밭이 있다. 린타로네 반 아이들은 그리로 갔다.
"다들 해바라기 화분과 봉선화 화분을 여기에 나란히 놓으세요."
화분은 아이들 수만큼 많지만, 아이들은 저마다 자기 화분에 시선이 붙박여 있다.
자기 것이라는 의식을 심어주어 식물과 친해지도록 하려는 것이 목적이라면 그것도 하나의 방법일 수 있으리라.
하지만 린타로는 자연에 대한 사고방식이나 생각이 조금 남다른 것 같았다. 자연은 자연스러워야 한다는 할아버지의 영향 때문인지 모른다.
서로 다른 생각이 부딪치며 조금씩 삐걱거린다.
지즈루 선생님이 말했다.
"여러분의 해바라기와 봉선화는 각자 자기가 돌보는 거예요. 그

것과는 별도로 우리 반의 꽃밭도 있으니까 여기에도 씨를 뿌려요."

지즈루 선생님이 꽃밭에 봉선화 씨를 조금씩 뿌리기 시작했다.

"세 부분으로 나눠서 뿌려주세요. 그러니까 여기에는 씨를 많이, 여기에는 그보다 조금 적게, 또 여기에는 듬성듬성 뿌리는 거예요. 자, 자기 화분에 심고 남은 봉선화 씨를 뿌리세요."

린타로가 물었다.

"왜 그래야 돼?"

"왜 그래야 되냐고? 음, 선생님 설명은 좀 있다가 듣고 먼저 다 같이 자연 교과서를 읽어볼까요? 12쪽을 읽어보세요."

아이들이 한 목소리로 책을 읽었다.

"씨를 한 곳에 **빽빽이** 뿌린 곳에서 자라는 봉선화와 듬성듬성 뿌린 곳에서 자라는 봉선화는 어떻게 다를까요? 씨를 **빽빽이** 뿌린 곳에서 싹을 틔운 봉선화를 튼튼하게 기르기 위해서는 보통 솎아내기를 합니다."

"13쪽도 읽으세요."

아이들은 같은 속도로 교과서를 읽었다.

"봉선화 몇 포기를 화분에 옮겨 심고, 볕이 잘 드는 곳과 잘 들지 않는 곳에 각각 화분을 두고 자라는 모습을 비교해봅시다."

지즈루 선생님이 아이들에게 말했다.

"씨를 뿌리기만 해서는 공부가 안 되겠죠? 우선, 그 식물이 잘 자라 꽃을 피우고 열매나 씨를 얻을 때까지 잘 보살피는 일이 중요해요. 그리고 성장과정을 꼼꼼히 관찰하는 것, 그 식물이 어떤 조건에서 어떻게 자라는지를 비교하는 것도 중요한 공부죠. 교과서에는 그런 것들을 알아보기 위한 실험방법이 나와 있는 거예요."

이번에도 린타로가 물었다.

"솎아내기가 뭐야?"

"교과서에 사진이 실려 있으니까 보면 대충 알겠지만, 좁은 공간에서 너무 많은 묘목이 자랄 경우에 묘목을 조금만 남기고 나머지는 뽑아내는 것을 솎아내기라고 해요."

"솎아낸 묘목은 어떻게 되는 거야?"

린타로가 물었다.

지즈루 선생님은 조금 당황했다. 린타로가 정말 궁금한 게 뭘까? 지즈루 선생님은 진지하게 생각한 뒤에 대답했다.

"식물에 따라 조금씩 달라요. 예를 들어 솎아낸 무는 버리지 않고 먹기도 하고······."

린타로는 지즈루 선생님을 뚫어지게 쳐다보고 있다.

"다른 곳에 옮겨 심기도 하고······."

지즈루 선생님은 생각했다.

듣기 좋은 말만 해서는 안 돼.

"그냥 버려두는 경우도 있죠."

"시들어? 죽어?"

"글쎄, 죽는다고 해야 하는 건지······."

지즈루 선생님이 뒷말을 흐리자, 린타로가 말했다.

"다 같이 크면 좋잖아."

지즈루 선생님은 그만 생각에 잠겨버렸다. 어떻게 설명하면 좋을까.

"좁은 공간에서 한꺼번에 많이 기르면 튼튼하게 기를 수가 없어요."

린타로는 생각에 잠겨 있었다. 지즈루 선생님은 린타로가 자신의 말을 받아들이지 못한다는 것을 표정으로 알 수 있었다.

그 때 지즈루 선생님은 가르친다는 게 얼마나 어려운 일인지 절실히 느꼈다.

린타로가 어떤 환경에서 자랐는지, 특히 할아버지로부터 어떤 가치관을 물려받았는지 알고 있었다면, 지즈루 선생님은 린타로와 좀더 다른 대화를 주고받았을지 모른다.

린타로는 화분을 양달과 응달에 따로따로 놓는 것도 잘 이해할 수 없었다.

"모두 다 양달에 두면 좋잖아."

"그러면 공부가 안 되잖아."

하고 지즈루 선생님이 말했다.

쉬는 시간에 린타로가 아이들에게 말했다.

"씨 남은 거 있으면 나 줘."

아이들이 많이 받아보는 학습지에 해바라기 씨가 부록으로 딸려 있었기 때문에 씨는 남아돌 만큼 많았다.

"자, 여기."

"뭐 할 건데?"

"심을 거야."

"어디에?"

"여기저기."

씨가 잔뜩 모였다.

수업이 끝난 뒤, 린타로는 정말로 여기저기 해바라기 씨를 심으며 돌아다녔다.

"이번엔 어디야?"

"쓰레기 소각장엔 나무가 없으니까, 거기."

프랑켄이 해바라기 씨를 들고 따라온다.

"이번엔?"

"급식 조리실 뒤쪽."

"꽃이 피면 급식 만드는 아줌마들이 좋아하겠다."

"응."

급식 조리실 뒤쪽에는 열두 개를 뿌렸다.

"이번엔?"

"화장실 옆."

"오줌 누면서 해바라기 꽃을 볼 수 있겠다."

학교가 온통 해바라기 꽃으로 뒤덮이겠구나, 하고 프랑켄은 중얼거렸다.